JUGUETES DE PAZ

EL HUEVO CUADRADO

Saki

Juguetes de paz. El huevo cuadrado - 1a ed. - Buenos Aires : Claridad, 2006.

260 p. ; 23x16 cm.

Traducido por: Margarita Costa

ISBN 950-620-193-5

1. Literatura Escocesa. I. Margarita Costa, trad. II. Título

CDD E823

Título original: *The Toys of Peace / The Square Egg*
Traducción Margarita Costa
Diseño de tapa: Eduardo Ruiz

ISBN-10: 950-620-193-5

ISBN-13: 978-950-620-193-7

Distribuidores exclusivos: Editorial Heliasta S.R.L.
Viamonte 1730, 1ᵉʳ piso (C1055 ABH) Buenos Aires, Argentina
Tel: (54-11) 4371-5546 - Fax: (54-11) 4375-1659
editorial@heliasta.com.ar - www.heliasta.com.ar

Saki

Juguetes de Paz

El huevo cuadrado

Claridad

Juguetes de Paz

ORIGINARIAMENTE PUBLICADO EN 1923

Para los 22nd Royal Fusiliers

Juguetes de Paz

—HARVEY —DIJO ELEANOR BOPE, pasando a su hermano un recorte de un periódico matutino de Londres* del 19 de marzo— por favor, lee esto acerca de los juguetes de los chicos; pone en práctica exactamente algunas de nuestras ideas acerca de la influencia y la educación.

—"En opinión del Consejo Nacional de la Paz —leía Harvey el extracto— hay graves objeciones a regalar a nuestros hijos regimientos en combate, baterías de fusiles, y escuadrones de Dreadnoughts[1]. Los varones, admite el Consejo, naturalmente aman la lucha y toda la parafernalia de la guerra, pero ésa no es razón para estimular y tal vez fijar de forma permanente sus instintos primitivos. En la Exposición para el Bienestar de los Niños, que se inaugura en el Olimpia dentro de tres días, el Consejo de la Paz hará una sugerencia alternativa a los padres, exhibiendo "juguetes de paz". Al frente de una representación pictórica del Palacio de la Paz de La Haya habrá colecciones, no de soldados en miniatura sino de civiles en miniatura, no fusiles sino arados y las herramientas de la industria... Se espera que los fabricantes puedan tomar nota de las piezas expuestas, y que esto rinda sus frutos en las jugueterías". La idea es ciertamente interesante y bien intencionada —dijo Harvey—; si tuviera éxito en la práctica...

* Extracto de una noticia extraída de un periódico de Londres en marzo de 1914.
[1] Tipo de acorazado de los primeros años del siglo XX. (*N. de la T.*)

—Debemos intentarlo —lo interrumpió su hermana— vienes para Pascua a reunirte con nosotros y siempre les traes algunos juguetes a los chicos, de modo que ésa será una excelente oportunidad para inaugurar el nuevo experimento. Recorre los negocios y compra cualquiera de los pequeños juguetes y modelos que tengan relación con la vida civil en sus aspectos más pacíficos. Por supuesto, tendrás que explicarles a los chicos e interesarlos en la nueva idea. Lamento decir que el juguete del "Sitio de Adrianópolis"[2], que la tía Susana les envió, no necesitó ninguna explicación; conocían todos los uniformes y estandartes y hasta los nombres de los respectivos comandantes, y cuando un día oí a uno de ellos usando lo que parecía el lenguaje más objetable, dijeron que eran las palabras búlgaras de mando; por supuesto, puede haber sido así, pero de todos modos les quité el juguete. Ahora espero que tus juguetes de Pascua les den un nuevo impulso y dirección a las mentes de los chicos; Eric no ha cumplido aún once años y Bertie tiene sólo nueve años y medio, de modo que están realmente en una edad muy impresionable.

—Hay que tener en cuenta el instinto primitivo, sabes —dijo Harvey indeciso—, y también las tendencias hereditarias. Uno de sus tíos abuelos peleó de la manera más intolerante en Inkerman[3], fue mencionado especialmente en los despachos, creo, y su bisabuelo hizo pedazos todos los invernaderos de sus vecinos Whig cuando se aprobó la Ley de Reforma[4]. Sin embargo, como tú dices, están en una edad muy impresionable. Haré lo mejor que pueda.

El sábado de Pascua, Harvey desempaquetó una gran caja de cartón rojo muy prometedora ante la mirada expectante de sus sobrinos. "El tío les ha traído lo más nuevo en juguetes", había dicho Eleanor enfáticamen-

---

[2] Ciudad refundada por el emperador Adriano, a la que dio su nombre. Fue sitiada en 586 d.C. por los ávaros (pueblo asiático que en el siglo VI se instaló en la región de los ríos Dnieper y Elba). *(N. de la T.)*

[3] Batalla librada durante la guerra de Crimea entre las fuerzas rusas y anglo-francesas, en la que vencieron estas últimas, que habían sitiado Sebastopol. *(N. de la T.)*

[4] Ley en torno de la cual hubo serias disputas en el Parlamento inglés en los años 1831-1832 entre *Tories* (conservadores) y *Whigs* (radicales). *(N. de la T.)*

te, y la expectativa juvenil se había dividido ansiosamente entre soldados albaneses y cuerpos de camellos de Somalía. Eric estaba ardientemente a favor de la segunda posibilidad. "Habrá árabes a caballo —susurró—, los albaneses tienen uniformes alegres y luchan todo el día y también de noche cuando brilla la luna, pero el país es rocoso, de modo que no tienen caballería".

Una cantidad de papel arrugado fue lo primero que vieron cuando quitaron la tapa; los juguetes más emocionantes comenzaban así. Harvey extrajo la primera capa y sacó un edificio más bien cuadrado pero sin rasgos distintivos.

—¡Es un fuerte! —exclamó Bertie.

—No, es el palacio del Mpret de Albania —dijo Eric, inmensamente orgulloso de su conocimiento del exótico título—; como ves, no tiene ventanas, para que los que pasan por allí no tengan posibilidad de dispararle a la Familia Real.

—Es un tacho de desperdicios municipal —dijo Harvey apresuradamente—, todos los residuos y la basura de una ciudad se recogen allí, en lugar de estar desperdigados y dañar la salud de los ciudadanos.

En medio de un terrible silencio desenterró una pequeña figura de plomo de un hombre vestido de negro.

—Éste —dijo— es un distinguido personaje civil, John Stuart Mill. Fue una autoridad en economía política.

—¿Por qué? —preguntó Bertie.

—Bueno, quiso serlo, pensó que era útil serlo.

Bertie emitió un expresivo gruñido, que transmitía su opinión de que no había nada escrito sobre gustos.

Apareció otro edificio cuadrado, esta vez con numerosas ventanas y chimeneas.

—Una maqueta de la rama de Manchester de la Asociación Cristiana Femenina —dijo Harvey.

—¿Hay leones adentro? —preguntó Eric esperanzado. Había estado leyendo sobre la historia de Roma y pensaba que donde había cristianos se podía esperar razonablemente encontrar algunos leones.

—No hay ningún león —dijo Harvey—. Aquí hay otro civil, Robert Raikes, el fundador de las Sunday Schools[5], y aquí hay una maqueta de un lavadero municipal. Estos pequeños objetos redondos son panes horneados en una panadería sanitaria. Esa figura de plomo es un inspector sanitario, este otro es un concejal del distrito, y éste es un oficial de la Junta de Gobierno Local.

—¿Qué hace? —preguntó Eric aburrido.

—Atiende todas las cosas relacionadas con su Departamento —dijo Harvey—. Esta caja con una abertura es una urna para votos. Se introducen los votos en ella en épocas de elecciones.

—¿Qué se pone en ellas en otras ocasiones? —preguntó Bertie.

—Nada. Y aquí tenemos algunas herramientas industriales, una carretilla y una azada, y creo que éstos son postes para saltos. Ésta es una maqueta de una colmena, y ése es un ventilador para ventilar alcantarillas. Éste parece ser otro tacho de residuos municipal, pero no, es una maqueta de una escuela de arte y una biblioteca pública. Esta pequeña figura de plomo es Mrs. Hemans, una poeta, y éste es Rowland Hill, que introdujo el sistema de correo postal común. Éste es sir John Herschel, el eminente astrólogo.

—¿Tenemos que jugar con estas figuras civiles? —preguntó Eric.

—Por supuesto —dijo Harvey— son juguetes; se supone que hay que jugar con ellos.

—¿Pero cómo?

Era una pregunta más bien difícil.

—Podrían hacer que dos de ellos se disputaran una banca en el Parlamento —dijo Harvey— y organizar una elección.

—¡Con huevos podridos, lucha libre y cabezas rotas! —exclamó Eric.

—Y narices sangrantes y todos completamente borrachos —dijo Bertie, que había estudiado cuidadosamente un cuadro de Hogarth[6], haciéndose eco de las palabras de su hermano.

---

[5] Escuelas de catequesis. *(N. de la T.)*

[6] William Hogarth (1679-1764), famoso pintor inglés, autor de retratos y pinturas y grabados satíricos y morales. *(N. de la T.)*

—Nada de eso —dijo Harvey—, en absoluto nada como eso. Los votos serán introducidos en la urna y el Alcalde los contará, el concejero secundará al Alcalde, y dirá quién ha recibido la mayor cantidad de votos, y entonces los dos candidatos le agradecerán por haber presidido el acto, y cada uno dirá que ha sido conducido de la manera más agradable, eficiente y honesta, y se despedirán con expresiones de mutua estima. Es un lindo juego para que lo jueguen. Nunca tuve semejantes juguetes cuando era joven.

—No creo que lo jugaremos inmediatamente —dijo Eric con una total ausencia del entusiasmo que había mostrado su tío—. Pienso que tal vez debemos hacer parte de nuestra tarea de vacaciones. Esta vez se trata de historia; debemos aprender algo acerca del período borbónico en Francia.

—El período borbónico —repitió Harvey, con cierto acento desaprobatorio en su voz.

—Tenemos que saber algo acerca de Luis XIV —continuó Eric—; ya he aprendido los nombres de las principales batallas libradas.

Esto nunca resultará.

—Por supuesto, se libraron algunas batallas durante su reinado —dijo Harvey— pero me imagino que el relato de ellas fue muy exagerado; las noticias eran muy poco confiables en esos tiempos, y no había prácticamente corresponsales de guerra, de modo que los generales y comandantes podían magnificar cualquier pequeña escaramuza en la que participaban hasta hacerla alcanzar las proporciones de batallas decisivas. Luis fue realmente famoso como jardinero paisajista; la manera en que planeó Versailles fue tan admirada que fue copiada en toda Europa.

—¿Sabes algo acerca de Madame Du Barry? —preguntó Eric—; ¿no le cortaron la cabeza?

—Fue otra gran aficionada a la jardinería —dijo Harvey evasivamente— en verdad creo que la conocida rosa Du Barry fue así llamada en homenaje a ella; y ahora creo que sería mejor que jugaran un rato y dejaran sus lecciones para más tarde.

Harvey se retiró a la biblioteca y pasó unos treinta o cuarenta minutos pensando si no sería posible compilar una historia para las escuelas elementales en la que no hubiera una mención prominente de las batallas, masacres, intrigas criminales y muertes violentas. El período de York y Lancaster[7] y la era napoleónica, admitió para sí mismo, presentaban considerables dificultades y, si se dejara afuera totalmente la Guerra de los Treinta Años sería una laguna considerable. No obstante, se ganaría algo si, en una edad fuertemente impresionable, los chicos pudiesen ser llevados a fijar su atención en la invención del estampado del algodón en lugar de hacerlo en la Armada Española o en la Batalla de Waterloo.

Era hora, pensó, de volver al cuarto de los chicos y ver cómo se las arreglaban con los juguetes de paz. Mientras estaba afuera de la puerta pudo oír la voz de Eric dando una orden; Bertie intervenía una y otra vez con sugerencias útiles.

—Ése es Luis XIV —decía Eric—, ése en pantalones a la rodilla, que tío dijo que había inventado las escuelas de catequesis. No se le parece en nada, pero habrá que aceptarlo.

—Poco a poco con mis pinturitas le pintaremos una chaqueta color púrpura —dijo Bertie.

—Sí y tacones rojos. Ésa es Madame de Maintenon, la que él llamó Mrs. Hemans. Le ruega a Luis que emprenda esa expedición, pero él hace oídos sordos. Lleva al mariscal Saxe con él, y debemos fingir que tienen miles de hombres con ellos. La consigna es *Qui vive?* Y la respuesta es *L'état c'est moi*, sabes, ésa era una de sus observaciones favoritas. Arriban a Manchester en plena noche y un conspirador jacobino les entrega las llaves de la fortaleza.

Espiando a través de la entrada Harvey, observó que el tacho de residuos municipal había sido agujereado para acomodar las bocas de cañones imaginarios, y ahora representaba la principal posición fortificada de Manchester; John Stuart Mill había sido sumergido en tinta roja y aparentemente representaba al mariscal Saxe.

—Luis ordena sus tropas para rodear la Asociación Cristiana Femenina de Jóvenes y raptar a todas las que estaban allí. "Una vez que estemos

---

[7] La llamada Guerra de las Rosas, entre las casas de York y de Lancaster para obtener el trono de Inglaterra (1386-1487). *(N. de la T.)*

de vuelta en el Louvre las niñas son mías", exclama. Debemos usar a Mrs. Hemans de nuevo para personificar a una de las niñas; ella dice "Nunca" y apuñala al mariscal Saxe en el corazón.

—Sangra terriblemente —exclamó Bertie, salpicando liberalmente de tinta roja la fachada del edificio de la Asociación.

—Los soldados entran apresuradamente y vengan su muerte con el mayor salvajismo. Matan a quince niñas —aquí Bertie derramó el resto de la tinta roja sobre el edificio consagrado— y las quinientas sobrevivientes son arrastradas hacia los barcos franceses. "He perdido a un mariscal", dice Luis, "pero no vuelvo con las manos vacías".

Harvey se fue de la habitación y se dirigió en busca de su hermana.

—Eleanor – dijo—, el experimento...

—¿Si?

—Ha fracasado. Hemos empezado demasiado tarde.

Louise

—EL TÉ DEBE DE ESTAR FRÍO; será mejor que pidas más - —dijo la viuda lady Beanford.

Lady Susan Beanford era una vigorosa anciana que había coqueteado con una mala salud imaginaria durante la mayor parte de su vida; Clovis Sangrail declaraba irreverentemente que había sufrido un enfriamiento durante la Coronación de la Reina Victoria y no lo había abandonado nunca. Su hermana, Jane Thropplestance, que era algunos años menor que ella, era notoria principalmente por ser la mujer más distraída de Middlesex.

—Realmente he sido insólitamente hábil esta tarde —comentó alegremente mientras hacía sonar la campanilla para el té—. He llamado a toda las personas a quienes tenía la intención de llamar y he hecho todas las compras que me proponía hacer. Incluso me acordé de encontrar en Harrod's una seda que hiciera juego con la tuya, pero había olvidado llevar la muestra, de modo que me fue imposible. Creo realmente que ésa es la única cosa importante que olvidé en toda la tarde. ¿Es una maravilla tratándose de mí, verdad?

—¿Qué has hecho con Louise? —preguntó su hermana—. ¿No la llevaste de paseo contigo? Dijiste que lo harías.

—Santo cielo —exclamó Jane—, ¿qué habré hecho con Louise? Debo de haberla dejado en alguna parte.

—¿Pero dónde?

—Ésa es justamente la cuestión. ¿Dónde la he dejado? No puedo recordar si los Carrywoods estaban en casa y si sólo dejé cartas. Si estaban en casa puedo haber dejado allí a Louise para jugar al bridge. Llamaré por teléfono a lord Carrywood y lo averiguaré.

—¿Es usted, lord Carrywood? —preguntó por el teléfono—; soy yo, Jane Thropplestance. Quiero saber si ha visto a Louise.

—Louise... —fue la respuesta—, mi destino me ha deparado verla tres veces. La primera, debo admitir, no me impresionó, pero la música se apodera de uno después de un tiempo. Con todo, no creo que quiera verla de nuevo por el momento. ¿Acaso iba a ofrecerme un asiento en su palco?

—No la ópera *Louise*, mi sobrina, Louise Thropplestance. Pensé que podría haberla dejado en su casa.

—Usted nos dejó cartas esta tarde, según entiendo, pero no creo que nos dejara una sobrina. Seguramente el lacayo nos lo habría mencionado si así fuera. ¿Va a ponerse de moda dejar sobrinas, así como cartas, a la gente? Espero que no; algunas de estas casas en Berkeley Square no tienen prácticamente comodidades para ese tipo de cosas.

—No está en lo de Carrywood —anunció Jane, volviendo a su té—; ahora que lo pienso, quizá la dejé en la sección de sedería de Selfridge's. Puedo haberle dicho que esperara allí un momento mientras yo iba a mirar las sedas con mejor luz, y puedo fácilmente haberme olvidado de ella cuando descubrí que no tenía tu muestra conmigo. En ese caso estará todavía sentada allí. No se atrevería a mover sin que se lo dijeran; Louise no tiene iniciativa.

—Dijiste que habías tratado de encontrar la seda en Harrod's —exclamó la viuda.

—¿Dije eso? Tal vez era Harrod's. Realmente no me acuerdo. Era uno de esos lugares donde todos son tan gentiles y comprensivos y dedicados que uno casi odia llevarse aunque más no sea un carretel de hilo de algodón de esos ambientes tan agradables.

—Creo que deberías buscar a Louise. No me agrada la idea de que se encuentre allí entre un montón de desconocidos. Supongamos que una persona sin principios entablara conversación con ella.

—Imposible. Louise no tiene conversación. Nunca logré descubrir un tema sobre el cual tuviese algo que decir más allá de "¿Te parece? Creo que tienes razón". Realmente pensé que su reticencia acerca de la caída del ministro Robot fue ridícula, considerando cuán a menudo su querida madre solía visitar París. Este pan con manteca ha sido cortado demasiado fino; se deshace en migas mucho antes de que se pueda llevarlo a la boca. Uno se siente tan absurdo, atrapando la comida en el aire, como una trucha tratando de atrapar la mosca.

—Estoy algo sorprendida —dijo la viuda— que puedas estar allí sentada tomando tu té con entusiasmo, cuando acabas de perder a una sobrina favorita.

—Lo dices como si la hubiera perdido en el sentido de que hubiese muerto, en lugar de haberla extraviado temporariamente. Estoy segura de que en algún momento recordaré dónde la dejé.

—¿No visitaste ningún lugar de culto, verdad? Si la hubieses dejado esta mañana en los alrededores de Westminster Abbey o St. Peter's, Eaton Square, sin poder dar ninguna razón satisfactoria de por qué se encuentra allí, será capturada según la Ley de Gatos y Ratones y enviada a Reginald McKenna.

—Eso sería muy extraño —dijo Jane mordiendo irresueltamente medio pedazo de pan con manteca—, apenas conocemos a los McKenna, y sería muy cansador tener que telefonear a alguna poco comprensiva secretaria privada, describirle a Louise y pedir que la manden de vuelta para la hora de la cena. Por suerte no fui a ningún lugar de culto, aunque me enredé con una procesión del Ejército de Salvación. Fue muy interesante estar cerca de ellos, son completamente distintos de lo que solían ser según mis primeros recuerdos de los ochenta. En ese entonces solían marchar desarreglados y desprolijos, con una especie de furia sonriente hacia el mundo, y ahora son aseados y desenvueltos y vistosamente decorativos como un cantero de geranios con convicciones religiosas. Laura Kettleway iba con ellos el otro día en el ascensor del subterráneo en la estación de Dover Street, diciendo qué cantidad de buenas obras hacían, y que pérdida sería si nunca hubieran existido. "Si nunca hubieran existido", dije, "Granville Barker habría seguramente inventado algo exactamente igual a ellos". Si uno dice cosas así, en voz bien alta, en el ascensor de un subterráneo, suenan siempre como epigramas.

—Creo que deberías hacer algo respecto de Louise —dijo la viuda.

—Estoy tratando de pensar si estaba conmigo cuando visité a Ada Spelvexit. Me divertí bastante allí. Ada trataba, como de costumbre, de embutirme en la garganta esa odiosa Koriatoffski, sabiendo perfectamente bien que la detesto, y en un momento en que me tomó distraída dijo: "Abandona su actual casa para irse a Seymour Street". "Me imagino que lo hará, si se queda allí por bastante tiempo", dije. Ada no lo captó por alrededor de tres minutos, y luego fue positivamente maleducada. No, estoy segura de que no dejé a Louise allí.

—Si pudieras lograr acordarte de dónde la dejaste, sería más positivo que estas aserciones negativas —dijo lady Beanford—; hasta ahora, todo lo que sabemos es que no está en lo de los Carrywood, ni en lo de Ada Spelvexit, ni en la Abadía de Westminster.

—Eso reduce algo la búsqueda —dijo Jane con optimismo—. Me inclino a pensar que debe de haber estado conmigo cuando fui a lo de Mornay, porque recuerdo haberme encontrado allí con ese encantador Malcolm no sé cuánto, saben a quién me refiero. Ésa es la ventaja de que la gente tenga nombres poco comunes, no es necesario recordar cuál es su otro nombre. Por supuesto, conozco uno o dos Malcolms más, pero ninguno que pueda ser descrito positivamente como encantador. Me dio dos entradas para las Tardes Felices de los Domingos en Sloane Square. Probablemente las olvidé en lo de los Mornay, pero aun así fue terriblemente gentil de su parte el dármelas.

—¿Crees que dejaste a Louise allí?

—Podría telefonear y preguntar. Oh, Robert, antes de retirar las cosas del té quisiera que llamaras a los Mornay, en Regent Street, y preguntaras si dejé dos entradas de teatro y una sobrina en su negocio esta tarde.

—¿Una sobrina, señora? —preguntó el lacayo.

—Sí, Miss Louise no volvió a casa conmigo y no estoy completamente segura de dónde la dejé.

—Miss Louise ha estado arriba toda la tarde, leyéndole a la segunda ayudante de cocina, que tiene neuralgia. Le llevé el té a Miss Louise a las cinco menos cuarto, señora.

—Por supuesto, qué tonta he sido. Ahora recuerdo que le pedí que le leyera *Faërie Queene* a la pobre Emma, para tratar de que duerma. Yo siempre trato de que alguien me lea *Faërie Queene* cuando tengo neuralgia y generalmente me hace dormir. Louise no parece haber tenido éxito, pero no puede decirse que no lo haya intentado. Supongo que después de la primera hora más o menos la ayudante de cocina habría preferido que la dejaran a solas con su neuralgia, pero naturalmente Louise no suspendería la lectura si nadie se lo dijera. De todos modos, Robert, puedes llamar a lo de Mornay y preguntar si no dejé allí dos entradas de teatro. Excepto por tu seda, Susan, ésas parecen ser las únicas cosas que olvidé esta tarde. Maravilloso para mí.

El té

JAMES CUSHAT-PRINKLY era un joven que siempre había tenido una arraigada convicción de que uno de esos días se casaría; pero hasta los treinta y cuatro años de edad no había hecho nada que justificara esa convicción. Le gustaban y admiraba a muchas mujeres colectiva y desapasionadamente sin elegir a ninguna para consideraciones matrimoniales especiales, como uno podría admirar los Alpes sin sentir que uno quería ningún pico particular como su propiedad privada. Su falta de iniciativa en esta cuestión producía cierto grado de impaciencia entre las mujeres sentimentales de su círculo familiar; su madre, sus hermanas, una tía-huésped y dos o tres más amigas íntimas de tipo matronal, consideraban este enfoque dilatorio del estado matrimonial con una desaprobación que estaba lejos de no ser expresada. Sus flirteos más inocentes eran observados con una tensa ansiedad al igual que un grupo de terriers se concentra en los más ligeros movimientos de un ser humano de quien puede razonablemente esperarse que los llevará de paseo. Ningún mortal con un alma decente puede resistir por largo tiempo el ruego de varios pares de ojos perrunos que ansían una caminata; James Cushat-Prinkly no era lo suficientemente obstinado o indiferente a las influencias hogareñas como para dejar de considerar el obviamente expresado deseo de su familia de que se enamorara de alguna agradable niña casadera, y cuando falleció su tío Jules y le dejó un pequeño pero conveniente legado, pareció realmente que lo correcto era tratar de descubrir a alguien que lo compartiera con él. El proceso de descubrimiento se llevó a cabo más por la fuerza de sugestión y el peso de la opinión pública que por iniciativa propia; una clara mayoría de sus parientas femeninas y las mencionadas matronas amigas habían fijado su atención en Joan Sebastable como la chica más adecuada en su radio de amistades a quien podía proponerle matrimonio, y James gradualmente se hizo la idea de que Joan y él atravesarían juntos las etapas prescritas de felicitaciones, regalos, hoteles noruegos o mediterráneos y finalmente la vida doméstica. Sin embargo, era necesario preguntar a la dama qué pensaba sobre el asunto; la familia hasta ese momento había conducido y dirigido el cortejo con habilidad y discreción, pero la propuesta real debía ser un esfuerzo individual.

Cushat-Prinkly caminó a través del parque hacia la residencia de los Sebastable en un estado de ánimo moderadamente complaciente. Como la cosa debía llevarse a cabo, le agradaba sentir que lo dejaría establecido y se lo sacaría de la cabeza esa tarde.

Proponer matrimonio, aun a una niña agradable como Joan, era una cuestión más bien irritante, pero no se podía pasar una luna de miel en Menorca y tener a continuación una feliz vida matrimonial sin ese paso preliminar. Se preguntaba cómo sería Menorca como lugar para pasar un tiempo; en su imaginación era una isla perpetuamente de medio luto, con gallinas negras o blancas corriendo por todas partes. Probablemente no sería así en absoluto cuando se la pudiera observar. Personas que habían estado en Rusia le habían dicho que no recordaban haber visto allí patos moscovitas, de modo que era posible que no hubiese aves en la isla de Menorca.

Sus meditaciones mediterráneas fueron interrumpidas por el sonido de un reloj que tocaba la media hora. Cuatro y media. Frunció el entrecejo con insatisfacción. Llegaría a la mansión de los Sebastable justo a la hora del té de la tarde. Joan estaría sentada ante una mesa baja, sobre la que se extendía un juego de teteras de plata y jarritas de crema y delicadas tazas de porcelana, detrás de la cuales tintinearía agradablemente su voz preguntando amigablemente si preferían té cargado o liviano, cuánta azúcar, crema, etc. ... si lo deseaban. "¿Un solo terrón? Lo he olvidado. Usted lo toma con leche ¿verdad? ¿Desearía algo más de agua caliente si está demasiado cargado?"

Cushat-Prinkly había leído esas cosas en docenas de novelas, y cientos de experiencias reales le habían enseñado que se correspondían con la vida real. Miles de mujeres, en esta solemne hora de la tarde, estaban sentadas ante delicados objetos de porcelana, con sus voces tintineando agradablemente en una cascada de pequeñas preguntas solícitas. Cushat-Prinkly detestaba todo el sistema del té de la tarde. De acuerdo con su teoría de la vida, una mujer debía estar recostada en un diván, hablando con un encanto incomparable, o pensando pensamientos inexpresables, o meramente en si-lencio como algo para ser mirado, y de atrás de una cortina de seda un pequeño paje nubio traería silenciosamente una bandeja con tazas y exquisiteces, que serían aceptadas en silencio, como algo natural, sin una charla continua sobre crema y azúcar y agua caliente. Si la propia alma se sentía realmente esclavizada a los pies de su amada, ¿como podía uno hablar coherentemente acerca de té liviano? Cushat-Prinkly nunca había expresado sus opiniones sobre el tema a su madre; toda su vida había estado acostumbrada a hablar con una agradable voz tintineante a la hora del té detrás de delicados objetos de porcelana y plata, y si él le hubiese hablado sobre divanes y pajes nubios le hubiera aconsejado vivamente pasar una semana de vacaciones en la costa. Ahora, cuando pasaba por un laberinto de callecitas que llevaban indirectamente a la elegante terraza de Mayfair a donde se dirigía, sintió un repentino horror ante la idea de confrontar a Joan Sebastable ante su mesa de té. Se le presentó una momentánea liberación; en el piso de una angosta casita en la esquina más ruidosa de Esquimault Street vivía Rhoda Ellam, una especie de prima lejana que se ganaba la vida creando sombreros con materiales costosos. Los sombreros parecían realmente llegados de París; los cheques que obtenía por ellos desgraciadamente nunca parecían tener nada que ver con París. No obstante, Rhoda parecía encontrar divertida la vida y pasarlo bastante bien a pesar de sus estrechos recursos. Cushat-Prinkly decidió subir a su piso y diferir por media hora más o menos el importante asunto que lo esperaba; extendiendo su visita podía ingeniárselas para llegar a la mansión de los Sebastable después de que los últimos vestigios de delicada porcelana hubiesen sido retirados.

Rhoda lo recibió cordialmente en una habitación que parecía cumplir las funciones de taller, sala de estar y cocina combinados, y era maravillosamente limpia y cómoda al mismo tiempo.

—Estoy haciendo una especie de picnic —anunció—. Hay caviar en ese tarro al lado de tu codo. Empieza con ese pan integral y manteca mientras corto un poco más. Búscate una taza; la tetera está detrás de ti. Ahora cuéntame miles de cosas.

No hizo ninguna otra alusión a la comida pero charló entretenidamente e hizo que su visitante también charlara de ese modo. Al mismo tiempo cortaba el pan con manteca con gran maestría y ofrecía pimienta roja y tajadas de limón, cuando tantas mujeres habrían simplemente expresado sus razones y su pesar por no tenerlos. Cushat-Prinkly descubrió que estaba gozando de un excelente té sin tener que contestar muchas preguntas acerca de él como un ministro de Agricultura podía ser convocado para dar una respuesta durante un estallido de peste del ganado.

—Y ahora dime por qué has venido a verme —dijo Rhoda de repente—. No despiertas simplemente mi curiosidad sino mis instintos comerciales. Espero que hayas venido por los sombreros. Oí que habías recibido un legado los otros días y, por supuesto, se me ocurrió que sería algo hermoso y deseable para ti celebrar el asunto comprando sombreros espléndidamente caros para todas tus hermanas. Pueden no haber dicho nada sobre ello, pero estoy segura de que se les ha ocurrido la misma idea. Por supuesto, con la llegada de Goodwood[8], tengo bastante apuro en este momento, pero estamos acostumbradas a eso en mi negocio; vivimos en zozobra como el pequeño Moisés.

—No vine por los sombreros —dijo el visitante—. En realidad, no creo que haya venido por nada realmente. Pasaba y pensé que entraría un momento y te vería. Ya que estado sentado conversando contigo, sin embargo, se me ha ocurrido una idea bastante importante. Si puedes olvidarte de Goodwood por un momento y me escuchas, te diré de qué se trata.

---

[8] Carrera disputada en Sussex. (N. de la T.)

Unos cuarenta minutos más tarde James Cushat-Prinkly volvió al seno de su familia, llevando una noticia importante.

—Me he comprometido para casarme —anunció.

Se produjo un estallido entusiasta de felicitaciones y autocongratulación.

—¡Ah, lo sabíamos! ¡Lo veíamos venir! ¡Lo predijimos semanas atrás!

—Apuesto a que no lo sabían —dijo Cushat-Prinkly—. Si alguien me hubiera dicho a la hora del almuerzo que iba a pedirle a Rhoda Ellam que se casara conmigo y que ella me iba a aceptar, me habría reído de la idea.

La romántica precipitación del asunto en alguna medida compensaba a las mujeres de la familia de James por el implacable rechazo de todos sus pacientes esfuerzos y hábil diplomacia. Era más bien como tratar de desviar su entusiasmo al momento de Joan Sebastable a Rhoda Ellam; pero después de todo lo que estaba en cuestión era la esposa de James, y sus gustos tenían algún derecho a ser considerados.

Una tarde de septiembre del mismo año, después de que la luna de miel en Menorca hubo terminado, Cushat-Prinkly entró en la sala de su nueva casa en Granchester Square. Rhoda estaba sentada ante una mesa baja, detrás de un servicio de delicada porcelana y reluciente plata. Había una nota agradablemente tintineante en su voz mientras le pasaba una taza.

—Te gusta más liviano, ¿verdad? ¿Le agrego un poco más de agua caliente? ¿No?

La desaparición de Crispina Umberleigh

EN UN COCHE DE PRIMERA CLASE de un tren que corría hacia los Balcanes a través de la plana y verde llanura húngara, dos ciudadanos británicos mantenían una amistosa, intermitente conversación. Se habían reunido primero en el frío y gris amanecer en la línea de frontera, donde el águila adquiere otra cabeza y las tierras teutónicas pasan de la guardia Hohenzollern a la de Habsburgo, y donde un funcionario de investigación exige revisar de una manera cortés y tal vez superficial, pero siempre molesta, los equipajes de los pasajeros que desean dormir. Después de un día de interrupción de su viaje en Viena, los viajeros se habían vuelto a reunir junto al tren y se habían hecho el mutuo cumplido de instalarse en el mismo coche. El mayor de los dos tenía la apariencia y los modales de un diplomático; en realidad era el hermano adoptivo de un comerciante de vino, con muy buenas conexiones. El otro era seguramente un periodista. Ninguno de los dos era conversador y cada uno de ellos estaba agradecido al otro por no serlo. A eso se debía que conversaran de vez en cuando.

Un tema de conversación irrumpía naturalmente sobre todos los demás. El día anterior en Viena habían sabido de la misteriosa desaparición de un universalmente famoso cuadro de las paredes del Louvre.

—Una dramática desaparición como ésa seguramente tendrá muchos imitadores —dijo el periodista.

—En cuanto a eso, ha tenido muchos precedentes —dijo el hermano del comerciante de vinos.

—Sí, por supuesto ha habido robos del Louvre antes.

—Estaba pensando más bien en la desaparición de seres humanos antes que de cuadros. En particular, pensaba en el caso de mi tía, Crispina Umberleigh.

—Recuerdo haber oído algo del asunto —dijo el periodista—, pero no estaba en Inglaterra en ese momento. Nunca supe realmente lo que se supuso que había pasado.

—Podrá oír lo que pasó realmente, si lo guarda como una confidencia —dijo el comerciante de vinos—. En primer lugar, puedo decir que la desaparición de Mrs. Umberleigh no fue considerada por la familia enteramente como una pérdida. Mi tío, Edward Umberleigh, no era de ningún modo un hombre flojo, en verdad en el mundo de la política debía de ser considerado más o menos como un hombre fuerte, pero era indudablemente dominado por Crispina; en realidad nunca conocí a ningún ser humano que no se sometiera a su dominio a través de un contacto prolongado; Mrs. Crispina Umberleigh había nacido para legislar, codificar, censurar, autorizar, prohibir, ejecutar y juzgar en general. Si no había nacido para ese destino, lo adoptó a edad temprana. Desde la cocina para arriba todos en la casa caían bajo su despótico dominio y allí se quedaban con la sumisión de moluscos en una época glacial. Como un sobrino que sólo la visitaba ocasionalmente, me aceptaba meramente como una epidemia, desagradable mientras duraba, pero sin ningún efecto permanente; pero sus propios hijos e hijas le tenían un terror mortal; sus estudios, sus amistades, su dieta, sus diversiones, sus cultos religiosos y la manera de peinarse eran todos regulados y ordenados de acuerdo con la voluntad y el placer de la augusta dama. Esto le ayudará a entender la sensación de estupefacción que acometió a la familia cuando discreta e inexplicablemente desapareció. Fue como si la Catedral de San Pablo o el Hotel Piccadilly hubieran desaparecido durante la noche, dejando sólo un espacio vacío indicando dónde se habían erigido. Por lo que se sabía nada la molestaba; en verdad, tenía ante sí mucho para hacer que su vida valiese la pena de ser vivida. El chico menor había vuelto del colegio con un informe desfavorable, y ella se habría erigido en juez la tarde misma del día en que desapareció; si hubiese sido él quien hubiera desaparecido rápidamente uno podría haber indicado el motivo. En ese momento aparecía en los periódicos su correspondencia con un deán rural en la cual ya había demostrado que era culpable de herejía, incoherencia y objeciones indignas, y ninguna consideración ordinaria la habría inducido a poner fin a la controversia. Naturalmente, el asunto fue puesto en manos de la policía, pero se trató de mantenerlo lo más posible fuera de la prensa, y la explicación generalmente aceptada de su apartamiento de su círculo social era que se había confinado en un geriátrico.

—¿Y cuál fue el efecto inmediato entre los familiares? —preguntó el periodista.

—Todas las chicas se compraron bicicletas; el entusiasmo femenino por el ciclismo seguía existiendo, y Crispina había vetado severamente cualquier participación en esa actividad de los miembros de su familia. El más chico de los varones se dejó estar de tal manera durante el período siguiente que debió ser el último respecto de ese establecimiento. Los más grandes propusieron la teoría de que su madre podía estar vagando en algún lugar del extranjero y la buscaron asiduamente, principalmente, preciso es admitirlo, en un lugar de vacaciones de Montmartre donde era altamente improbable que la encontraran.

—¿Y en todo este tiempo su tío no logró descubrir la más mínima pista?

—En realidad había recibido cierta información, aunque por supuesto yo no la conocí en ese momento. Un día recibió un mensaje diciéndole que su esposa había sido secuestrada y conducida secretamente fuera del país; se decía según creo, que estaba oculta en una isla cerca de la costa de Noruega, y que estaba en un lugar cómodo y bien atendida. Y junto con la información venía un pedido de dinero; una suma considerable que debía ser entregada a los secuestradores, y una suma adicional de 2.000 libras pagaderas anualmente. Si esto no se cumplía, sería inmediatamente devuelta a su familia.

El periodista permaneció callado por un momento, y luego comenzó a reír calladamente.

—Fue por cierto una forma invertida de rescate —dijo.

—Si usted hubiese conocido a mi tía —dijo el comerciante de vinos—, se habría sorprendido de que no pidiera una suma mayor.

—Me doy cuenta de la tentación. ¿Sucumbió a ella su tío?

—Bueno, vea, tenía que pensar en los demás, no sólo en sí mismo. Para la familia, haber vuelto a la esclavitud de Crispina después de haber gozado los placeres de la libertad, habría sido una tragedia, y habría aún más amplias consideraciones que debían ser tenidas en cuenta. Desde su pérdida había inconscientemente asumido una actitud mucho más osada y una mayor iniciativa en los asuntos públicos, y su popularidad e influencia habían aumentado proporcionalmente. De ser meramente un hombre fuerte en el ámbito político comenzó a hablarse de él como "el" hombre fuerte. Sabía que todo esto peligraría si cayera nuevamente en la posición social del esposo de Mrs. Umberleigh. Era un hombre rico, y las 2.000 libras por año, aunque no exactamente una insignificancia, no le parecía un precio exagerado a pagar por la manutención de Crispina en el exterior. Por supuesto, tuvo severos escrúpulos de conciencia por el arreglo. Más adelante, cuando me tomó como confidente, me contó que al pagar el rescate, o dinero de encubrimiento como yo lo habría llamado, fue en parte influido por el temor de que si se rehusaba, los secuestradores podrían haber descargado su furia y su decepción sobre la cautiva. Era mejor, decía, pensar que estaba siendo bien atendida, como un valioso huésped pago en una de las Islas Lofoden a que ella luchara miserablemente por volver a casa lisiada y mutilada. De todos modos, pagó la cuota anual tan puntualmente como se paga un seguro de incendio, y con igual rapidez le llegaba un reconocimiento del pago y un breve informe declarando que Crispina estaba en buena salud y bastante bien de ánimo. Uno de los informes incluso mencionaba que ella se estaba ocupando de un plan de reformas en la administración eclesiástica que sería impuesto a los pastores locales. Otro hablaba de un ataque de reumatismo y un viaje para una "cura" en el continente, y en esa ocasión ochenta libras adicionales fueron solicitadas y concedidas. Por supuesto, era del interés de los secuestradores mantener a la cautiva en buena salud, pero el secreto con que lograban ocultar sus maniobras daba cuenta de una organización realmente asombrosa. Si mi tío estaba pagando un precio bastante alto, al menos podía consolarse pensando que estaba pagando honorarios de especialistas.

—¿La policía, entretanto, había abandonado todo intento de dar con una pista para encontrar a la dama desaparecida?

—No enteramente; iban a ver a mi tío de vez en cuando para informarle acerca de pistas que pensaban que podían conducir al descubrimiento de su destino o su paradero, pero creo que tenían la sospecha de que él poseía más información de la que había puesto a su disposición. Y luego, después de una desaparición de más de ocho años, Cristina volvió inesperadamente a la casa que había tan misteriosamente abandonado.

—¿Se había escabullido de sus captores?

—Nunca había sido capturada. Su vagabundeo externo había sido causado por una repentina y total pérdida de memoria . Solía vestirse en el estilo de una empleada doméstica de categoría superior, y no es sorprendente que hubiese creído que lo era, y menos aún que la gente aceptara su historia y la ayudaran a conseguir trabajo. Había vagado hasta Birmingham y encontrado un empleo bastante firme allí, ya que su energía y entusiasmo para ordenar las habitaciones de la gente contrabalanceaba sus características obstinadas y dominantes. Fue el shock de que un cura se dirigiera a ella como "buena mujer" y disputara con ella sobre dónde debía ubicarse la estufa en una sala de conciertos de la parroquia lo que condujo a una repentina recuperación de la memoria. "Creo que usted olvida a quién le está hablando", observó contundentemente, lo que era más bien indebidamente severo, considerando que sólo en ese momento lo había recordado ella misma.

—¡Pero —exclamó el periodista— la gente de las islas Lofoden! ¿A quién habían raptado?

—Una prisionera puramente mítica. En primer lugar, fue el intento de alguien que sabía algo de la situación doméstica, probablemente un valet despedido, para extorsionar a Edward Umberleigh y sacarle una buena suma antes de que la mujer desaparecida apareciese; las subsecuentes cuotas anuales fueron un incremento inesperado del rescate original.

"Crispina descubrió que el interregno de ocho años había debilitado materialmente su ascendiente sobre sus ahora adultos hijos. Su esposo, no obstante, nunca logró nada importante en el mundo político después del regreso de ella; el esfuerzo de tratar de explicar satisfactoriamente el gasto no especificado de dieciséis mil libras en ocho años ocupó suficientemente sus energías mentales. Hemos llegado a Belgrado y tenemos que pasar otra aduana.

Los lobos de Cernogratz

—¿HAY ALGUNAS VIEJAS LEYENDAS relacionadas con el castillo? —preguntó Conrad a su hermana. Conrad era un próspero comerciante de Hamburgo, pero era el miembro de una eminentemente práctica familia que tenía una disposición poética.

La baronesa Gruebel encogió sus rollizos hombros.

—Siempre hay leyendas rondando acerca de estos viejos lugares. No son difíciles de inventar y no cuestan nada. En este caso hay una historia de que cuando alguien muere en el castillo todos los perros de la aldea y las bestias feroces en el bosque aúllan toda la noche. No sería agradable oírlos ¿verdad?

—Sería misterioso y romántico —dijo el comerciante de Hamburgo.

—De todos modos, no es verdad —dijo la baronesa con complacencia—; desde que compramos el lugar hemos tenido pruebas de que no sucede nada parecido. Cuando la vieja suegra murió en la última primavera, todos escuchamos, pero no había aullidos. Es sólo una historia que confiere dignidad al lugar sin ningún costo.

—La historia no es como la has contado —dijo Amalie, la vieja y canosa gobernanta. Todos se volvieron y la miraron con asombro. Su costumbre era estar sentada en silencio, remilgada y marchita en su lugar de la mesa, y nunca hablaba a menos que alguien le hablara a ella y muy pocos se tomaban la molestia de conversar con ella. Hoy se había vuelto repentinamente voluble; continuó hablando rápida y nerviosamente, mirando directamente hacia el frente y pareciendo no dirigirse a nadie en particular.

—No es cuando cualquiera muere en el castillo que se oyen los aullidos. Fue cuando un miembro de la familia Cernogratz murió aquí que los lobos vinieron de todas partes y aullaron al borde del bosque justo antes de la hora de su muerte. Había sólo unas pocas parejas de lobos que tenían sus guaridas en esta parte del bosque, pero en ese momento los guardianes dicen que había docenas de ellos, deslizándose en las sombras y aullando en coro, y los perros del castillo y de la aldea y los campos de los alrededores ladraban y aullaban con furia y temor ante el coro de los lobos, y cuando el alma del moribundo dejó su cuerpo se cayó con estrépito un árbol en el parque. Eso es lo que sucedió cuando un Cernogratz murió en su castillo familiar. Pero si un extraño muriera aquí, por supuesto ningún lobo aullaría y no se caería ningún árbol. Oh, no.

Había una nota de desafío, casi de desdén, en su voz, al decir las últimas palabras. La bien alimentada y demasiado bien vestida baronesa miró con furia a la poco atractiva anciana que había abandonado su habitual y adecuada manera de pasar inadvertida y hablaba tan irrespetuosamente.

—Usted parece conocer mucho acera de las leyendas de Von Cernogratz, Fräulein Schmidt —dijo mordazmente—, no sabía que las historias de familias estuvieran entre las cosas en las que se supone que usted debe ser eficiente.

La respuesta a su insulto fue aún más inesperada y sorprendente que el estallido de conversación que lo había provocado.

—Yo misma soy una Von Cernogratz —dijo la anciana—, es por eso que conozco la historia de la familia.

—¿Usted, una Von Cernogratz? ¡Usted! —contestó un incrédulo coro.

—Cuando quedamos en la pobreza —explicó— y tuve que salir y dar clases, adopté otro nombre. Pensé que sería más adecuado que utilizar mi nombre familiar. Pero mi abuelo pasó mucho tiempo de chico en este castillo, y mi padre solía contarme muchas historias sobre él y, por supuesto, yo conocía todas las leyendas e historias familiares. Cuando sólo nos quedan recuerdos, las guardamos y desempolvamos con especial cuidado. No pensaba para nada cuando entré en su servicio que un día vendría a la vieja casa de mi familia. Desearía que fuese en cualquier otra parte.

Se hizo un silencio cuando ella terminó de hablar, y entonces la baronesa dirigió la conversación a un tema menos embarazoso que las historias de familia. Pero después, cuando la anciana gobernanta se había ido silenciosamente a cumplir sus deberes, se levantó un clamor de burla e incredulidad.

—Fue una impertinencia —dijo el barón con brusquedad, con una expresión escandalizada en sus ojos saltones—, imaginen a esa mujer hablando así en nuestra mesa. Casi nos dijo que no éramos nadie, y no creo una palabra de lo que dijo. Es sólo Schmidt y nada más. Ha estado hablando con algunos de los campesinos acerca de la antigua familia Cernogratz y sacado a relucir su historia y sus cuentos.

—Quiere darse aires de importancia —dijo la baronesa—, sabe que pronto no podrá seguir haciendo su trabajo y quiere apelar a nuestra compasión. ¡Su abuelo, realmente!

La baronesa tenía el número habitual de abuelos, pero nunca jamás se jactaba de ellos.

—Me atrevo a decir que su abuelo era un chico de la despensa o algo semejante en el castillo —se rió disimuladamente el barón—, esa parte de la historia puede ser verdad.

El comerciante de Hamburgo no dijo nada; había visto lágrimas en los ojos de la mujer cuando hablaba de conservar sus recuerdos; o, siendo imaginativo, pensó que las había visto.

—La despediré tan pronto como hayan pasado las festividades de Año Nuevo —dijo la baronesa—; hasta entonces estaré demasiado ocupada como para arreglármelas sin ella.

Pero tuvo que arreglárselas sin ella de todos modos, porque con el crudo frío de Navidad se enfermó y permaneció en su cuarto.

—Es muy irritante —dijo la baronesa, mientras sus huéspedes se sentaban alrededor del fuego en una de la últimas tardes del año que terminaba—; en todo el tiempo que ha estado con nosotros no recuerdo que haya estado nunca seriamente enferma; demasiado enferma como para moverse y hacer su trabajo, quiero decir. Y ahora, cuando tengo la casa llena, y podría prestar utilidad de tantas maneras, se enferma. Uno se siente apesadumbrado por ella, naturalmente, se la ve tan marchita y encogida, pero de todos modos es sumamente fastidioso.

—Muy fastidioso —concedió la mujer del banquero con simpatía—, supongo que es a causa del intenso frío, abate a los viejos. Este año ha sido desusadamente frío.

—La escarcha es la más intensa que hemos tenido en diciembre por muchos años —dijo el barón.

—Y, por supuesto, es muy vieja —dijo la baronesa—. ¡Ojalá la hubiese despedido hace algunas semanas! Entonces se habría ido antes de que le pasara esto. Wappi, ¿qué te sucede?

El pequeño faldero lanudo había saltado repentinamente de su almohadón y temblaba debajo del sofá. Al mismo tiempo se produjo un estallido de furiosos ladridos de los perros de la casa, y a otros perros se los podía oír ladrando continuamente en la distancia.

—¿Qué perturba a los animales? —preguntó el barón.

Y entonces los humanos, escuchando con atención, oyeron el sonido que había provocado a los perros a hacer sus demostraciones de temor y furia; oyeron un largo y gimiente aullido, que crecía y disminuía, y parecía por momentos estar a leguas de distancia y en otras atravesar la nieve hasta que parecía venir de los cimientos de la pared del castillo. Toda la miseria, la hambrienta miseria de un mundo helado, toda la implacable furia de la selva, mezcladas con otras melodías tristes y obsesivas a las que no se podía nombrar, parecían concentradas en ese grito de lamento.

—¡Lobos! —gritó el barón.

Su música se transformaba en un estallido de furia, que parecía venir de todas partes.

—Cientos de lobos —dijo el comerciante de Hamburgo, que era un hombre de fuerte imaginación.

Movida por un impulso que no podría haber explicado, la baronesa dejó a sus huéspedes y se dirigió al cuarto estrecho y triste donde la gobernanta yacía observando cómo pasaban las horas del año que terminaba. A pesar del frío cortante de la noche de invierno, la ventana estaba abierta. Con una exclamación escandalizada en sus labios se precipitó a cerrarla.

—Déjela abierta —dijo la anciana con una voz que a pesar de su debilidad tenía un acento de mando que la baronesa jamás había oído de sus labios.

—¡Pero morirá de frío! —protestó.

—Me estoy muriendo de todos modos —dijo la voz— y quiero escuchar su música. Han venido de lejos y de todas partes para cantar la música mortal de mi familia. Es hermoso que hayan venido; soy la última Von Cernogratz que morirá en nuestro viejo castillo, y han venido a cantar para mí. ¡Escuche qué fuerte están llamando!

El grito de los lobos se elevaba en el quieto aire del invierno y flotaba alrededor del castillo en agudos y prolongados lamentos; la anciana se recostó sobre su lecho con una mirada de felicidad en su rostro.

—Váyase —le dijo a la baronesa—. Ya no estoy sola. Soy miembro de una gran familia...

—Creo que se está muriendo —dijo la baronesa cuando volvió a reunirse con sus huéspedes—, supongo que debemos llamar a un médico. ¡Y esos terribles aullidos! Ni por todo el oro del mundo querría tener que oír esa música al morirme.

—Esa clase de música no puede comprarse por ninguna suma de dinero —dijo Conrad.

—¡Escuchen! ¿Qué es ese otro sonido? —preguntó el barón, al oír el sonido de algo que se partía y caía con estrépito.

Era un árbol cayendo en el parque.

Hubo un momento de incómodo silencio, hasta que habló la esposa del banquero.

—Es el intenso frío que está partiendo los árboles. Es también el frío lo que ha traído a tal cantidad de lobos. Hace muchos años que no teníamos un invierno tan frío.

La baronesa estuvo fervientemente de acuerdo en que el frío era responsable por esas cosas. Fue el frío de la ventana abierta también lo que produjo el paro cardíaco que hizo innecesaria la atención del médico a la anciana Fräulein. Pero el aviso en el diario quedó muy bien.

"El 29 de diciembre, en el Castillo de Cernogratz, Amalie von Cernogratz, por muchos años la apreciada amiga del barón y la baronesa Gruebel."

Louis

—SERÍA AGRADABLE PASAR la Pascua en Viena este año —dijo Strudwarden— y ver a algunos de mis viejos amigos allí. Es uno de los lugares más
divertidos que conozco para visitar durante la Pascua.

—Creí que habíamos decidido pasar la Pascua en Brighton —respondió Lena Strudwarden con un aire de ofendida sorpresa.

—Quieres decir que tú habías decidido que pasáramos la Pascua allí
—dijo su esposo—; pasamos la última Pascua allí, así como en Whitsun-
tide, y el año anterior habíamos estado en Worthing, y en Brighton nuevamente el otro anterior. Pienso que sería bueno un cambio real de escena en
esta ocasión.

—El viaje a Viena sería muy caro —dijo Lena.

—No te preocupas a menudo acerca de la economía —dijo Strudwarden— y de todos modos el viaje a Viena no costaría más que los almuerzos
más bien carentes de sentido que damos para nuestras relaciones carentes de
sentido en Brighton. Escapar de ese grupo sería por sí mismo como unas
vacaciones.

Strudwarden hablaba con sentimiento; Lena Strudwarden mantenía un
igualmente sentido silencio sobre el tema. El grupo que reunía a su alrededor en Brighton y otros lugares de veraneo en la costa Sur, se componía de
individuos que podían ser aburridos e insignificantes en sí mismos, pero
conocían el arte de alabar a Mrs. Strudwarden. No tenía intenciones de pri-

varse de su sociedad y sus homenajes y arrojarse en medio de unos extranjeros que no la apreciaban en una capital extranjera.

—Deberás ir solo a Viena si tienes el deseo de hacerlo —dijo—; no podría dejar solo a Louis y un perro es siempre una terrible molestia en un hotel extranjero, además de todo el alboroto y la separación debidos a las restricciones de la cuarentena al regreso. Louis se moriría si lo separaran de mi lado aunque fuera por una semana. No sabes lo que eso significaría para mí.

Lena se inclinó y besó la nariz del diminuto lulú de Pomerania marrón que yacía, protegido e indiferente, en su falda bajo una pañoleta.

—Mira —dijo Strudwarden— este eterno asunto de Louis se está convirtiendo en una molestia ridícula. No puede hacerse nada ni programar nada sin que sea vetado por la imposición de los caprichos y conveniencia del animal. Si fueras un sacerdote al cuidado de un fetiche africano, no podría establecer un código más elaborado de restricciones. Creo que pedirías al gobierno que postergara una elección general si pensaras que interferiría de algún modo en la comodidad de Louis.

A manera de respuesta a esta diatriba Mrs. Strudwarden se inclinó nuevamente y besó el indiferente morro marrón. Era la acción de una mujer con una naturaleza agradablemente mansa, que sin embargo mandaría a todo el mundo a la hoguera antes que ceder una pulgada cuando sabía que estaba en su derecho.

—Y no es que te gusten mucho los animales —continuó Mr. Strudwarden con creciente irritación—; cuando estamos en Kerryfield nunca has dado un solo paso para llevar a pasear a los perros, aunque estén desesperados por salir a correr, y no creo que hayas estado en un establo dos veces en tu vida. Te ríes de lo que llamas el alboroto que se está haciendo acerca de la exterminación de aves emplumadas, y te indignas muchísimo cuando interfiero a favor de un animal maltratado y obligado a ir a toda marcha por la ruta. Y sin embargo insistes en que los planes de todo el mundo se sometan a la conveniencia de ese estúpido montón de pelo y egoísmo.

—Tienes prejuicios contra mi pequeño Louis —dijo Lena con un mundo de tierna pesadumbre en su voz.

—Nunca he tenido la oportunidad de sentir otra cosa que prejuicios contra él —dijo Strudwarden—; sé qué afectuoso y buen compañero puede ser un perrito, pero nunca se me ha permitido acercar un dedo a Louis. Dices que intenta morder a todos excepto a ti y tu mucama, y se lo quitaste bruscamente a la anciana lady Peterby el otro día, cuando quería hacerle mimos, por temor a que la mordiera. Todo lo que jamás veo de él es la punta de su enfermiza pequeña nariz, espiando desde su canasta o tu manguito, y ocasionalmente oigo su pequeño ladrido jadeante cuando lo llevas a pasear por el corredor. No puedes esperar que a uno le guste enormemente un perro de esa clase. Sería como sentir afecto por el cucú en un reloj de cucú.

—Me ama —dijo Lena, levantándose de la mesa y llevando en brazos a Louis envuelto en una pañoleta—. Sólo me ama a mí y tal vez es por eso que yo también lo amo tanto. No me importa lo que digas contra él, no me separarán de él. Si insistes en ir a Viena debes ir solo en lo que a mí me concierne. Creo que sería mucho más sensato si vinieras a Brighton con Louis y conmigo, pero naturalmente debes darte el gusto.

—Debes librarte de ese perro —dijo la hermana de Strudwarden cuando Lena se hubo ido de la habitación—; hay que procurarle un fin repentino y misericordioso. Lena lo está usando como un instrumento para salirse con la suya en docenas de ocasiones, cuando de otro modo debería ceder graciosamente a tus deseos o a la conveniencia general. Estoy convencida de que el animal no le importa un comino. Cuando sus amigos se aglomeran a su alrededor en Brighton o en cualquier otra parte, y el perro molesta, debe pasar días enteros solo con la mucama, pero si quieres que Lena vaya contigo a alguna parte, inmediatamente saca a relucir la excusa de que no podría separarse de su perro. ¿Has entrado alguna vez en una habitación sin ser observado y oído a Lena hablando a su querida mascota? Nunca me ha sucedido. Creo que sólo se preocupa por él cuando hay alguien presente que pueda advertirlo.

—No me importa admitir —dijo Strudwarden— que he pensado más de una vez últimamente en la posibilidad de que un accidente fatal ponga fin a la existencia de Louis. No es muy fácil, sin embargo, urdir una fatalidad para una criatura que pasa la mayor parte de su tiempo en un manguito o dormido en una casilla de juguete. No creo que envenenarlo convendría; es obvio que está terriblemente sobrealimentado, porque he visto a Lena ofrecerle golosinas en la mesa algunas veces, pero no parece comerlas nunca.

—Lena irá a la iglesia el miércoles por la mañana —dijo Elsie Strudwarden reflexivamente—, no puede llevarlo allí a Louis y va a lo de los Delling a almorzar. Eso te dará varias horas para llevar a cabo tu proyecto. La mucama estará flirteando con el chofer la mayor parte del tiempo y, de todos modos, puedo ingeniarme para sacarla de en medio con cualquier pretexto.

—Eso deja libre el campo —dijo Strudwarden, pero desgraciadamente tengo un blanco en mi cerebro que me impide concebir ningún proyecto letal. La pequeña bestia es tan monstruosamente inactiva; no puedo pretender que saltó dentro de la bañera y se ahogó, o que enfrentó al mastín del carnicero en un combate desigual y que éste le clavó los dientes. ¿De qué manera sería posible que la muerte le sobreviniera a un confirmado morador de canasta? Sería demasiado sospechoso si inventáramos una invasión de las sufragistas al tocador de Lena y éstas le arrojaran un ladrillo. Tendríamos que arruinar muchas otras cosas, lo que sería más bien molesto, y a los sirvientes les parecería extraño que no hubiesen visto para nada a las invasoras.

—Tengo una idea —dijo Elsie—; consigue una caja con tapa hermética y perfora un pequeño agujero en ella, apenas lo suficientemente grande para pasar un tubo de goma. Introduce a Louis, con su casilla y todo, y acerca el otro extremo del tubo al pico de gas. Ahí tienes una perfecta cámara letal. Después puedes llevar la casilla a la ventana abierta, para disipar el olor a gas, y todo lo que Lena encontrará cuando vuelva por la tarde será a Louis plácidamente muerto...

—Se han escrito novelas sobre mujeres como tú —dijo Strudwarden—, tienes una mente perfectamente criminal. Vayamos a buscar una caja.

Dos mañanas después los conspiradores miraban con un sentimiento de culpa la gran caja cuadrada, conectada con el pico de gas por un tubo de goma.

—Ni un sonido —dijo Elsie— ni se movió; debe de haber sido completamente indoloro. Sin embargo, me siento bastante mal ahora que lo hemos hecho.

—La parte más horrorosa no ha llegado aún —dijo Strudwarden mientras apagaba el pico de gas—. Levantaremos lentamente la tapa y dejaremos salir gradualmente el gas. Abre y cierra la puerta varias veces para que entre una corriente de aire en la habitación.

Unos minutos más tarde, cuando el humo se hubo disipado, Strudwarden se agachó y levantó la pequeña casilla con su desagradable contenido. Elsie profirió una exclamación de terror. Louis estaba sentado a la puerta de su refugio con la cabeza y las orejas erguidas, tan fría y desafiantemente inmóvil como cuando lo había metido en la cámara mortal. Strudwarden dejó caer la casilla de golpe y miró por un largo tiempo al perro milagroso; luego soltó una sonora carcajada.

Era por cierto una maravillosa imitación de un truculento pomerania de juguete, y el aparato que emitía un jadeante ladrido cuando se lo apretaba había contribuido a la patraña que Lena y su mucama habían hecho creer a todos los de la casa. Para una mujer a quien desagradaban los animales, pero a quien le gustaba salirse con la suya bajo un halo de generosidad, Mrs. Strudwarden se las había arreglado bastante bien.

—Louis ha muerto —fue la concisa información que recibió Lena a su regreso del almuerzo.

—¡Louis muerto! —exclamó.

—Sí, se lanzó contra el chico del carnicero y lo mordió y también me mordió a mí cuando traté de sacármelo de encima, de modo que tuve que hacerlo sacrificar. Me advertiste de que intentaba morder pero no me dijiste que era decididamente peligroso. Tendré que pagarle al chico una buena suma como compensación, de modo que tendrás que quedarte sin esas hebillas que querías para Pascua; y tendré que ir a Viena a consultar al doctor Schroeder, que es un especialista en mordeduras de perro y tú también tendrás que venir. He enviado los restos de Louis a Rowland Ward para que los embalsamen; ése será mi regalo de Pascua para ti en lugar de las hebillas. Por Dios, Lena, llora si realmente lo sientes tanto; cualquier cosa sería mejor a que estés allí mirando con ojos desorbitados como si pensaras que he perdido la razón.

Lena Strudwarden no lloró, pero su intento de reír fue un decidido fracaso.

Los huéspedes

—EL PAISAJE QUE SE VE desde nuestras ventanas es ciertamente encantador —dijo Annabel—; esas huertas de cerezas y esas verdes praderas, y el río que serpentea a lo largo del valle, y la torre de la iglesia espiando entre los olmos, componen en conjunto un impresionante cuadro. Sin embargo, hay algo terriblemente aletargado y lánguido en él; la nota dominante parece ser una especie de estancamiento. Nada sucede aquí nunca; la siembra y la cosecha, un brote ocasional de sarampión o una tormenta ligeramente destructiva, y cierta excitación por las elecciones una vez cada cinco años, eso es todo lo que tenemos aquí para modificar la monotonía de nuestra existencia. Bastante terrible ¿verdad?

—Por el contrario —dijo Matilda—, lo encuentro reparador y relajante; pero, claro, he vivido en países donde suceden cosas, tantas al mismo tiempo, cuando uno no está listo para que sucedan simultáneamente.

—Eso, por supuesto, marca una diferencia —dijo Annabel.

—Nunca me olvido la vez que el obispo de Bequar nos hizo una visita inesperada; estaba en camino a una casa misional o algo por el estilo para colocar la piedra fundamental.

—Pensaba que allí estaban siempre preparados para que llegaran huéspedes de emergencia —dijo Annabel.

—Estaba totalmente preparada para media docena de obispos —dijo Matilda— pero fue más bien desconcertante descubrir después de una breve conversación que éste era un primo lejano mío, perteneciente a una rama de la familia que había reñido intensa y ofensivamente con nuestra rama acerca de un servicio de postres denominado Crown Derby; lo obtuvieron ellos y debería haber sido nuestro por cierto legado, o si no, lo obtuvimos nosotros y ellos creían que debían obtenerlo, no me acuerdo bien cómo fue; pero de todos modos sé que se portaron vergonzosamente. Ahora bien, aquí estaba uno de ellos que aparecía en olor de santidad, por así decir, y reclamaba la hospitalidad tradicional en Oriente.

—Mi marido estaba a cincuenta millas de distancia, diciendo cosas sensatas, o que imaginaba que eran sensatas, a una comunidad aldeana que imaginaba que uno de sus miembros destacados era un hombre-tigre.

—¿Un qué tigre?

—Un hombre-tigre; ¿has oído hablar de hombres-lobos, verdad, una mezcla de lobo, ser humano y demonio? Bueno, en estos lugares tienen hombres-tigres, o creen que los tienen, y debo decir que en este caso, teniendo en cuenta pruebas irrefutables y declaradas bajo juramento, tenían buen fundamento para creerlo. No obstante, como abandonamos la persecución de las brujerías hace alrededor de trescientos años, no nos gusta que otras personas conserven nuestras prácticas descartadas; no nos parece digno de nuestra posición mental y moral.

—Espero que no hayas tratado mal al obispo —dijo Annabel.

—Bueno, por supuesto, era mi huésped, de modo que tenía que ser aparentemente cortés con él, pero tuvo la suficiente falta de tacto como para sacar a relucir los incidentes de la antigua pelea, y trató de mostrar que había algo que decir a favor de la manera que su rama de la familia se había comportado; aun cuando así fuera, que no admito de ninguna manera, mi casa no era el lugar adecuado para decirlo. No discutí el asunto, pero le di licencia a mi cocinera para ir a visitar a sus ancianos padres que vivían aproximadamente a noventa millas. El cocinero de emergencia no se especializaba en platos al curry; en realidad no creo que en ningún sentido la cocina fuera uno de sus puntos fuertes. Creo que originariamente había venido a casa para trabajar como jardinero, pero como nunca pretendimos tener nada que pudiera ser considerado como un jardín, lo empleamos como pastor de cabras ayudante, en cuyo cargo creo que respondió a entera satisfacción. Cuando el obispo oyó que yo había dado una especial e innecesaria licencia a la cocinera, captó el sentido de la maniobra y desde ese momento apenas nos dirigimos la palabra. Si has tenido alguna vez en tu casa un obispo con el que no te hablabas, podrás apreciar la situación.

Annabel confesó que en su vida nunca había tenido una experiencia tan perturbadora.

—Luego —continuó Matilda para complicar las cosas—, el Gwadlipichee se desbordó, algo que sucedía cada tanto cuando las lluvias eran desusadamente prolongadas, y la parte inferior de la casa y las construcciones exteriores quedaron sumergidas. Conseguimos soltar a los ponis a tiempo y llevar a todo el grupo de cisnes a la más cercana elevación de terreno. Una o dos cabras, el jefe de los pastores de cabras, su esposa y varios de sus bebés vinieron a refugiarse en la veranda. Todo el resto del espacio disponible estaba lleno de gallinas y pollos mojados y empapados; uno nunca sabe cuántas aves posee hasta que se inundan las dependencias de servicio. Por supuesto, me había sucedido algo semejante en inundaciones anteriores, pero nunca antes había tenido la casa llena de cabras y bebés y gallinas semiahogadas, con el agregado de un obispo con el que apenas nos dirigíamos las palabra.

—Debe de haber sido una experiencia sumamente molesta —comentó Annabel.

—Siguieron más circunstancias embarazosas. Yo no iba a dejar que una simple inundación común borrara de mi memoria el servicio de postres de Crown Derby, y le di a entender al obispo que su gran dormitorio, con un escritorio, y su pequeño baño con bastantes recipientes de agua fría era su ambiente privado, y que el espacio estaba más bien congestionado bajo las circunstancias del momento. No obstante, alrededor de las tres de la tarde, cuando se había despertado de su siesta, hizo una repentina incursión en el cuarto que era normalmente la sala, pero ahora era comedor, depósito, caballeriza y media docena más de locales temporarios también. Por la condición de la vestimenta de mi huésped, parecía pensar que también podía ser utilizada como su cuarto de vestir.

"Me temo que no hay lugar donde pueda sentarse", le dije fríamente; "la veranda está llena de cabras".

"Hay una cabra en mi cuarto", observó con la misma frialdad y un dejo de reproche sardónico.

"¡Realmente!", dije, "¡otra sobreviviente! Pensé que todas las demás cabras habían perecido".

"Esta cabra en particular está totalmente fenecida", dijo, "está siendo devorada por un leopardo en este momento. Por eso abandoné mi cuarto; a algunos animales no les gusta ser observados cuando están comiendo".

—La presencia del leopardo, naturalmente, era fácil de explicar; había estado merodeando alrededor del cobertizo de las cabras cuando se produjo la inundación y había trepado por la escalera exterior que conducía al baño del obispo, llevando consigo cuidadosamente una cabra. Probablemente el baño le resultó demasiado húmedo y encerrado para su gusto, y transfirió la realización de su banquete al dormitorio donde el obispo estaba durmiendo su siesta.

—¡Qué horrorosa situación! —exclamó Annabel—. Tener un leopardo voraz en la casa, con todo inundado alrededor.

—No voraz en absoluto —dijo Matilda—, se había llenado el estómago con la cabra, tenía cualquier cantidad de agua a su disposición si sentía sed, y probablemente no tenía otro deseo inmediato que el de una siesta ininterrumpida. Sin embargo, pienso que cualquiera admitirá que era una situación embarazosa tener la única habitación de huéspedes disponible ocupada por un leopardo, la veranda abarrotada de cabras y bebés y gallinas mojadas, y un obispo con el que apenas se hablaba instalado en la única sala. Realmente no sé cómo pude soportar esas lentas horas, y por supuesto las horas de las comidas empeoraban las cosas. El cocinero de emergencia estaba totalmente disculpado por enviar una sopa chirle y arroz aguachento, y como ni el jefe de los pastores de cabras ni su mujer eran expertos buceadores, no podía llegarse al sótano... Afortunadamente, el Gwadlipichee baja tan rápido como se levanta; justo antes del amanecer los cisnes volvieron chapoteando y los ponis también, hundidos en el agua hasta los espolones. Luego se produjeron ciertos problemas debido a que el obispo deseaba irse antes de que lo hiciera el leopardo, y como éste estaba cómodamente instalado en medio de las posesiones personales de aquél, había una evidente dificultad en alterar el orden de partida. Le señalé al obispo que los hábitos de un leopardo no eran los de una nutria, y que naturalmente prefería caminar a vadear las aguas y que, de todos modos, la digestión de una cabra entera bañada con agua de la bañera justificaba un período de reposo; si hubiera hecho disparar fusiles para hacer huir al animal, como sugería el obispo, probablemente se habría limitado a abandonar el dormitorio para venir a la ya atestada sala. Fue por cierto un alivio cuando ambos partieron. Ahora quizá puedas comprender mi apreciación de un soñoliento lugar de campo en el que no suceden cosas.

La penitencia

OCTAVIAN RUTTLE era uno de esos individuos alegres y animados en quienes la amabilidad había estampado su inconfundible sello y, como muchos de su clase, su paz espiritual dependía en buena medida de la generosa aprobación de sus compañeros. Al dar muerte a una gatita había hecho algo por lo que a duras penas se aprobaba a sí mismo, y se alegró cuando el jardinero escondió el cuerpo en una apresuradamente cavada sepultura en la pradera bajo un solitario roble, el mismo árbol al que la presa perseguida había trepado en un último esfuerzo para ponerse a salvo. Había sido un hecho desagradable y aparentemente despiadado, pero las circunstancias lo habían exigido. Octavian criaba pollos, al menos algunos; otros desaparecían de su criadero dejando sólo algunas plumas manchadas de sangre que indicaban la forma de su partida.

La gata de la gran casa gris que daba la espalda a la pradera había sido detectada en muchas visitas furtivas a los gallineros, y después de las debidas negociaciones con las autoridades de la casa gris, se había acordado una sentencia de muerte: "A los chicos les importará, pero no es necesario que se enteren", había sido la última palabra sobre el asunto.

Los chicos en cuestión eran un perpetuo enigma para Octavian; en el curso de algunos meses consideraba que debería haber conocido sus nombres, edades, las fechas de sus nacimientos, y haber sido introducido a sus juguetes favoritos. No obstante, permanecían tan elusivos como la larga pared desnuda que los aislaba de la pradera, una pared por encima de la cual sus tres cabezas aparecían a ratos perdidos. Sus padres estaban en la India, al menos eso Octavian lo había aprendido en la vecindad; los niños, más allá de agruparse en sexos por su vestimenta, una niña y dos niños, no revelaban sus historias de vida más allá en lo que a él le atañía. Ahora parecía que estaba ocupado en algo que los tocaba de cerca pero debía ser ocultado de su conocimiento.

Los pobres, indefensos pollos, habían cumplido uno a uno su destino, de modo que correspondía que su aniquilador sufriera un final violento, y no obstante Octavian sentía algunos escrúpulos después de consumada la violencia. El pequeño gato, alejado de la seguridad de su camino habitual, había corrido sin protección de refugio en refugio y su fin había sido más bien lastimoso. Octavian caminaba a través de los pastos altos de la pradera con pasos menos airosos que lo habitual. Cuando pasaba bajo la sombra de la alta pared desnuda, se dio cuenta de que su cacería había tenido testigos no deseados. Tres rostros inexpresivos lo miraban desde lo alto y, si alguna vez un artista hubiera querido hacer un estudio triple de frío odio humano, impotente pero inflexible, enfurecido pero con una máscara de inmovilidad, lo habría encontrado en la triple mirada que captaban los ojos de Octavian.

—Lo siento, pero había que hacerlo —dijo Octavian con un genuino tono de disculpa en la voz.

—¡Bestia!

La respuesta procedía de tres gargantas con alarmante intensidad.

Octavian sintió que la pared desnuda no sería más insensible a sus explicaciones que el racimo de hostilidad humana que espiaba desde lo alto; sensatamente decidió retener sus propuestas de paz para una ocasión más propicia.

Dos días después registró el mejor negocio de golosinas en el mercado de la vecina ciudad, en busca de una caja de chocolates que por su tamaño y contenido expiaría adecuadamente el sombrío hecho llevado a cabo bajo el roble en la pradera. Rechazó rápidamente los primeros envases que le mostraron; uno tenía un grupo de pollitos pintados en la tapa y el otro el retrato de una gatita. Un tercero estaba más simplemente adornado con un ramillete de amapolas pintadas, y Octavian festejó las flores que simbolizaban el olvido como un presagio feliz. Se sintió indudablemente más cómodo cuando el imponente paquete había sido enviado a la casa gris y había recibido un mensaje diciendo que había sido debidamente entregado a los chicos. A la mañana siguiente caminó con paso resuelto a lo largo de la pared desnuda, en su camino al gallinero y al chiquero situados al fondo de la pradera. Los tres chicos estaban trepados a su acostumbrado mirador y sus miradas no parecieron interesarse en la presencia de Octavian. Mientras caía en un estado de depresión al darse cuenta de la indiferencia de sus miradas, notó al mismo tiempo un extraño abigarramiento en la hierba a sus pies; el césped, por un considerable espacio a su alrededor, estaba cubierto y salpicado de un granizo color chocolate, avivado aquí y allá por alegres envoltorios de oropel o por el brillante color malva de violetas cristalizadas. Era como si el paraíso feérico de un niño glotón hubiese tomado forma y sustancia en la vegetación de la pradera. El dinero manchado de sangre de Octavian le había sido arrojado de vuelta con desprecio.

Para aumentar su desconcierto, la marcha de los acontecimientos tendió a desplazar la culpa de los gallineros destruidos del supuesto culpable, que ya había pagado su delito con creces; los pollitos continuaban siendo arrebatados, y parecía altamente probable que la gata sólo había rondado por los gallineros para atacar a las ratas que se refugiaban allí. A través de los canales de la conversación de los sirvientes, los chicos conocieron esta tardía revisión del veredicto, y un día Octavian encontró una hoja de cuaderno en la que habían escrito trabajosamente y con faltas de ortografía: "Bestia, las ratas comieron tus pollitos". Más ardientemente que nunca deseó tener una oportunidad para deshacerse de la ignominia que lo marcaba, y recibir un mote más feliz de sus tres despiadados jueces.

Y un día tuvo una inesperada inspiración. Olivia, su hija de dos años, acostumbraba pasar con su padre la hora desde el mediodía hasta la una, mientras la niñera engullía y digería su almuerzo y su novela sentimental. Más o menos a esa misma hora la desnuda pared estaba usualmente animada por la presencia de sus tres pequeños guardianes. Octavian, con aparente indiferencia, llevó a Olivia bien al alcance de la mirada de los observadores y notó con oculto deleite el creciente interés que surgía en ese grupo severamente hostil. Su pequeña Olivia, con su actitud soñolienta y plácida, tendría éxito donde él, con sus gestos ansiosos y bienintencionados, había fracasado tan notoriamente. Le trajo una gran dalia amarilla, que ella apretó estrechamente con una mano y la miró con benévolo aburrimiento, como el que uno podría experimentar ante un baile clásico de aficionados ejecutado a beneficio de una obra de caridad. Luego se volvió tímidamente al grupo trepado en la pared y preguntó con afectada indiferencia "¿Les gustan las flores?" Tres solemnes inclinaciones de cabeza recompensaron su empresa.

—¿De qué clase les gustan más? —preguntó, esta vez traicionando distintamente la ansiedad en su voz.

—Esas de todos colores que están allá. —Tres bracitos regordetes señalaban una maraña distante de alverjillas. A la manera infantil, pedían lo que estaba más lejos de la mano, pero Octavian trotó alegremente para obedecer su bienvenido pedido. Tiró y arrancó pródigamente e incluyó en su ramo todas las variedades de colores hasta formar un haz. Luego volvió sobre sus pasos y encontró la desnuda pared más desnuda y desierta que nunca, mientras que al frente no había rastros de Olivia. A lo lejos en la pradera, tres chicos empujaban un cochecito a la mayor velocidad que podían en dirección a los chiqueros; era el cochecito de Olivia y Olivia iba sentada en él, algo sacudida y agitada por la velocidad a que era conducida, pero aparentemente conservando su acostumbraba compostura. Octavian miró por un momento en dirección al grupo en rápido movimiento, y luego se lanzó en agitada persecución, dejando caer en su carrera ramitas de pimpollos de la masa de alverjillas que todavía aferraba en su mano. Por muy rápido que corriera, los chicos habían llegado al chiquero antes de que pudiera alcanzarlos, y llegó justo a tiempo para ver a Olivia, asombrada pero sin protestar, levantada y empujada hasta el techo del chiquero más próximo. Eran viejas construcciones que requerían reparaciones, y el tambaleante techo no habría soportado el peso de Octavian si hubiera intentado seguir a Olivia y sus captores en su nueva posición estratégica.

—¿Qué van a hacer con ella? —preguntó jadeante. No había modo de confundir la inexorable intención maliciosa en esos jóvenes rostros sonrojados pero severamente sosegados.

—Colgarla con cadenas sobre un fuego lento —dijo uno de los chicos. Evidentemente habían estado leyendo historia inglesa.

—Arrójala abajo y los cerdos la devorarán entera, excepto las palmas de sus manos —dijo el otro chico. Era también evidente que habían estudiado historia bíblica.

La última propuesta fue la que más alarmó a Octavian, ya que podía ser ejecutada inmediatamente; recordaba casos de cerdos que habían devorado bebés.

—Seguramente no tratarán a mi pobre pequeña Olivia de esa manera —suplicó.

—Usted mató a nuestra pequeña gatita —surgió de sus gargantas como un duro recordatorio.

—Siento mucho haberlo hecho —dijo Octavian, y si hay un criterio de medida de la verdad, su declaración merecía seguramente un nueve.

—Lo sentiremos mucho cuando hayamos matado a Olivia —dijo la niña—, pero no podemos sentirlo hasta que lo hayamos hecho.

La inexorable lógica infantil se levantaba como una inflexible muralla ante los temerosos ruegos de Octavian. Antes de que pudiera pensar en otra forma de ruego, sus energías fueron requeridas desde otro lugar. Olivia había resbalado del techo y caído con un suave, untuoso chapoteo en un cenagal de estiércol y paja podrida. Octavian se abrió paso rápidamente sobre la pared del chiquero para rescatarla, y enseguida se encontró en un lodazal en que se le hundían los pies. Olivia, después de la primera sorpresa ante su repentina caída por los aires, se había sentido ligeramente complacida al sentirse en contacto estrecho y generoso con el elemento pegajoso que manaba a su alrededor, pero cuando comenzó a hundirse suavemente en el lecho de limo, empezó a sentir que no era después de todo muy afortunada y empezó a lloriquear de la manera suave del niño normalmente bueno. Octavian, luchando con la ciénaga, que parecía haber aprendido el raro arte de aflojarse en todos lados sin ceder una pulgada, vio que su hija desaparecía lentamente en el fango que la rodeaba, su untada cara más torcida con las contorsiones de gimoteante asombro, mientras los chicos desde su posición en el techo del chiquero miraban hacia abajo con la fría y despiadada indiferencia de las Parcas.

—No puedo alcanzarla a tiempo —dijo Ocatavian sin aliento—, se ahogará en el fango. ¿No la ayudarán?

—Nadie ayudó a nuestra gata —fue el inevitable recordatorio.

—Haré cualquier cosa para demostrarles cuánto siento lo sucedido —grito Octavian, con un nuevo, desesperado tropezón, que apenas lo hizo avanzar dos pulgadas.

—¿Se parará junto a la tumba con una mortaja blanca?

—Sí —gritó Octavian.

—¿Sosteniendo una vela?

—¿Y diciendo "'Soy una bestia miserable"?

Octavian estuvo de acuerdo con ambas sugerencias.

—¿Durante mucho, mucho tiempo?

—Durante media hora —dijo Octavian. Había un tono ansioso en su voz al mencionar el límite de tiempo. ¿No existía el antecedente de un rey alemán que hizo penitencia al aire libre durante varios días y noches cubierto sólo con su camisa? Afortunadamente los chicos no parecían haber leído historia alemana, y media hora les pareció un tiempo largo e importante ante sus ojos.

—Está bien —llegó con triple solemnidad la respuesta desde el techo, y un momento después una corta escalera había sido trabajosamente acercada a Octavian, quien no perdió tiempo en apoyarla contra la baja pared del chiquero. Trepando ágilmente por sus peldaños pudo inclinarse a través del cenagal que lo separaba de su criatura que se hundía lentamente y extraerla como un corcho resistente de su abrazo de lodo. Algunos minutos más tarde estaba oyendo las agudas y repetidas aseveraciones de la niñera de que su experiencia anterior de espectáculos inmundos habían sido en una escala notablemente menor.

Al atardecer, cuando el crepúsculo se hacía cada vez más profundamente oscuro, Octavian adoptó su posición de penitente bajo el solitario roble, habiéndose previamente desprovisto de las ropas correspondientes. Vestido con una camisa de céfiro, que en esta ocasión merecía absolutamente su nombre, sostenía en una mano una vela encendida y en la otra un reloj, dentro del cual parecía haber pasado el alma de un plomero muerto. A sus pies había una caja de fósforos a la que recurría en las bastante frecuentes ocasiones en que la vela se apagaba a causa de la brisa nocturna. La casa se levantaba inescrutable a media distancia, pero mientras Octavian repetía concienzudamente la fórmula de su penitencia, se sentía seguro de que tres pares de ojos solemnes observaban su vigilia compartida por las mariposas nocturnas.

Y a la mañana siguiente sus ojos se alegraron al ver una hoja de cuaderno junto a la desnuda pared, en la cual estaba escrito el mensaje: "Ex bestia".

El almuerzo fantasma

—Las Smithly-Dubbs están en la ciudad —dijo Sir James—. Me agradaría que les prestases alguna atención. Pídeles que almuercen contigo en el Ritz o en algún otro lugar.

—De lo poco que he visto de las Smithly-Dubbs no creo que quiera cultivar su relación —dijo Lady Drakmanton.

—Siempre trabajan para nosotros en tiempos de elecciones —dijo su esposo—, no supongo que tengan influencia sobre muchos votantes, pero tienen un tío que está en uno de los comités de mi distrito, y otra tía que habla a veces de nuestras reuniones menos importantes. Ese tipo de gente espera alguna recompensa en forma de hospitalidad.

—¡Esperan! —exclamó Lady Drakmanton—. Las Misses Smithly-Dubbs hacen más que eso; casi lo reclaman. Son socias de mi club y rondan por el lobby alrededor de la hora de almorzar, las tres de ellas, con las lenguas colgando y una mirada de "seis platos" en sus ojos. Si yo pronunciara la palabra "almuerzo" me meterían en un taxi y gritarían "Ritz" o "Dieudonné's" al conductor antes de que yo supiera lo que está sucediendo.

—De todos modos, creo que deberías invitarlas a algún tipo de comida —insistió sir James.

—Considero que brindar hospitalidad a las Smithly-Dubb es llevar los principios de "comida libre" a un deplorable extremo —dijo lady Drakmanton—; he recibido a los Joneses, los Browns, los Snapheimers y los Lubrikoffs, y pilas de otros cuyos nombres no recuerdo, pero no veo por qué debería imponerme la sociedad de las Misses Smithly-Dubbs durante toda una hora. Imagínate, sesenta minutos, más o menos, de implacable engullir y parlotear. Por qué no puedes ocuparte tú, Milly —dijo, volviéndose esperanzadamente a su hermana.

—No las conozco —dijo Milly apresuradamente.

—Tanto mejor; puedes hacerte pasar por mí. La gente dice que somos tan parecidas que apenas pueden distinguir a una de la otra, y sólo he hablado a estas aburridas mujeres alrededor de dos veces en mi vida, en salas de comité, y las he saludado con un gesto en el club. Cualquiera de los pajes del club te las señalarán; siempre se las encuentra holgazaneando en el hall antes del almuerzo.

—Mi querida Betty, no seas absurda —protestó Milly—; tengo que almorzar con algunas personas mañana en el Carlton, y me voy de la ciudad al día siguiente.

—¿A qué hora es tu almuerzo mañana? —preguntó lady Drakmanton reflexivamente.

—A las dos —dijo Milly.

—Bien —dijo su hermana—, las Smithly-Dubbs almorzarán conmigo mañana. Será un almuerzo más bien divertido. Por lo menos yo me divertiré.

Los dos últimos comentarios los hizo para sí misma. Otras personas no siempre apreciaban su sentido del humor. Sir James nunca lo hacía.

Al día siguiente Mrs. Drakmanton introdujo algunas visibles modificaciones en su arreglo usual. Se peinó de una manera desacostumbrada y se puso un sombrero que acentuó la transformación de su aspecto. Cuando hubo efectuado una o dos mínimas alteraciones, se veía suficientemente distinta de su elegante aspecto usual como para hacer vacilar un poco el saludo que las Misses Smithly-Dubbs le dirigieron en el lobby del club. No obstante, respondió con una prontitud que desvaneció todas sus dudas.

—¿Qué les parece el Carlton para almorzar?

El restaurante fue entusiastamente recomendado por las tres hermanas.

—Vayamos a almorzar allí. ¿Qué les parece? —sugirió, y en unos pocos minutos las Smithly-Dubbs estaban contemplando de cerca una vista feliz de carnes asadas y excelentes vinos.

—¿Van a empezar con caviar? Yo sí —confió lady Drakmanton, y las Smithly-Dubbs empezaron con caviar. Los platos siguientes fueron elegidos con el mismo espíritu ambicioso, y para el momento en que llegaban al pato salvaje, comenzaba a ser un almuerzo más bien caro.

La conversación estaba poco de acuerdo con lo brillante del menú. Las huéspedes hacían repetidas referencias a las condiciones políticas locales y las perspectivas en el distrito electoral de sir James eran recibidas con vagos "ah" y "verdaderamente" por parte de lady Drakmanton, que podría haberse esperado que estuviera especialmente interesada.

—Creo que cuando la Ley de Seguro sea un poco mejor comprendida perderá algo de su actual impopularidad —aventuró Cecilia Smithly-Dubb.

—¿Será así? No dudo. Me temo que la política no me interesa demasiado —dijo lady Drakmanton.

Las tres Miss Smithly-Dubbs apoyaron sus tazas de café turco y la miraron con asombro. Luego prorrumpieron en risitas de protesta.

—¿Usted está bromeando, por supuesto? —dijeron.

—No bromeo —fue la desconcertante respuesta—; no entiendo nada de estas viejas cuestiones políticas. Nunca entendí ni quiero hacerlo. Ya tengo bastante con ocuparme de mis propios asuntos.

—Pero —exclamó Amanda Smithly-Dubb con la voz alterada por un chillido de perplejidad— me dijeron que usted habló con gran información sobre la Ley de Seguro en uno de nuestros encuentros sociales vespertinos.

Esta vez fue Lady Drakmanton la que mostró asombro.

—¿Saben —dijo mirando atemorizada a su alrededor—, me está sucediendo algo terrible. Estoy sufriendo una total pérdida de memoria. Ni siquiera puedo recordar quién soy. Recuerdo haberlas encontrado en alguna parte y recuerdo que me pidieron que almorzara con ustedes aquí y que acepté su amable invitación. Aparte de eso, mi mente es un blanco total.

La mirada temerosa se transmitió con intensificado patetismo a los rostros de sus compañeras.

—Usted nos invitó a almorzar —exclamaron apresuradamente. Ése parecía un punto más inmediatamente importante de aclarar que la cuestión de la identidad.

—Oh, no —dijo la evanescente anfitriona—, de eso sí me acuerdo. Ustedes insistieron en que viniera aquí porque la comida era tan buena, y debo decir que eso es todo lo que dijeron acerca del asunto. En verdad ha sido un almuerzo muy agradable. Lo que me preocupa es quién diablos soy. No tengo la más mínima idea.

—Usted es lady Drakmanton —dijeron las tres hermanas en coro.

—Bueno, no se burlen de mí —replicó enojada—. Sucede que la conozco de vista y no se parece en nada a mí. Y es algo extraño que la hayan mencionado, porque sucede que acaba de entrar al salón. La dama de negro con una pluma amarilla en el sombrero, allí junto a la puerta.

Las Smithly-Dubbs miraron en la dirección indicada y la intranquilidad en sus ojos se transformó en horror. En su aspecto exterior la dama que acababa de entrar en el salón por cierto se aproximaba bastante más a su recuerdo de la esposa del miembro de su distrito que la persona que estaba sentada a la mesa con ellas.

—¿Quién es usted, entonces, si ésa es lady Drakmanton? —preguntaron con aterrorizado asombro.

—Eso es precisamente lo que no sé —fue la respuesta— y ustedes no parecen saberlo mejor que yo.

—Usted se acercó a nosotras en el club...

—¿En qué club?

—El New Didactic, en Calais Street.

—¡El New Didactic! —exclamó lady Drakmanton con un aire de vuelta a la conciencia—. Muchísimas gracias. Por supuesto, ahora recuerdo quién soy. Soy Ellen Niggle, del Gremio Femenino de Pulido de Bronce. El club me contrata para venir de vez en cuando a ocuparme de pulir los accesorios de bronce. Así fue como llegué a conocer a lady Drakmanton de vista; está muy a menudo en el club. Y ustedes son las damas que tan gentilmente me invitaron a almorzar. Es raro como todo se me hubo escapado de la memoria repentinamente. La desacostumbrada buena comida y el vino deben de haber sido demasiado para mí; por el momento no podía realmente recordar quién era. Dios mío —se interrumpió de pronto— son las dos y diez; debería estar en una tarea de pulir en Whitehall. Debo irme corriendo como un conejo aturdido. Nuevamente, muchas gracias.

Dejó la sala con una precipitación que sugería suficientemente al animal que había mencionado, pero el aturdimiento correspondía totalmente a sus involuntarias anfitrionas. El restaurante parecía girar en torno de ellas, y cuando apareció la cuenta, no contribuyó en nada a que recuperaran su compostura. Estaban tan a punto de las lágrimas como podía permitirse a la hora del almuerzo en un restaurante realmente bueno. En términos financieros podían muy bien permitirse el lujo de un almuerzo elaborado, pero sus ideas sobre el tema de la hospitalidad diferían muy fuertemente, según el caso de que la dispensaran o la recibieran. Haberse alimentado liberalmente a su propia costa era, quizás, una prodigalidad excesiva, pero, al menos, habrían recibido algo por su dinero; haber atraído a una desconocida y socialmente no remunerativa Ellen Niggle a la red de su hospitalidad, era una catástrofe que no podían aceptar en absoluto con calma.

Las Smithly-Dubbs nunca se recuperaron totalmente de su perturbadora experiencia. Han abandonado la política y se dedican a hacer el bien.

Una señorita de pan con manteca

—*STARLING CHATTER* Y *OAKHILL* han caído en las apuestas —dijo Bertie van Tahn, arrojando el diario de la mañana sobre la mesa de desayuno.

—Eso deja a *Nursery Tea* [Té en el cuarto de los niños] prácticamente como favorito —dijo Odo Finsberry.

—*Nursery Tea* y *Pipeclay* [Blanquizal] están al tope de las apuestas en este momento —dijo Bertie— pero ese caballo francés, *Le Five O'Clock* [El té de las cinco], parece tener muchas posibilidades de ganar. También está *Whitebait* [Arenque], y el caballo polaco con un nombre como alguien tratando de contener un estornudo en la iglesia; ambos parecen tener mucho apoyo.

—Es el Derby más abierto que ha habido en años —dijo Odo.

—Simplemente no sirve tratar de elegir al ganador por la forma —dijo Bertie—; no hay más remedio que confiar en la suerte o la inspiración.

—La cuestión es si debemos confiar en nuestra propia inspiración o la de otros... *Sporting Swan* dice que ganará *Count Palatine*, y *Le Five O'Clock* saldrá placet.

—*Count Palatine*, ese añade otro a nuestra lista de perplejidades. Buenos días, sir Lulworth, ¿tiene alguna idea para el Derby por casualidad?

—Por lo general no me intereso mucho en cuestiones de turf —dijo sir Lulworth, que acababa de hacer su aparición— pero siempre me gusta apostar al Guineas y al Derby. Confieso que este año es algo difícil elegir algo que suene marcadamente superior a cualquier otro. ¿Qué piensan de *Snow Bunting*?

—¿*Snow Bunting*? —dijo Odo con un gemido—, ése es otro de ellos. Con seguridad *Snow Bunting* no tiene ninguna posibilidad en el mundo.

—El sobrino de mi ama de llaves, que tiene el oficio de zapatero remendón en la sección de la Church Lad's Brigade, y es una autoridad en carne de caballo, confía en que saldrá entre los tres primeros.

—Los sobrinos de las amas de llaves son invariablemente optimistas —dijo Bertie—; es una especie de reacción natural contra el pesimismo profesional de sus tías.

—No parecemos adelantar mucho en nuestra búsqueda del probable ganador —dijo Mrs. De Claux—; cuanto más escucho a ustedes los expertos, más confundida me siento.

—Está muy bien culparnos a nosotros —dijo Bertie a su anfitriona, usted no ha sugerido nada a manera de inspiración.

—Mi inspiración consistió en invitarte para la semana del Derby —replicó Mrs. de Claux—; pensé que tú y Odo podrían entre ambos arrojar alguna luz sobre la cuestión del momento.

Otras recriminaciones fueron interrumpidas por la llegada de Lola Pevensey, que entró flotando en la habitación con aire de graciosa disculpa.

—Siento mucho llegar tan tarde —observó, haciendo una rápida inspección de los platos del desayuno.

—¿Pasaste bien la noche? —preguntó la anfitriona con preocupación.

—Sí, gracias —dijo Lola—. Tuve un sueño muy notable.

Un pestañeo, en señal de aburrimiento general, se produjo alrededor de la mesa. Los sueños de otras personas son más o menos tan universalmente interesantes como los relatos sobre los jardines, los pollos o los chicos de otras personas.

—Soñé sobre el ganador del Derby —dijo Lola.

Se produjo una rápida reacción de interesada atención.

—Cuéntenos qué soñó —dijeron todos en coro.

—Lo realmente notable acerca del asunto es que lo soñé dos noches seguidas —dijo Lola, decidiendo finalmente entre los atractivos de los chorizos y el plato de pescado—; es por eso que pensé que valía la pena mencionarlo. Saben, cuando sueño cosas en dos o tres noches sucesivas, siempre significa algo; tengo poderes especiales en ese sentido. Por ejemplo, una vez soñé tres veces que un león alado volaba por el cielo y una de sus alas se desprendía, y caía al suelo con estrépito; inmediatamente después el Campanile de Venecia se derrumbó. Sabrán sin duda que el león alado es el símbolo de Venecia —agregó para aquellos que podían no estar versados en la heráldica italiana—. Luego —continuó— justamente antes del asesinato del Rey y la Reina de Serbia tuve un sueño vívido de dos figuras coronadas entrando a un matadero a orillas de un gran río, que supuse que era el Danubio; y justo al otro día...

—Cuéntenos lo que soñó sobre el Derby —interrumpió Odo con impaciencia.

—Bueno, vi el final de la carrera con toda claridad y un caballo ganó con gran facilidad, y todo el mundo gritó: "¡Pan con Manteca gana! El bueno de Pan con Manteca". Oí el nombre con toda claridad y he tenido el mismo sueño dos noches sucesivas.

—Pan con Manteca —dijo Mrs. de Claux—; ahora bien, ¿qué caballo puede indicar ese nombre? ¡Claro, por supuesto; *Nursery Tea*!

Miró a su alrededor con la sonrisa triunfante de quien acaba de desentrañar un misterio.

—¿Por qué no *Le Five O'Clock*? —interpuso sir Lulworth.

—Respondería a cualquiera de ellos igualmente bien —dijo Odo—, ¿recuerda algunos detalles sobre el color de los jockeys? Eso nos ayudaría.

—Me parece recordar un toque color amarillo limón en una chaqueta o gorra, pero no estoy segura —dijo Lola después de reflexionar.

—No hay ninguna chaqueta ni gorra amarillo limón en la carrera —dijo Bertie, refiriéndose a una lista de árbitros y jockeys—; ¿no puede recordar nada acerca del aspecto del caballo? Si fuera un animal robusto, un grueso pedazo de pan con manteca sería del tipo de *Nursery Tea*; y si fuera flaco, por supuesto indicaría *Le Five O'Clock*.

—Eso parece suficientemente lógico —dijo Mrs. de Claux—; piensa, querida Lola, si el caballo de tus sueños era flaco o robusto.

—No puedo recordar si era una cosa o la otra —dijo Lola—; uno no notaría semejante detalle en la excitación de un final.

—Pero ése era un animal simbólico —dijo sir Lulworth—; si debía tipificar pan con manteca grueso o fino, seguramente debería haber sido tan voluminoso y rechoncho como un caballo de tiro o tan delgado como un leopardo heráldico.

—Temo que seas una soñadora más bien descuidada —dijo Bertie con resentimiento.

—Por supuesto, en el momento de soñar pensaba que estaba contemplando una carrera real, no el presagio de una —dijo Lola—; si no, habría advertido particularmente todos los detalles útiles.

—El Derby no se corre hasta mañana —dijo Mrs. de Claux—; ¿crees que es probable que tengas el mismo sueño nuevamente esta noche? En ese caso, puedes prestar atención al importante detalle del aspecto del animal.

—Me temo que no dormiré en absoluto esta noche —dijo Lola patéticamente—; cada cinco noches sufro de insomnio y es, casualmente, esta noche.

—Es sumamente irritante —dijo Bertie—; por supuesto, podemos jugarles a los dos caballos, pero sería mucho más satisfactorio apostar todo nuestro dinero al ganador. ¿No puedes tomar un somnífero o algo así?

—Algunos recomiendan hojas de roble remojadas en agua tibia y puestas bajo la cama —dijo Mrs. de Claux.

—Una copa de Benedictine con una gota de agua de Colonia —dijo sir Lulworth.

—He probado toda clase de remedios —dijo Lola con dignidad—, he sido una mártir del insomnio por años.

—Pero ahora los mártires somos nosotros —dijo Odo de mal humor—; quiero particularmente hacer una gran apuesta en esta carrera.

—No tengo insomnio por divertirme —contestó bruscamente Lola.

—Esperemos lo mejor —dijo Mrs. Claux en tono consolador—, esta noche puede resultar una excepción a la regla de las cinco noches.

Pero cuando llegó la hora del desayuno Lola declaró que había pasado una noche sin tener ninguna visión.

—No creo haber dormido más de diez minutos, y por cierto no tuve sueños.

—Lo siento mucho por ti en primer lugar, y por nosotros también —dijo su anfitriona—; ¿crees que podrías dormir una breve siesta después del desayuno? Sería tan bueno para ti, y podrías soñar algo. Todavía tendríamos tiempo de hacer nuestras apuestas.

—Lo intentaré si quieres —dijo Lola—, suena más bien como un niño pequeño que es mandado a la cama como castigo.

—Iré y te leeré la Enciclopedia Británica si crees que te hará dormir más rápido —dijo Bertie amablemente.

La lluvia era demasiado constante como para permitir ningún entretenimiento al aire libre y el grupo sufrió considerablemente durante las dos horas siguientes por el silencio absoluto a que se veía obligada toda la casa a fin de dar una oportunidad a Lola de echar un sueñito. Hasta el clic de las bolas de billar era considerado un posible factor de perturbación y los canarios fueron llevados a la casa del jardinero, en tanto que el reloj de cucú era tapado con varias capas de mantas. En la puerta del frente, por sugerencia de Bertie, se puso el aviso "Por favor no golpee ni toque el timbre", y los huéspedes y sirvientes hablaban con trágicos murmullos como si la temida presencia de la muerte o la enfermedad hubiese invadido la casa. Las precauciones fueron inútiles: Lola añadió una mañana insomne a una noche de vigilia, y las apuestas del grupo tuvieron que dividirse entre *Nursery Tea* y el potrillo francés.

—Tan fastidioso tener que dividir nuestras apuestas —dijo Mrs. de Claux, cuando sus huéspedes se reunieron en el hall más tarde, esperando el resultado de la carrera.

—Hice lo más que pude por ustedes —dijo Lola, sintiendo que no le agradecían como correspondía—; les dije lo que había visto en mis sueños: un caballo marrón, llamado Pan con Manteca, que les ganaba fácilmente a los demás.

—¿Qué? —gritó Bertie poniéndose de pie de un salto—. ¡Un caballo marrón! Despreciable mujer, nunca dijiste una palabra acerca de que fuera marrón.

—¿No lo dije? —titubeó Lola—. Pensé que les había dicho que era un caballo marrón. Era ciertamente marrón en ambos sueños. Pero no veo qué tiene que ver el color con esto. *Nursery Tea* y *Le Five O'Clock* son ambos castaños.

—¡Por todos los cielos! ¿Acaso pan negro y manteca con un toque de limón en los colores no te sugiere nada? —gritó enfurecido Bertie.

Un lento y creciente gemido estalló a medida que los allí reunidos caían en la cuenta del sentido de sus palabras.

Por segunda vez ese día Lola se retiró a encerrarse en su habitación; no podía soportar las universales miradas de reproche dirigidas hacia ella cuando *Whitebait* fue anunciado como el ganador, al estimable valor de catorce a uno.

La nochebuena de Bertie

ERA NOCHEBUENA Y EL CÍRCULO FAMILIAR de Luke Steffink, Esq., irradiaba amabilidad y el regocijo usual que la ocasión exigía. Se había participado de un largo y abundante almuerzo, bandas de músicos ambulantes habían circulado y cantado villancicos de Navidad, los miembros de la casa se habían regalado por su cuenta con más canciones, habían retozado de una manera que, aun desde un punto de vista religioso, no podría haber sido condenada como irreverente. En medio del placer general, sin embargo, había un punto negro de ceniza apagada.

Bertie Steffink, sobrino del ya mencionado Luke, había adoptado desde temprano en su vida la profesión de "no hacer nada bien"; su padre había sido algo parecido antes que él. A la edad de dieciocho años, Bertie había comenzado las visitas a las posesiones coloniales [británicas], tan adecuadas y deseables en un Príncipe de Sangre, tan sugestivas de insinceridad en un joven de la clase media. Había ido a cultivar té en Ceilán y fruta en British Columbia, y a promover la producción de lana de las ovejas en Australia. A la edad de veinte años, había regresado de una tentativa similar en Canadá, de lo cual puede deducirse que la prueba que intentó en estos varios experimentos había sido de la naturaleza superficial de un parche de tambor. Luke Steffink, que cumplía el fastidioso doble papel de guardián y padre-sustituto de Bertie, deploraba la persistente manifestación del instinto hogareño por parte de su sobrino, y sus agradecimientos solemnes de la mañana por la bendición de tener una familia unida no incluían el regreso de Bertie.

Se habían hecho rápidos preparativos para enviar al joven a un lugar distante en Rhodesia, desde donde el regreso sería difícil; el viaje a este poco atractivo destino era inminente; de hecho, un viajero más cuidadoso y voluntario habría comenzado ya a pensar en su equipaje. Por tanto Bertie no estaba en ánimo de compartir el espíritu festivo que se desplegaba a su alrededor; y el rencor ardía en su interior ante la ansiosa y absorbente discusión sobre los planes sociales para los próximos meses que oía a todo su alrededor. Más allá de deprimir a su tío y al círculo familiar cantando *Di au revoir y no adiós*, no había participado en la alegría de la noche.

Habían dado las once hacía una hora, y los Steffinks mayores comenzaron a expresar sugerencias que conducían al proceso que llamaban retirarse para la noche.

—Vamos, Teddie, es hora de que estés en tu cama, sabes —dijo Luke Steffink a su hijo de trece años.

—Allí es donde deberíamos estar todos —dijo Mrs. Steffink.

—No habría lugar —dijo Bertie.

El comentario fue considerado casi escandaloso; todos comían pasas y almendras con la aplicación de ovejas alimentándose en un tiempo tormentoso.

—En Rusia —dijo Horace Bordenby, que estaba en la casa como huésped de Navidad—, he leído que los campesinos creen que si uno va a un establo a medianoche en Nochebuena oirá hablar a los animales. Se supone que tienen el don del habla en ese momento del año.

—Oh, vayamos todos al establo y escuchemos lo que tienen que decir —exclamó Beryl, para quien todo era excitante y divertido si se lo hacía en compañía.

Mrs. Steffink protestó riendo, pero dio un consentimiento virtual al decir: "Entonces debemos arroparnos bien". La idea le parecía digna de una cabeza de chorlito, y casi pagana, pero proporcionaba una oportunidad para "reunir a la gente joven" y en ese sentido la aprobaba. Mr. Bordenby era un joven con perspectivas realmente sustanciales, y había bailado con Beryl un

número suficiente de veces en un baile local como para justificar la autorizada investigación por parte de los vecinos sobre si "había algo al respecto".
Aunque Mrs. Steffink no lo habría considerado exactamente así, compartió
la idea de los campesinos rusos de que esta noche el animal podría hablar.

El establo estaba en la unión del jardín con una pequeña caballeriza, un
aislado vestigio, en una vecindad suburbana, de lo que había sido alguna vez
una pequeña granja. Luke Steffink estaba complacientemente orgulloso de
su establo y sus dos vacas; sentía que le daban un sello de solidez que ningún
número de gallinas Wyandottes u Orpingtons podían proporcionarle. Hasta
parecían vincularlo, de una manera inconsecuente, con aquellos patriarcas
que fundaban su importancia en su flotante capital de rebaños y manadas,
burros y burras. Había sido una importante y ansiosa ocasión cuando había
tenido que decidir definitivamente entre "El establo" y "La hacienda" como
nombre para su establecimiento de campo. Una medianoche de diciembre
no era el mejor momento que habría elegido para mostrar su establecimiento a los visitantes, pero puesto que era una hermosa noche, y los jóvenes estaban ansiosos por tener una excusa para retozar apaciblemente, Luke consin-
tió en guiar la expedición. Los sirvientes se habían ido a la cama hacía rato,
de modo que la casa quedó a cargo de Bertie, quien desdeñosamente se
rehusó a salir con el pretexto de escuchar la conversación bovina.

—Debemos ir silenciosamente —dijo Luke, mientras conducía la procesión de jóvenes que contenían la risa, con la figura envuelta en una pañoleta y encapuchada de Mrs. Steffink a la retaguardia—; siempre me he preocupado especialmente por mantener silenciosa y ordenada esta vecindad.

Faltaban pocos minutos para la medianoche cuando el grupo llegó al
establo y se introdujo en él a la luz de la linterna de Luke. Por un momento
todos estuvieron en silencio, casi con el sentimiento de estar en la iglesia.

—Daisy, la que está acostada, es hija de un toro Shorthorn y una vaca
Guernsey —anunció Luke en un murmullo, que estaba de acuerdo con la
impresión precedente.

—¿Es así? —dijo Bordenby, como si más bien hubiese esperado que
fuera un Rembrandt.

—Myrtle es...

La historia familiar de Myrtle fue interrumpida por un gritito proferido por las mujeres del grupo.

La puerta del establo se había cerrado sin ruido detrás de ellos y la llave había girado rechinando en la cerradura; y luego oyeron la voz de Bertie amablemente deseándoles buenas noches y sus pasos retirándose por el camino del jardín.

Luke Steffink caminó a las zancadas hasta la ventana; era una pequeña abertura cuadrada de estilo antiguo, con barras de hierro incrustadas en la piedra.

—Abre la llave de la puerta inmediatamente —gritó, con un aire de amenazante autoridad como el que podría asumir una gallina gritando a través de las barras del gallinero a un halcón merodeador. En respuesta a ese requerimiento la entrada del hall se cerró con un desafiante portazo.

Un reloj cercano dio la medianoche. Si las vacas hubiesen recibido el don del habla humana en ese momento no podrían haberse hecho oír. Siete u ocho voces describían la conducta presente de Bertie y su carácter en general con una elevada presión de alboroto e indignación.

En el curso de una media hora aproximadamente todo lo que era permisible decir sobre Bertie había sido dicho una docena de veces, y otros temas comenzaron a tomar la delantera: el fuerte olor a humedad del establo, la posibilidad de que se incendiara y que probablemente fuera una vivienda apropiada para las ratas vagabundas de la vecindad. Y todavía no llegaba ninguna señal de liberación para los involuntarios prisioneros en vela.

Hacia la una el sonido de unos ruidosos e indisciplinados villancicos se aproximó rápidamente y se detuvo de pronto, aparentemente justo afuera de la verja del jardín. Un coche cargado de jóvenes aristocráticos, en un estado de gran alegría, había hecho un alto para recuperarse; no obstante, la parada no incluyó los esfuerzos vocales del grupo, y los observadores en el establo fueron sometidos a una altamente desautorizada versión del *Buen Rey Wenceslao*[9] en que el adjetivo "buen" parecía muy descuidadamente aplicado.

---

[9] Rey de Alemania y de Bohemia (1361-1419), cuyo reinado débil y tempestuoso fue continuamente asolado por guerras y rivalidades principescas que no logró controlar y sumió

El ruido fue causa de que Bertie saliera al jardín, pero ignoró por completo los pálidos y airados rostros que espiaban a través de la ventana del establo, y concentró su atención en los juerguistas afuera de la verja.

—¡Wassail[10], camaradas! —gritó.

—¡Wassail, viejo amigo! —gritaron en respuesta—; tendríamos gusto de brindar contigo, sólo que no tenemos ningún recipiente para beber.

—Vengan a brindar adentro —dijo Bertie con hospitalidad—; estoy totalmente solo y hay un montón de bebida.

Eran totalmente desconocidos, pero su acento de bondad los hizo inmediatamente familiares de él. Al momento siguiente la versión no autorizada del *Buen Rey Wenceslao*, que como muchos otros escándalos empeoró con la repetición, hizo eco en el camino del jardín; dos de los juerguistas hicieron una representación improvisada ejecutando el vals de las escaleras hasta las terrazas de lo que Luke Steffink, hasta ese momento con cierta justificación, llamaba su jardincito rocoso. La parte rocosa permanecía aún allí cuando se había ejecutado el tercer bis del vals. Luke, más que nunca como una gallina encerrada detrás de los barrotes del gallinero, podía darse cuenta de los sentimientos de los asistentes a un concierto imposibilitados de cancelar el pedido de un bis que no deseaban ni merecían.

La entrada del hall se cerró de un portazo con los huéspedes de Bertie adentro, y los sonidos de diversión llegaron débiles y amortiguados a los abatidos observadores al otro lado del jardín. De pronto, dos ominosos taponazos, en rápida sucesión, se oyeron distintamente.

—¡Se han apoderado del champagne! —exclamó Mrs. Steffink.

—Quizás es el mosela espumante —dijo Luke esperanzado.

Se oyeron tres o más taponazos.

—El champagne y el mosela espumante —dijo Mrs. Steffink.

---

su territorio en un estado de virtual anarquía, hasta que fue despojado de su poder por un sector rebelde de la nobleza. *(N. de la T.)*

[10] Exclamación usual entre bebedores que alude a un bol de madera o plata empleado para los brindis en ciertas ceremonias (derivado del nórdico *ves heill*, que significa "buena salud"). *(N. de la T.)*

Luke lanzó una palabrota que, como el brandy en una casa en que se practicaba la abstinencia, sólo se usaba en raras emergencias. Mr. Horace Bordenby había estado usando expresiones similares en voz baja desde hacía un tiempo considerable. El experimento de "reunir a los jóvenes" se había prolongado más allá del punto en que era probable que produjera ningún resultado romántico.

Unos cuarenta minutos más tarde la puerta del hall se abrió y arrojó una multitud que había abandonado cualquier restricción de timidez que podría haber influido sobre sus anteriores acciones. Sus esfuerzos vocales en el canto de villancicos estaban ahora sobrepasados por música instrumental; un árbol de Navidad que había sido preparado para los chicos del jardinero y otros criados de la casa había producido un rico botín de trompetas de latón, matracas y tambores. La historia del Rey Wenceslao había sido abandonada. Luke lo advirtió con agradecimiento, pero fue muy irritante para los helados prisioneros en el establo enterarse de que "había un espectáculo caliente en la vieja ciudad esa noche" junto con la totalmente superflua información de la inminencia de la mañana de Navidad. A juzgar por los gritos de protesta que empezaron a oírse desde las ventanas de arriba de las casas vecinas, los sentimientos predominantes en el establo tuvieron un fuerte eco en otros lugares.

Los juerguistas encontraron su auto, y lo que fue más notable es que lograron conducirlo y marcharse en él, con una fanfarria de trompetas de latón como despedida. El vivaz golpeteo de un tambor reveló el hecho de que el dirigente de los juerguistas permanecía en el lugar.

—¡Bertie! —llegó en un furioso e implorante coro de gritos y chillidos desde la ventana del establo.

—¡Hola! —gritó el portador del nombre, volviendo sus algo vacilantes pasos en dirección al llamado—, ¿están ustedes todavía allí? Para este momento deben haber oído todo lo que las vacas tenían para decir. Si no, no vale la pena esperar. Después de todo, es una leyenda rusa y la Nochebuena rusa será dentro de quince días. Mejor que salgan.

Después de uno o dos intentos fallidos, logró introducir la llave del establo por la ventana. Luego, elevando la voz y canturreando "tengo miedo de ir a casa en la oscuridad" con un vigoroso acompañamiento de tambor, dirigió el regreso al hogar. La apresurada procesión de los liberados que siguió sus pasos repitió algunos de los adversos comentarios que su exuberante demostración había provocado.

Fue la Nochebuena más feliz que había pasado jamás. Citando sus propias palabras, tuvo una Navidad lamentable.

Prevenido de antemano

ALETHIA DEBCHANCE estaba sentada en un rincón de un vacío coche de ferrocarril, más o menos cómoda físicamente, pero algo inquieta mentalmente. Se había embarcado en una aventura social de no poca magnitud comparada con la acostumbrada reclusión y estancamiento de su vida pasada. A la edad de veintiocho años no podía recordar nada más azaroso que la rutina cotidiana de su existencia en la casa de su tía en Webblehinton, una aldehuela distante a cuatro millas y media de una ciudad campestre y alrededor de un cuarto de siglo separada de los tiempos modernos. Sus vecinos habían sido ancianos y poco numerosos, no muy dados a las relaciones sociales, pero serviciales o amablemente compasivos en tiempos de enfermedad. Los periódicos comunes eran una rareza; los que Alethia veía regularmente se dedicaban exclusivamente a la religión o a las aves de corral, y el mundo de la política era para ella una región desatendida e inexplorada. Sus ideas acerca de la vida en general habían sido adquiridas por intermedio de escritores de novelas populares y respetables, y modificadas o recalcadas por el conocimiento que su tía, el vicario y el ama de llaves de su tía habían puesto a su disposición. Y ahora, al cumplir veintinueve años, la muerte de su tía la había dejado bien provista respecto de su renta, pero algo aislada respecto de parientes y amigos y compañía humana. Tenía algunas primas que mantenían una amistosa, aunque infrecuente, correspondencia con ella, pero como vivían permanentemente en Ceilán, una localidad sobre la que sabía muy poco, más allá de la certeza contenida en el himno misional de que el elemento humano de ese lugar era detestable, no le servían de mucho a ella. Tenía también otros primos, más distantes en cuanto a su relación, pero geográficamente no tan remotos, dado que vivían en algún lugar de los Midlands. Apenas recordaba haberlos visto alguna vez, pero una o dos veces en el curso de los últimos tres o cuatro años habían expresado un amable deseo de que les hiciera una visita; probablemente no se habían sentido indebidamente deprimidos por el hecho de que el debilitamiento de la salud de su tía le había impedido aceptar su invitación. La nota de pésame recibida con ocasión de la muerte de su tía incluía una vaga esperanza de que Alethia encontraría tiempo en un futuro cercano para pasar algunos días con sus primos, y después de mucha deliberación y vacilación había escrito ofreciéndose como huésped para una fecha determinada unas semanas después. La familia, reflexionó con alivio, no era muy numerosa; las dos hijas se habían casado y mudado a otros lugares; sólo quedaban en la casa la anciana Mrs. Bludward y su hijo Robert. Mrs. Bludward era una persona enfermiza, y Robert era un joven que había estado en Oxford y sería miembro del Parlamento. La información de Alethia no iba más allá; su imaginación, fundada en el extenso conocimiento de la gente que se encontraba en las novelas, tenía que suplir los blancos. La madre no era difícil de ubicar; o bien sería una muy amable anciana dama, soportando su débil salud con resignada fortaleza, dirigiendo una palabra al chico del jardinero y una risueña sonrisa a la ocasional visitante, o si no sería fría e irritable, con ojos que lo atravesaban a uno como un barreno, y una irracional idolatría por su hijo. La imaginación de Alethia la inclinaban más bien a la segunda opinión. Robert era más problemático. Había tres tipos dominantes de masculinidad que debían ser tenidos en cuenta al clasificarlo; estaba por ejemplo Hugo, que era fuerte, bueno y hermoso, un tipo raro que no se lo encontraba a menudo; en segundo lugar estaba sir Jasper, que era completamente vil y absolutamente inescrupuloso; y estaba por fin Nevil, que no era realmente de mal corazón, pero que proponía argumentos débiles y generalmente requería el sacrificio de la vida de dos buenas mujeres para salvarlo de un desastre total. Alethia consideraba que Robert caía dentro de esta última categoría, en cuyo caso seguramente gozaría de la compañía de una o dos excelentes mujeres, y podría posiblemente poner los ojos en indeseables aventureras o enfrentarse con mujeres casadas que buscaban temerariamente admiración. Era sin duda una perspectiva excitante, esta repentina aventura en un mundo inexplorado de seres humanos desconocidos y Alethia deseaba más bien haber podido llevar con ella al vicario, pero no era lo suficientemente rica como para viajar con un capellán, como la marquesa de Moystoncleugh siempre hacía en la novela que había estado leyendo, de modo que reconocía que ese procedimiento estaba fuera de cuestión.

El tren que llevaba a Alethia a su destino era un servicio local, con un fuerte hábito de detenerse en todas las estaciones del camino. En la mayor parte de ellas nadie había intentado subir al tren o bajar de él, pero hubo varios vendedores de mercado en la plataforma, y dos hombres, de la clase de los granjeros o de los pequeños tratantes de hacienda, entraron en el coche de Alethia. Aparentemente se acababan de reunir después de un día de negocios, y su conversación consistía en un rápido intercambio de breves preguntas amistosas acerca de la salud, la familia, el ganado, etcétera, y algunos rezongos acerca del tiempo. De pronto, sin embargo, su conversación tomó un giro dramáticamente interesante y Alethia escuchó con los ojos bien abiertos.

—¿Qué piensas de Mister Robert Bludward, eh?

Había un tono algo desdeñoso en la pregunta.

—¿Robert Bludward? Un cabal sinvergüenza, eso es lo que es. Debería avergonzarse de mirar a la cara de cualquier hombre decente. Enviarlo al Parlamento a que nos represente, ¡ni por asomo! Le robaría a un pobre su último chelín.

—¡Sí que lo haría! Dice un montón de mentiras para conseguir nuestros votos, eso es todo lo que quiere. ¡Maldito sea! ¿Viste la manera en que el *Argus* lo puso al descubierto esta semana? ¡De cuerpo entero, te digo!

Y así continuaron, en su desdeñosa acusación. No cabía ninguna duda de que se referían al primo y futuro anfitrión de Alethia; la alusión a un candidato parlamentario lo reafirmaba. ¿Qué podía haber hecho Robert Bludward?, ¿qué clase hombre podía ser para que la gente hablara de él de manera tan evidentemente reprobatoria?

—Lo silbaron en Shoalford ayer —dijo uno de los interlocutores.

¡Silbarlo! ¿Habían llegado a ese punto? Había algo dramáticamente bíblico en la idea de que los vecinos y conocidos de Robert Bludward lo silbaran por puro desprecio. Alethia recordó que lord Hereward Stranglath había sido silbado en el octavo capítulo de Matterby Towers, durante el acto de inaugurar un bazar Wesleyano[11], porque se sospechaba (injustamente, según se supo después) que había golpeado a la gobernanta alemana hasta matarla. Y en Tainted Guineas, Roper Squenderby había sido merecidamente silbado, en los escalones del Jockey Club, por haber entregado a un propietario rival un telegrama falsificado que contenía la falsa noticia de la muerte de su madre, justo antes del comienzo de una importante carrera, asegurándose así que el caballo de su rival sería retirado de la competencia. En la plácida Inglaterra de sangre sajona la gente no demostraba sus sentimientos con ligereza y sin algún fuerte motivo que los impulsara. ¿Qué clase de malhechor era Robert Bludward?

El tren se detuvo en otra pequeña estación y dos hombres bajaron. Uno de ellos dejó olvidado un ejemplar, el periódico local al que había hecho referencia. Alethia lo arrebató, con la expectativa de encontrar una culta confirmación literaria de la censura que estos toscos granjeros habían expresado a su manera sencilla y honesta. No tuvo que ir muy lejos; "Mister Robert Bludwark, ostentoso" era el título de uno de los principales artículos del periódico. No sabía exactamente qué quería decir ostentoso, probablemente se refería a una inexpresable forma de crueldad, pero leyó lo suficiente en las siguientes escasas oraciones del artículo para descubrir que su primo Robert, en cuya casa iba a alojarse, era una personaje inescrupuloso y cínico, de escasa inteligencia, pero no obstante astuto, y que él y sus asociados eran responsables de la mayor parte de la miseria e ignorancia que afligían al país; nunca, excepto en uno o dos de los Salmos denunciatorios que siempre había supuesto escritos en un espíritu de exagerada imaginería orien-

---

[11] Referencia a la Wesleyan Methodist Church [Iglesia Wesleyana Metodista], fundada por John Wesley en Inglaterra en el siglo XVIII, junto con su hermano Charles, que fueron también sus introductores en las sociedades metodistas de los Estados Unidos. *(N. de la T.)*

tal, había leído una acusación semejante de un ser humano. Y este monstruo iría a buscarla a la estación de Derrelton dentro de pocos minutos. Lo conocería inmediatamente; tendría las espesas cejas oscuras, la mirada rápida y furtiva y la desdeñosa, desagradable sonrisa que siempre caracterizaba a los sir Jaspers de este mundo. Era demasiado tarde; debía esforzarse para encontrarse con él con una aparente calma.

Fue un considerable shock para ella descubrir que Robert era rubio, con una nariz respingada, ojos alegres y los modales como de un escolar. "Una serpiente con el plumaje de un patito" fue su comentario privado; un azar afortunado se lo había revelado en sus auténticos colores.

Cuando salían en su coche de la estación, un hombre de aspecto disipado de la clase trabajadora agitó su sombrero en un saludo amistoso. "Buena suerte para usted, Mr. Bludward —gritó—, ¡usted saldrá primero! Le romperemos el cuello al viejo Chobham".

—¿Quién era ese hombre? —preguntó rápidamente Alethia.

—Uno de los que me apoyan —rió Robert—, un poco pillo y frecuentador de tabernas, pero está del lado correcto.

De modo que ésos eran la clase de asociados que estaban de acuerdo con Robert Bludward, pensó Alethia.

—¿Quién es la persona a quien se refirió como el viejo Chobham? —preguntó.

—Sir John Chobham, mi opositor —contestó Robert—; ésa es su casa entre los árboles a la derecha.

¡De modo que había un hombre honesto, posiblemente un auténtico Hugo por su carácter, que estorbaba y desafiaba al malvado, y había un miserable complot urdido para romper su cuello! Posiblemente el intento tendría lugar dentro de pocas horas. Ciertamente había que advertirle. Alexia recordaba cómo lady Sylvia Broomgate, en Nightshade Court, había fingido que su caballo se había desbocado ante la puerta del amenazado magnate del condado, y había murmurado en su oído una advertencia que lo había salvado de ser víctima de un horrible asesinato. Se preguntaba si habría un pony tranquilo en el establo en el que se le permitiría cabalgar sola. Las posibilidades eran de que sería vigilada. Robert vendría al galope detrás de ella y aferraría su freno en el momento en que se dirigía a las puertas de sir John.

Un grupo de hombres cuando pasaban por una calle de la aldea les dirigieron miradas poco amistosas y Alethia creyó haber oído un silbido; un momento después se cruzaron con un chico mandadero en bicicleta, y después que los hubo pasado, cantó con su clara voz infantil:

"Colgaremos a Bobby Bludward del árbol de manzanas agrias".

Robert sólo rió. Así tomaba el desdén y la condena de sus prójimos. Los había incitado a la desesperación con su vergonzosa depravación hasta que hablaban abiertamente de provocarle una muerte violenta, y él reía.

Mrs. Bludward demostró ser del tipo que Alethia había sospechado: de labios finos, mirada fría y evidentemente dedicada a su despreciable hijo. No podía esperarse ninguna ayuda de su parte. Alethia cerró su puerta con llave esa noche y colocó muebles como defensa contra ella, de modo que la mucama tuvo gran dificultad para entrar cuando le traía el temprano té de la mañana.

Después del desayuno, Alethia, con el pretexto de ir a mirar un jardín de rosas fuera de la casa, se fue a la aldea a través de la cual habían pasado la noche anterior. Recordó que Robert le había señalado una sala de lectura pública y consideró posible que allí pudiera encontrarse con lord Chobham, o con alguien que lo conociera bien y le llevara un mensaje. La sala estaba vacía cuando entró; un *Graphic* de hacía doce días, un ejemplar más viejo aún de *Punch* y uno o dos periódicos locales yacían sobre la mesa central; en las otras mesas, en su mayor parte, se amontonaban tableros de ajedrez y de damas y cajas de maderas con piezas de ajedrez y de dominó. Apáticamente tomó uno de los periódicos, el *Sentinel*, y echó un vistazo a su contenido. De pronto se sobresaltó y comenzó a leer sin aliento un artículo impreso en letras prominentes, titulado "Un pequeño foco de atención sobre sir John Chobham". Palideció y en sus ojos se reflejó una mirada de asustada desesperación. Nunca, en ninguna novela que hubiese leído, una joven mujer indefensa había enfrentado una situación como ésta. Sir John, el Hugo de su imaginación, había resultado aún más depravado y despreciable que Robert Bludward. Era mezquino, cruelmente insensible a los intereses de su país, un tramposo, un hombre que habitualmente rompía su palabra y que era responsable, junto con sus asociados, de la mayor parte de la pobreza, la miseria, el crimen y la degradación nacional que afligía a su país. También era candidato al Parlamento, al parecer, y dado que había sólo un asiento para esta localidad particular, era obvio que el éxito de Robert o sir John sería un revés para las ambiciones del otro; de allí, por tanto, la rivalidad y enemistad entre éstos que eran, en otro sentido, almas gemelas. Uno quería que se diese muerte a su rival, el otro estaba aparentemente tratando de incitar a sus seguidores a un acto de "linchamiento". Todo esto con el objeto de que hubiera una elección sin opositor, de que uno u otro de los candidatos pudiera entrar en el Parlamento con meliflua elocuencia en los labios y sangre en el corazón. ¿Eran realmente tan viles los hombres?

—Debo volver enseguida a Webblehinton —Alethia informó a su sorprendida anfitriona a la hora del almuerzo—; he recibido un telegrama. Una amiga está gravemente enferma y me pide que vaya de inmediato.

Era terrible tener que inventar mentiras, pero más terrible sería tener que pasar otra noche bajo ese techo.

Alethia lee novelas hoy con mayor aprecio aún que antes. Ha estado en el mundo exterior a Webblehinton, el mundo en el que se desarrollan sin cesar los grandes dramas del pecado y la maldad. Había salido indemne de allí, ¿pero qué podría haber pasado si hubiera ido insospechadamente a visitar a sir John Chobham para advertirle de su peligro? ¿Qué, en verdad? La había salvado la intrépida franqueza de la prensa local.

Los intrusos

EN UN BOSQUE DE VARIADA VEGETACIÓN en algún lugar de los picos orientales de los Cárpatos, un hombre estaba una noche de invierno observando y escuchando, como si esperara que alguna bestia de los bosques apareciera al alcance de su mirada, y posteriormente, de su rifle. Pero la presa por cuya presencia mantenía la mirada tan aguda no era ninguna que figurase en el calendario deportivo como legal y adecuada para la caza; Ulrich von Gradwitz patrullaba el oscuro bosque a la espera de un enemigo humano.

Las tierras boscosas de Gradwitz eran muy extensas y bien provistas de caza; la estrecha franja de escarpada tierra boscosa de los alrededores no era notable por la caza que proporcionaba ni la posibilidad de tiro, pero era la más celosamente guardada de todas las posesiones territoriales de sus propietarios. Un famoso juicio en los tiempos de su abuelo la había arrebatado de la posesión ilegal de una familia vecina de pequeños terratenientes; la parte desposeída nunca había estado de acuerdo con el juicio de las Cortes, y una larga serie de reyertas por la caza ilegal y escándalos similares habían resentido las relaciones entre las familias por tres generaciones. La enemistad entre vecinos se había transformado en una cuestión personal desde que Ulrich había llegado a ser el jefe de su familia; si había un hombre en el mundo a quien detestaba y le deseaba mal era a Georg Znaeym, el heredero de la disputa y el incansable arrebatador de presas e incursor en la disputada franja del bosque. La disputa tal vez podría, quizás, haber terminado o se habría llegado a un compromiso si no se hubiera interpuesto la mala voluntad de los dos hombres; de chicos habían estado sedientos de la sangre recíproca, como hombres cada uno rogaba que la desgracia cayera sobre el otro y en esta noche ventosa de invierno Ulrich había organizado una banda con sus guardabosques para que vigilaran el oscuro bosque, no en busca de presas cuadrúpedas sino para vigilar si había ladrones rondando que él sospechaba que estaban al otro lado del límite de la tierra. Los corzos, que habitualmente se mantenían en los huecos protegidos durante una tormenta de viento, corrían como a los empujones, y había movimiento e intranquilidad entre las criaturas que solían dormir durante las horas oscuras de la noche. Con seguridad había un elemento perturbador en el bosque, y Ulrich podía adivinar de dónde procedía.

Siguió errando solo, apartándose de los vigilantes que había puesto al acecho en la cresta de la colina, y bajó las cuestas empinadas entre la maleza salvaje, espiando entre los troncos y escuchando a través del silbido y el canto del viento y el intranquilo golpear de las ramas para captar el sonido o la visión de los merodeadores. Sólo un deseo dominaba sus pensamientos: si tan sólo en esa noche salvaje, en ese oscuro y solitario lugar, pudiera encontrarse frente a frente con Georg Znaeym, sin ningún testigo. Y cuando caminaba alrededor del tronco de una enorme haya se encontró cara a cara con el hombre que buscaba.

Los dos enemigos se detuvieron mirándose ferozmente por un largo y silencioso momento. Cada uno tenía un rifle en su mano, cada uno tenía odio en su corazón y la idea de asesinato dominaba su mente. Había llegado la ocasión de dar cauce a las pasiones de toda una vida. Pero un hombre que ha sido educado según el código de una civilización de autodominio no podía fácilmente animarse a matar de un disparo a su vecino a sangre fría y sin decir una palabra, excepto por una ofensa a su hogar y a su honor. Y antes de que el momento de vacilación diera lugar a la acción, un hecho de violencia de la propia naturaleza los abatió a ambos. Un estallido feroz de la tormenta fue respondido por un estruendo sobre sus cabezas al quebrarse la enorme haya, y antes de que pudieran apartarse, una masa de madera cayó sobre ellos con estrépito. Ulrich von Gradwitz se encontró tendido en el suelo, con uno de sus brazos entumecido debajo de él y el otro casi tan insensible como el primero, fuertemente atrapado en una maraña de ramas hendidas, mientras que sus dos piernas estaban sujetas debajo de la gran masa caída. Sus pesadas botas de cazador habían impedido que sus pies se deshicieran en pedazos, pero si sus fracturas no eran tan serias como podrían haber sido, era al menos evidente que no podría moverse de su actual posición hasta que alguien viniese a liberarlo. Las ramitas, al descender, habían rasgado la piel de su rostro, y tuvo que pestañear para que cayeran algunas gotas de sangre de sus pestañas, antes de que pudiese obtener una vista general del desastre. A su lado, tan cerca que en circunstancias ordinarias podría casi haberlo tocado, yacía Georg Znaeym, vivo y luchando, pero obviamente tan indefensamente atado al suelo como él. Alrededor de ambos yacían los restos de ramas quebradas y ramitas rotas.

Un sentimiento de alivio por estar vivo y exasperación por su lamentable cautividad trajeron a los labios de Ulrich una mezcla de piadosos agradecimientos y gruesas maldiciones. Georg, que estaba casi ciego por la sangre que goteaba sobre sus ojos, dejó de luchar por un momento para escuchar y luego lanzó una risa más semejante a un gruñido.

—Así que no estás muerto, como deberías estarlo, pero estás atrapado —gritó—; fuertemente atrapado. ¡Oh, qué gracioso!, Ulrich von Gradwitz prisionero en su bosque robado. ¡He ahí una auténtica justicia para ti!

Y volvió a reír, burlona y salvajemente.

—Estoy atrapado en mi propio bosque —replicó Ulrich—. Cuando mis hombres vengan a soltarnos, desearás, quizás, encontrarte en una situación mejor que descubierto cazando ilegalmente en el territorio de un vecino. ¡Qué ignominia para ti!

Georg permaneció en silencio por un momento; luego respondió tranquilamente:

—¿Estás seguro de que tus hombres encontrarán mucho para salvar? Yo también tengo hombres en el bosque esta noche, muy cercanos a mí, y ellos llegarán aquí primero y harán el salvataje. Cuando me arranquen de debajo de estas malditas ramas, no requerirá mucha torpeza de su parte para hacer rodar esta masa de troncos justo encima de ti. Tus hombres te encontrarán muerto bajo una haya caída. Por pura fórmula enviaré mis condolencias a tu familia.

—Es una indicación útil. Mis hombres tenían orden de llegar en diez minutos, de los cuales ya deben haber transcurrido siete, y cuando me liberen, me acordaré de la indicación. Sólo que como tú habrás encontrado la muerte cazando furtivamente en mis tierras no creo que pueda decentemente enviar ningún mensaje de condolencias a tu familia.

—Bien —gruñó Georg—. Resolvemos esta disputa a muerte, tú y yo y nuestros guardabosques sin ningunos malditos intrusos que se interpongan entre nosotros. Muerte y condenación para ti, Ulrich von Gradwitz.

—Te deseo lo mismo para ti, Georg Znaeym, ladrón del bosque, cazador furtivo.

Los dos hombres hablaban con la amargura de enfrentar una posible derrota, porque ambos sabían que podría pasar mucho tiempo antes de que sus hombres los buscaran y encontraran; era una cuestión de azar cuál de los grupos llegaría primero al lugar.

Ambos habían abandonado la inútil lucha por librarse de la masa de madera que los oprimía contra el suelo; Ulrich limitaba sus esfuerzos a tratar de sacar su brazo parcialmente libre lo suficiente como para extraer del bolsillo exterior de su chaqueta su frasco de vino. Aun cuando había logrado realizar esa operación pasó mucho tiempo antes de que pudiera destornillar la tapa o hacer pasar algo de líquido por su garganta.

¡Pero qué trago enviado del Cielo le pareció! Era un invierno benigno y hasta el momento había caído poca nieve; por esa razón los cautivos sufrían menos del frío de lo que podrían haber sentido en esa estación del año; no obstante, el vino calentó y revivió al herido y miró hacia el lado donde yacía su enemigo con algo así como un estremecimiento de lástima, impidiendo que los gemidos de dolor y cansancio sellaran sus labios.

—¿Podrías alcanzar este frasco si te lo arrojo? —preguntó súbitamente Ulrich—. Contiene buen vino, y hay que tratar de estar lo más cómodos posible. Bebamos, entonces, aun si uno de nosotros debe morir esta noche.

—No, apenas puedo ver; tengo mucha sangre coagulada en los ojos —dijo Georg—, y de todos modos no bebo vino con un enemigo.

Ulrich permaneció en silencio por algunos minutos y se quedó escuchando el melancólico chirrido del viento. Una idea se estaba formando lentamente y creciendo en su cerebro, una idea que cobraba fuerza cada vez que dirigía su mirada al hombre que luchaba tan duramente contra el dolor y el agotamiento. En el dolor y la languidez que el propio Ulrich sentía, el antiguo odio violento parecía estar desfalleciendo.

—Vecino —dijo de pronto—, haz lo que quieras si tus hombres llegan primero. Fue un pacto equitativo. Pero en cuento a mí, he cambiado de idea. Si mis hombres llegan primero te ayudarán primero a ti, como si fueras mi huésped. Hemos luchado como demonios toda la vida por esta estúpida franja de terreno, donde los árboles ni siquiera pueden mantenerse derechos cuando sopla el viento. Acostado aquí esta noche, pensando, he llegado a pensar que somos un poco tontos; hay cosas mejores en la vida que ganar una disputa por un límite de terreno. Vecino, si me ayudas a enterrar la vieja disputa, yo te pediré que seas mi amigo.

Georg Znaeym guardó silencio por tanto tiempo que Ulrich pensó que quizá se había desmayado a causa del dolor de sus heridas. Luego habló lenta y espasmódicamente.

—¡Cómo se sorprendería toda la región y parlotearía si cabalgásemos en la plaza del mercado juntos! Ningún ser viviente puede recordar haber visto a Znaeym y un Von Gradwitz conversando amigablemente entre ellos. Y qué paz reinaría entre los guardabosques si terminásemos nuestra disputa esta noche. Y si decidimos hacer la paz entre nuestra gente, no habrá nadie que interfiera, ningún intruso exterior... Vendrías a pasar la noche de San Silvestre bajo mi techo, y yo iría a celebrar alguna gran festividad en tu castillo... Nunca dispararía un tiro en tu tierra, excepto cuando me invitaras como huésped; y tú vendrías a cazar conmigo en los pantanos donde moran las aves salvajes. En toda la campiña no habría nadie que nos pudiera impedir si quisiéramos hacer la paz. Nunca pensé que deseaba otra cosa que odiarte toda mi vida pero creo que yo también he cambiado de idea acerca de las cosas en la última media hora. Y tú me ofreciste tu frasco de vino. Ulrich von Gradwitz. Seré tu amigo.

Por un rato ambos hombres permanecieron en silencio, dando vuelta en sus mentes a los maravillosos cambios que esta reconciliación les aportaría. En el frío y melancólico bosque en que el viento soplaba con espasmódica violencia a través de las ramas desnudas y silbaba alrededor de los troncos, yacían y esperaban la ayuda que ahora les traería liberación y socorro a ambos, cada uno rezaba una oración en su interior para que sus hombres fueran los primeros en llegar, para poder ser el primero en prestar una honrosa atención al enemigo que se había hecho amigo.

De pronto, cuando el viento subsidió por un momento, Ulrich rompió el silencio.

—Gritemos socorro —dijo—; en esta quietud nuestras voces pueden llegar lejos.

—No llegarán lejos a través de los árboles y la maleza —dijo Georg— pero podemos intentarlo. Gritemos juntos, entonces.

Los dos elevaron sus voces en una prolongada llamada de cazadores. "Juntos nuevamente", dijo Ulrich unos minutos más tarde, después de esperar vanamente una llamada de respuesta.

—He oído algo esta vez, según creo —dijo Ulrich.

—No he oído otra cosa que el pestilente viento —dijo Georg con voz ronca.

Hubo un silencio otra vez por algunos minutos y entonces Ulrich gritó con alegría.

—Veo figuras que se acercan por el bosque. Siguen el camino por el que descendí la ladera.

Ambos hombres levantaron la voz gritando lo más que podían.

—Nos han oído. Se han detenido. Ahora nos están viendo. Corren colina abajo hacia nosotros —gritó Ulrich.

—¿Cuántos son? —preguntó Georg.

—No puedo ver claramente —dijo Ulrich—, nueve o diez.

—Entonces son los tuyos —dijo Georg—. Yo tenía solamente siete conmigo.

—Están corriendo a la mayor velocidad posible, bravos muchachos —dijo Ulrich alegremente.

—¿Son tus hombres? —preguntó Georg—. ¿Son tus hombres? —repitió impaciente Georg, porque Ulrich no contestaba.

—No —dijo Ulrich riendo, con la risa idiota y el castañeteo de un hombre trastornado por un horrible temor.

—¿Quiénes son? —preguntó rápidamente Georg, esforzando la vista para ver lo que el otro no había visto de buen grado.

—Lobos.

Semillas para codorniz

—LA PERSPECTIVA NO ES ALENTADORA para nuestros pequeños negocios —dijo Mr. Scarrick al artista y a su hermana, que habían tomado habitaciones sobre su almacén suburbano—. Estas grandes firmas están ofreciendo todo tipo de atractivos para el público consumidor que no podríamos permitirnos imitar, aun en pequeña escala, salas de lectura y cuartos de juegos para niños y gramófonos y Dios sabe qué más. A la gente no le interesa hoy en día comprar medio kilo de azúcar si no pueden escuchar a Harry Lauder y tener los últimos resultados de criquet australiano ante sus ojos. Con el gran stock de Navidad que tenemos deberíamos poder tener media docena de ayudantes trabajando duro, pero en las circunstancias actuales mi sobrino Jimmy y yo podemos atenderlo nosotros mismos. Es un buen surtido de mercaderías, también, si pudiera liquidarlo en unas pocas semanas, pero no hay posibilidad de que así sea, a menos que la línea de Londres se obstruyera con la nieve durante quince días antes de Navidad. Se me ocurrió la idea de contratar a Miss Luffcombe para ofrecer recitales por la tarde; tuvo mucho éxito en el festival del correo con la interpretación de *La resolución de la pequeña Beatriz*.

—No puedo imaginarme nada menos probable de convertir a tu negocio en un centro de moda —dijo el artista, con un auténtico escalofrío—; si estuviera tratando de decidir entre los méritos de las ciruelas de Carlsbad y los higos confitados como postre de invierno, me enfurecería ver enredado el curso de mis pensamientos con la resolución de la pequeña Beatriz de ser un Ángel de Luz o una niña scout. No —continuó explicando—, el deseo de obtener algo a cambio de nada es una pasión dominante en la compradora femenina, pero no puedes permitirte condescender a eso con buenos resultados. ¿Por qué no apelar a otro instinto, que no sólo domina a las compradoras femeninas sino también al comprador masculino, de hecho, a todo la raza humana?

—¿Cuál es ese instinto, señor? —dijo el almacenero.

Mrs. Greyes y Miss Fritten habían perdido el tren de las 2:18 a la ciudad, y como no había otro tren hasta las 3:12 pensaron que podrían hacer sus compras de almacén en Scarrick's. Estuvieron de acuerdo en que no sería sensacional pero de todos modos serían compras.

Por algunos minutos dispusieron del local casi para ellas solas, en lo que respecta a clientes, pero mientras discutían las respectivas virtudes e inconvenientes de dos marcas en competencia de pasta de anchoa, fueron sorprendidas por un pedido, formulado a través del mostrador, de seis granadas y un paquete de semillas para codorniz. Ninguno de esos dos artículos tenía una gran demanda en esa vecindad. Igualmente insólitos eran el estilo y el aspecto del cliente, de alrededor de dieciséis años, de oscuro cutis aceitunado, grandes ojos morenos, cabello negro azulado; podría haberse ganado la vida como modelo de un artista. Y de hecho era así. El cuenco de latón batido que presentó para recibir sus compras era evidentemente la más asombrosa variación de la bolsa de cuerda o la canasta de mercado de la civilización suburbana que sus compañeras de compras habían visto alguna vez. Arrojó una pieza de oro, aparentemente de alguna moneda exótica, sobre el mostrador, y no dio la impresión de esperar ningún vuelto de ella.

—Ayer no pagamos por el vino y los higos —dijo—, guarde lo que sobre del dinero para nuestras futuras compras.

—¿Un chico de aspecto muy extraño? —dijo Mrs. Greyes interrogativamente al almacenero tan pronto como el cliente hubo partido.

—Un extranjero, creo —dijo Mr. Scarrick en un tono cortante que no condecía con su habitualmente comunicativa modalidad.

—Deseo una libra y media del mejor café que tenga —dijo una voz autoritaria unos momentos después. El que había hablado era un hombre alto de mirada autoritaria y de aspecto más bien estrafalario, notable entre otras cosas por una tupida barba negra, en un estilo más en boga en la primitiva Siria que en un actual suburbio de Londres.

—¿Estuvo aquí un chico moreno comprando granadas? —preguntó de pronto, mientras el café estaba siendo pesado.

Las dos damas casi pegaron un salto cuando oyeron al almacenero contestar negativamente sin ruborizarse.

—Tenemos algunas granadas en stock —continuó—, pero nadie las ha solicitado.

—Mi sirviente vendrá a buscar el café como de costumbre —dijo el comprador, sacando una moneda de una magnífica cartera de metal trabajado. Como una ocurrencia tardía, lanzó la pregunta: —¿Tiene usted, tal vez, semillas para codorniz?

—No —dijo el almacenero sin vacilación—, no las trabajamos.

—¿Qué negará a continuación? —preguntó Mrs. Greyes sin aliento. Lo que hacía que las cosas parecieran tanto peores era el hecho de que Mr. Scarrick había recientemente presidido una clase sobre Savonarola.

Levantando el grueso cuello de astracán de su largo abrigo, el extranjero salió rápidamente del negocio con el aire —como Miss Fritten lo describió después— de un Sátrapa prorrogando un Sanedrín. Si una función tan agradable le había correspondido alguna vez a un Sátrapa, no estaba del todo segura, pero el símil transmitió su significado a un gran círculo de relaciones.

—No nos preocupemos por el tren de 3:12 —dijo Mrs. Greyes—, vayamos a conversar a lo de Laura Lipping. Es su día de recibo.

Cuando el chico de rostro oscuro llegó al negocio al día siguiente con su cuenco de compras de latón, había una reunión bastante grande de clientas, la mayor parte de las cuales parecían prolongar sus operaciones de compra con el aire de personas que no tienen mucho en qué ocupar su tiempo. En una voz que podía oírse en todo el negocio, quizá porque todos estaban escuchando atentamente, pidió una libra de miel y un paquete de semillas para codorniz.

—¡Más semillas para codorniz! —dijo Miss Fritten—. Esas codornices deben ser voraces, o si no, no se trata de semillas para codorniz en absoluto.

—Creo que es opio, y el hombre de la barba es un detective —dijo brillantemente Mrs. Greyes.

—No lo creo —dijo Laura Lipping—. Estoy segura de que es algo que tiene que ver con el Trono Portugués.

—Más probable es que sea una intriga persa a favor del ex Sha —dijo Miss Friten—; el hombre de la barba pertenece al Partido del Gobierno. La semillas para codorniz son una contraseña, por supuesto. Persia está casi al lado de Palestina, y las codornices, sabes, aparecen en el Antiguo Testamento.

—Sólo como un milagro —dijo su bien informada hermana menor— he pensado todo el tiempo que era parte de una intriga amorosa.

El chico que había centrado tanto interés y especulación a su alrededor estaba a punto de partir cuando fue detenido por Jimmy, el sobrino-aprendiz, quien desde su puesto en el mostrador de tocino y quesos, tenía una buena vista de la calle.

—Tenemos unas naranjas muy buenas de Jaffa —dijo rápidamente, señalando un rincón donde estaban apiladas, detrás de una alta defensa de latas de bizcochos. Había evidentemente algo más en el comentario que se oía. El chico voló hacia las naranjas con el entusiasmo de un hurón que descubría una familia de conejos a la mano después de un largo de día de infructuosa búsqueda subterránea. Casi al mismo tiempo el señor de la barba entró a las zancadas al negocio y arrojó una orden por una libra de dátiles y una lata de los mejores halva de Esmirna. La más aventurera de las señoras de la localidad jamás había oído hablar de halva, pero Mr. Scarrick al parecer pudo proporcionar la mejor variedad de Esmirna sin vacilar.

—Podríamos estar viviendo en *Las mil y una noches* —dijo Miss Fritten excitada.

—Shh. Escuchen —rogó Mrs. Greyes.

—¿Ha estado hoy aquí el chico de piel morena de quien le hablé ayer? —preguntó el forastero.

—Hemos tenido bastante más gente que lo habitual hoy —dijo Mr. Scarrick— pero no puedo recordar un chico como el que usted describe.

Mrs. Greyes y Mis Fritten miraron con aire de triunfo a sus amigas. Era, por supuesto, deplorable que alguien tratara la verdad como un artículo temporario y excusablemente agotado, pero se sintieron gratificadas por el hecho de que las vívidas explicaciones que habían dado del tráfico de falsedades de Mr. Scarrick recibieran confirmación de primera mano.

—Nunca podré creerle nuevamente cuando me dice que la mermelada no contiene materia colorante —murmuró una tía de Mrs. Greyes trágicamente.

El misterioso forastero partió; Laura Lipping percibió distintamente un gruñido de desconcertada furia detrás de su pesado bigote y su levantado cuello de astracán. Después de un cauteloso intervalo, el que había demandado naranjas emergió de atrás de las latas de bizcochos, habiendo aparentemente fracasado en su búsqueda de una naranja en particular que satisficiera sus exigencias. Él también se fue y lentamente el negocio se vació de sus clientas cargadas con paquetes y chismes. Era el día de recibo de Emily Yorling, y la mayoría de las compradoras se dirigieron resueltamente a su salón. Ir directamente de una expedición de compras a un té era lo que localmente se conocía como "vivir en un remolino".

Dos dependientes adicionales habían sido contratados para la tarde siguiente, y sus servicios eran solicitados prontamente; el negocio estaba lleno. La gente no dejaba de comprar, y nunca parecían llegar al final de sus listas. Mr. Scarrick nunca había tenido tan poca dificultad en persuadir a los clientes a embarcarse en nuevas experiencias en productos de almacén. Hasta aquellas mujeres cuyas compras eran de proporciones modestas perdían el tiempo, como si en su casa las esperaran maridos brutales y borrachos. La tarde había transcurrido sin incidentes y se produjo un distinto zumbido de excitación no contenida cuando un niño de ojos oscuros llevando un recipiente de latón entró en el negocio. La excitación parecía haberse contagiado a Mr. Scarrick; abandonando abruptamente a una dama que estaba haciendo inquisiciones insinceras acerca de la vida doméstica de un pato de Bombay, interceptó al recién llegado en su camino hacia el mostrador habitual y le informó, en medio de un silencio mortal, que se habían agotado las semillas para codorniz.

El niño miró nerviosamente alrededor del local y se volvió vacilante para marcharse. Fue nuevamente interceptado, esta vez por el sobrino, que saltó de detrás del mostrador y le dijo algo acerca de unas naranjas de mejor calidad. La vacilación del chico se esfumó; se precipitó hacia la oscuridad del rincón de las naranjas. Hubo una expectante atención del público hacia la puerta, y el alto y barbudo forastero hizo una entrada realmente efectiva. La tía de Mrs. Greyes declaró después que había estado repitiendo subconscientemente: "El asirio cayó como un lobo sobre el rebaño", y todos en general le creyeron.

El recién llegado, también, fue detenido antes de llegar al mostrador, pero no el Sr. Scarrick o su asistente. Una dama con un espeso velo, que nadie había advertido hasta ese momento, se levantó lánguidamente de un asiento y lo saludó con una voz clara y penetrante.

—¿Su Excelencia hace sus propias compras? —dijo.

—Encargo las cosas yo mismo —explicó—; me resulta difícil hacerles entender a mis sirvientes.

En voz más baja, pero perfectamente audible, la dama velada le dio una información superficial.

—Aquí tienen unas excelentes naranjas de Jaffa. —Luego, con una risa tintineante abandonó el negocio.

Todos esperaban una negativa instantánea de semejante posesión por parte de Mr. Scarrick. Antes de que pudiera responder, sin embargo, el chico había surgido de su santuario. Sosteniendo ante él su recipiente de latón vacío salió a la calle. Su rostro fue variadamente descrito después como enmascarado en una estudiada indiferencia, exhibiendo una palidez fantasmal y con un llameante desafío. Algunos dijeron que sus dientes castañeteaban, otros que salió silbando el Himno Nacional Persa. No podía confundirse, sin embargo, el efecto producido por el encuentro con el hombre que parecía haberlo obligado. Si un perro rabioso o una serpiente de cascabel hubieran repentinamente aparecido junto a él apenas podría haber exhibido un mayor acceso de terror. Su aire de seguridad y autoridad se habían desvanecido, su paso firme había dado lugar a una marcha de aquí para allá, como la de un animal buscando un hueco por donde escapar. De una manera aturdida y ligera, siempre con los ojos vueltos hacia la entrada del negocio, ordenó una serie de cosas al azar, que el almacenero aparentó anotar en su libro. De vez en cuando salía a la calle, miraba ansiosamente en todas direcciones y volvía apresuradamente para continuar fingiendo que compraba. De una de las salidas no regresó; se había perdido en el crepúsculo, y ni él ni el niño moreno ni la dama velada fueron vistos otra vez por las expectantes multitudes que continuaron abarrotando el establecimiento de Scarrick en los días venideros.

—Nunca podré agradecer a usted y a su hermana lo suficiente —dijo el almacenero.

—Nos divertimos con ello —dijo modestamente el artista— y en cuanto al modelo, fue una bienvenida variación a posar por horas para "El perdido Hylas"[12].

—De todos modos —dijo el almacenero— insisto en pagar el alquiler de la barba negra.

[12] En la leyenda griega, favorito y compañero de Heracles en la expedición de los Argonautas. *(N. de la T.)*

Canossa[13]

DEMOSTHENES PLATTERBAFF, el eminente Inductor de Desasosiego, era sometido a juicio por un grave delito, y los ojos del mundo político estaban concentrados en el jurado. El delito, debe hacerse constar, era más serio para el gobierno que para el prisionero. Había hecho volar el Albert Hall en las vísperas del Té de Tango de la Gran Federación Liberal, la ocasión en que se esperaba que el ministro de Hacienda propondría su nueva teoría: "¿Las perdices propagan enfermedades infecciosas?" Platterbaff había elegido bien el momento; el Té de Tango había sido apresuradamente postergado, pero había otras reuniones políticas que no podían ser pospuestas bajo ninguna circunstancia. El día posterior al juicio debía haber una elección local en la Nemesison-Hand, y se había anunciado abiertamente en la división que si Platterbaff estaba pudriéndose en la prisión el día de la elección, el candidato del gobierno sería seguramente "expulsado". Desgraciadamente, no podía haber duda o error respecto de la culpabilidad de Platterbaff. No sólo se había declarado culpable, sino que había expresado su intención de repetir su travesura en otras cuestiones tan pronto como las circunstancias lo permitiesen; durante el

[13] Un castillo en ruinas del siglo X, al sudoeste de Reggio, en Italia, famoso como lugar de encuentro entre el papa Gregorio VII y el emperador Enrique IV. Gregorio VII estuvo allí en 1077 en camino a Alemania para luchar contra Enrique IV, su opositor en la Guerra por las Investiduras. Éste viajó a Canossa como simple penitente y, después de aguardar tres días, recibió la absolución. *(N. de la T.)*

juicio había estado ocupado en examinar una pequeña maqueta del Hall de Libre Comercio de Manchester. El jurado no podía posiblemente afirmar que el prisionero no había deliberada e intencionalmente hecho volar el Albert Hall; la cuestión era: ¿podrían encontrar una circunstancia atenuante que permitiera una absolución? Por supuesto, cualquier sentencia que la ley se sintiera obligada a infligir sería seguida por un perdón inmediato, pero era altamente deseable, desde el punto de vista del gobierno, que no surgiera la necesidad para tal ejercicio de clemencia. Un perdón precipitado, en las vísperas de una elección local, que siempre amenaza con una severa abstención de votantes, si fuera negada o aun demorada, no sería necesariamente una rendición, pero parecería serlo. Los opositores estarían totalmente dispuestos a atribuirle motivos poco generosos. De ahí la ansiedad en la abarrotada Corte, y en los pequeños grupos reunidos alrededor de las grabadoras en Whitehall y Downing Street y otros centros afectados.

El jurado regresó después de considerar su veredicto; hubo un movimiento, un murmullo de excitación, un susurro mortal. El presidente pronunció su mensaje.

"El jurado encuentra al prisionero culpable de la explosión del Albert Hall. El jurado desea agregar una cláusula, llamando la atención sobre el hecho de que una elección local es inminente en la división parlamentaria de Nemesis-on-Hand."

—¿Eso, por supuesto —dijo el fiscal del gobierno, saltando de su asiento—, es equivalente a una absolución?

—No pienso que lo sea —dijo el juez fríamente—; me siento obligado a condenar al culpable a una semana de prisión.

—Y que el Señor tenga piedad de la elección —exclamó irreverentemente un joven consejero.

Era una declaración escandalosa, pero el juez no estaba del lado del ministerio en materia de política.

El veredicto y la sentencia fueron dados a conocer al público a las cinco y veinte de la tarde; a las cinco y media una vasta multitud se agolpaba afuera de la residencia del Primer Ministro, cantando con vehemencia los sones de *Trelawney*:

Y si nuestro héroe se pudriera en la cárcel,
Aun por un solo día,
Habrá quince mil votantes
Que votarán en contra.

—Quince mil —dijo el Primer Ministro con un estremecimiento—, es demasiado horrible como para pensarlo. Nuestra mayoría la última vez sólo alcanzó mil siete.

—La elección se abre mañana a las ocho —dijo el jefe de la organización—, debemos soltarlo a las siete de la mañana.

—A las siete y media —corrigió el Primer Ministro—, debemos evitar toda apariencia de precipitación.

—No más tarde de las siete y media, entonces —dijo el jefe—. Le he prometido al agente del lugar que podrá exhibir avisos anunciando "Platterbaff está libre" antes de la apertura de la elección. Dijo que era nuestra única oportunidad de recibir un telegrama que diga "Radprop entra esta noche".

A las siete y media de la mañana siguiente el Primer Ministro y el jefe de la organización tomaban un frugal desayuno, esperando el regreso del secretario de Interior, que había ido personalmente a supervisar la liberación de Platterbaff. A pesar de lo temprano de la hora, una pequeña multitud se había reunido afuera en la calle y el horriblemente amenazador estribillo de *Trelawney*, de los "Quince mil votantes" llegaba como un cántico firme y monótono.

—Se alegrarán dentro de un momento, cuando oigan las noticias —dijo con optimismo el Primer Ministro—. ¡Oye! ¡Están abucheando a alguien ahora! Debe ser McKenna.

El secretario de Interior entró en el salón un momento después, con una expresión de desastre en su rostro.

—¡No quiere salir! —exclamó.

—¿No saldrá? ¿No dejará la cárcel?

—No saldrá a menos que toque una banda. Dice que jamás abandonó una prisión sin el acompañamiento de una banda; y no saldrá sin ella ahora.

—Pero con seguridad esa clase de cosas es provista por sus seguidores y admiradores —dijo el Primer Ministro—; no puede suponerse que nosotros proporcionemos al prisionero una banda. ¿Cómo diablos podremos justificarlo en los Presupuestos?

—Sus partidarios dicen que nosotros debemos proporcionar la música —dijo el secretario de Interior—; dicen que nosotros lo mandamos a prisión, y nos corresponde hacer que la abandone de una manera respetable. De todos modos, no saldrá a menos que disponga de una banda.

El teléfono sonó agudamente; era una llamada de larga distancia de Nemesis.

—La elección se inicia en unos minutos. ¿Ya han soltado a Platterbaff? Por todos los Cielos, por qué…

El jefe de la organización colgó.

—Éste es el momento de defender la dignidad —observó de manera terminante—, deben conseguirse los músicos inmediatamente. Platterbaff debe tener su banda.

—¿De dónde sacaremos a los músicos? —preguntó melancólicamente el secretario de Interior—; no podemos usar una banda militar; de hecho, no creo que la aceptara si se la ofreciéramos, y no hay otras. Supongo que sabe que hay una huelga de músicos.

—¿No puede obtener una suspensión de la huelga?

—Lo intentaré —dijo el secretario de Interior, y se dirigió al teléfono.

Dieron las ocho. La multitud afuera cantaba cada vez más fuerte:

"Votaremos en contra".

Trajeron un telegrama. Era de los locales del comité central de Nemesis. "Estamos perdiendo veinte votos por minuto" leía el breve mensaje.

Sonaron las diez. El Primer Ministro, el secretario de Interior, el organizador y varios otros amigos serviciales se reunieron alrededor de la entrada interior de la prisión, hablando volublemente a Demosthenes Platterbaff, que estaba con los brazos cruzados y los pies firmemente plantados, en silencio en medio de ellos. Legisladores con lenguas de oro, cuya elocuencia había persuadido al Comité de Investigación de Marconi, o al menos a la mayor parte de ellos, desplegaban en vano sus virtudes oratorias ante este hombre obstinado e inflexible. Sin una banda no saldría; y no tenían una banda.

Las diez y cuarto; las diez y media. Una corriente constante de chicos del telégrafo entraba por las puertas de la prisión.

—La fábrica Yamley acaba de votar; pueden imaginarse cómo —se oyó un mensaje desesperado, y los otros eran todos del mismo tenor. Nemesis tomaba el camino de Reading.

—¿Tiene usted algunos instrumentos de banda que sean fáciles de tocar? —preguntó el organizador al gobernador de la prisión—; ¿tambores, platillos, ese tipo de cosas?

—Los guardianes tienen una banda privada propia —dijo el gobernador— pero, por supuesto, no podría permitirles a esos hombres...

—Préstenos los instrumentos —dijo el organizador.

Uno de los honestos y serviciales amigos era un hábil ejecutante del corno, los ministros de gabinete sabían golpear los platillos en forma más o menos entonada, y el organizador tenía algún dominio del tambor.

—¿Qué melodía preferiría?

—La canción popular del momento —contestó el agitador después de reflexionar un momento.

Era una tonada que todos habían oído cientos de veces, de modo que no hubo dificultad en producir una imitación pasable de ella. Al son improvisado de *Yo no quería hacerlo*, el prisionero marchó hacia la libertad. Las palabras de la canción hacían referencia —se entiende— al gobierno que lo había encarcelado y no al destructor del Albert Hall.

El escaño se perdió, después de todo, por un estrecho margen. Los sindicalistas locales se ofendieron porque los ministros del gabinete habían actuado personalmente como rompehuelgas, y ni aun la liberación de Platterbaff logró pacificarlos.

El escaño se perdió, pero los ministros habían ganado una victoria moral. Habían mostrado que sabían cuándo y cómo renunciar.

La amenaza

SIR LULWORTH QUAYNE estaba sentado en el salón de su restaurante favorito, el Gallus Bankiva, discutiendo las debilidades del mundo con su sobrino, que hacía poco había regresado de un muy animado exilio en las tierras salvajes de México. Era esa bendita estación del año cuando los espárragos y los huevos de chorlito eran abundantes, y las ostras no se habían retirado aún a su trinchera de verano, y sir Lulworth y su sobrino estaban en ese ánimo comprensivo en el cual la política se ve en su perspectiva correcta, aun la política de México.

—La mayor parte de las revoluciones que tienen lugar en este país hoy en día —dijo sir Lulworth— son el producto de momentos de pánico legislativo. Considera, por ejemplo, una de las reformas más dramáticas que se han llevado a cabo en el Parlamento en el curso de esta generación. Sucedió poco después de la huelga de las minas de carbón, de desgraciada memoria. A ti, que has estado sumergido hasta el cuello en acontecimientos de naturaleza más enredada y agitada, las cosas que te voy a contar pueden parecer de un interés secundario, pero después de todo tuvimos que vivir en medio de ellas.

Sir Lulworth se interrumpió por un momento para dedicarle algunas palabras gentiles al licor de brandy que acababa de probar, y luego continuó su narración.

—Ya sea que uno simpatice con la agitación por el voto femenino o no, hay que admitir que sus promotoras demostraron energía y considerable esfuerzo en planear y poner en práctica nuevos métodos para lograr sus fines. En general eran un fastidio y un gran aburrimiento, pero hubo momentos en que bordearon lo pintoresco. Hubo aquella famosa ocasión en que animaron y diversificaron la pompa habitual del progreso Real para la inauguración del Parlamento soltando miles de loros, que habían sido entrenados para gritar "Voto para las mujeres" y dieron vueltas alrededor del coche de Su Majestad en una clamorosa nube de verde, gris y escarlata. Fue realmente un episodio bastante impresionante desde el punto de vista del espectáculo; desgraciadamente, sin embargo, para sus inventoras, el secreto de sus intenciones no había sido bien guardado, y sus oponentes soltaron en el mismo momento un enjambre de loros que chillaban "No me parece" y otros gritos hostiles, despojando así a la demostración la unanimidad que sólo de ese modo podría haberla hecho políticamente impresionante. En el operativo de rescate los pájaros aprendieron una cantidad de lenguaje adicional que los inhabilitaba para futuros servicios en la causa de las sufragistas; algunos de los de color verde fueron capturados por ardientes propagandistas de la Ley de Autonomía y entrenados para perturbar la serenidad de las reuniones de la Casa de Orange con reflexiones pesimistas acerca el destino de sir Edward Carson[14] en la vida futura. A partir de entonces parece que las aves en política han llegado para quedarse; recientemente, en una reunión política celebrada en un lugar de culto poco iluminado, la congregación escuchó respetuosamente por alrededor de diez minutos a una graja de Wapping, bajo la impresión de que estaban escuchando al ministro de Hacienda, que llegó tarde.

—¿Pero las sufragistas —interrumpió el sobrino— qué hicieron después?

—Después del fiasco de los pájaros —dijo sir Lulworth—, las militantes hicieron una demostración de la naturaleza más agresiva; se reunieron el día de la inauguración de la exposición de la Royal Academy y destruyeron unos trescientos o cuatrocientos de los cuadros. Pero esto resultó un fracaso aun peor que el asunto de los loros; todos estuvieron de acuerdo que siempre

---

[14] Abogado y político de Ulster (Irlanda del Norte) que lideró exitosamente la resistencia a los intentos de introducir la Ley de Autonomía para la totalidad de Irlanda. *(N. de la T.)*

había demasiados cuadros en las exposiciones de la Royal Academy, y la drástica eliminación de algunos cientos de telas fue considerado un progreso positivo. Además, desde el punto de vista de los artistas, éstos advirtieron que el desmán constituía una especie de compensación para aquellos cuyos cuadros eran persistentemente "colgados muy arriba", ya que fuera de la vista significaba también fuera del alcance. En resumen, fue una de las más exitosas y populares exposiciones que la Academia había llevado a cabo en muchos años. Entonces, las honestas agitadoras volvieron a emplear algunos de sus antiguos métodos; escribieron obras de teatro en las que argumentaban dulcemente que debían obtener el voto, rompieron ventanas para mostrar que debían obtener el voto, y patearon a ministros de gabinete para demostrar que sería mejor que tuvieran el voto, y sin embargo la respuesta fríamente razonable o irrazonable fue que era mejor que no lo tuvieran. Su difícil situación podría haber sido resumida en una tergiversación de las líneas de Gilbert:

Veinte millones sin voto somos,
privadas de voto contra nuestra voluntad,
dentro de veinte años seremos
veinte millones sin voto aún.

Y por supuesto la gran idea para su golpe maestro de estrategia procedió de una fuente masculina. Lena Dubarri, que era la capitana general de su departamento pensante, se encontró una tarde con Waldo Orpington, justamente en el momento en que la fortuna de la causa estaba en su punto más bajo. Waldo Orpington es un frívolo pequeño tonto que gorjea en los conciertos de salón y es capaz de reconocer fragmentos de distintos compositores sin mirar el programa, pero aun así ocasionalmente se le ocurren ideas. No le importaba dos peniques la Causa, pero le gustaba la idea de meter su dedo en el pastel político. También es posible, aunque pienso que altamente improbable, que admirase a Lena Dubarri. De todos modos, cuando Lena hizo un relato más bien melancólico del estado de cosas en el mundo de las sufragistas, Waldo no sintió simplemente aflicción sino que hizo una sugerencia práctica. Volviendo su mirada hacia el oeste a lo largo del Mall, hacia el sol poniente y

Buckingham Palace, guardó silencio por un momento y luego dijo significativamente: "Han gastado sus energías y esfuerzo en tareas de destrucción ¿por qué nunca se les ha ocurrido intentar algo mucho más tremendo?"

—¿Qué quieres decir? —preguntó ella ansiosamente.

—Crear.

—¿Quieres decir crear disturbios? No hemos hecho otra cosa durante meses —dijo ella.

Waldo sacudió la cabeza y continuó mirando hacia el oeste a lo largo del Mall. Es bastante buen actor en un sentido *amateur*. Lena siguió su mirada, y luego se volvió hacia él con una expresión de perpleja interrogación.

—Exactamente —dijo Waldo, en respuesta a su mirada.

—¿Pero cómo podemos crear? —preguntó—, ya lo hemos hecho.

—Háganlo nuevamente —dijo Waldo— y otra vez, y otra vez.

Antes de que pudiera terminar de hablar, ella lo había besado. Luego declaró que era el primer hombre que había besado en su vida, y él declaró que ella era la primera mujer que jamás lo había besado en el Mall, de modo que ambos obtuvieron una especie de récord.

Dentro del día siguiente o dos días se advirtió una nueva modalidad en las tácticas de las sufragistas. Dejaron de fastidiar a los ministros y al Parlamento y se pusieron a fastidiar a sus pocos simpatizantes y partidarios, pidiendo fondos. La urna de los votos fue temporariamente olvidada y reemplazada por las urnas de colecta. Las hijas de los insaciables no eran más persistentes en sus pedidos, los financistas del tambaleante *ancien régime* no estaban más desesperados en sus expedientes para reunir fondos que las trabajadoras sufragistas de todos los ámbitos en esta circunstancia, y de un modo u otro, por medios normales y honestos, realmente reunieron una suma muy útil. Qué iban a hacer con ella nadie parecía saber, ni siquiera las más activas participantes en la colecta. El secreto en esta ocasión había sido bien guardado. Algunas transacciones que se filtraban de tiempo en tiempo sólo añadían más misterio a la situación.

—¿No desea saber qué vamos a hacer con nuestra provisión de dinero? —preguntó Lena un día al Primer Ministro cuando por casualidad estuvo sentada junto a él en una competencia de *whist* en la embajada de la China.

—Esperaba que pensaran intentar un pequeño soborno personal —respondió burlonamente, aunque alguna genuina ansiedad y curiosidad se ocultaba tras la ligereza de su chanza—; por supuesto sé —añadió— que han estado comprando solares en lugares importantes, dentro y alrededor de la metrópolis. Me han dicho que dos o tres están en el camino a Brighton y otra cerca de Ascot. ¿No tienen la intención de fortificarlos, verdad?

—Algo más maligno que eso —dijo—: ustedes podrían impedirnos erigir fuertes pero no pueden impedirnos construir una réplica exacta del Victoria Memorial en cada uno de esos solares. Son todos de propiedad privada, sin ninguna restricción respecto de las construcciones.

—¿Qué Memorial? —preguntó—. ¿No el que está enfrente del Palacio de Buckingham? ¿Seguramente no ése?

—Ése —dijo ella.

—Mi querida señora —gritó—, no puede decirlo en serio. Es una hermosa e imponente obra de arte; de cualquier modo, nos hemos acostumbrado a él, y aun si no se lo admira se puede mirar en otra dirección. Pero imagínese lo que sería la vida si uno se enfrentara con esa construcción dondequiera que uno fuese. Imagínese la gente con los nervios cansados y atormentados que lo vieran tres veces camino a Brighton y tres veces de nuevo en el camino de vuelta. Imagínese viéndolo dominar el paisaje de Ascot, y tratando de evitar su visión en los campos de golf de Sandwich. ¿Qué han hecho sus compatriotas para merecer semejante cosa?

—Nos han negado el voto —dijo Lena amargamente.

El Primer Ministro siempre se declaraba opuesto a todo lo que tuviera el aire de legislatura de terror, pero presentó un proyecto de ley en el Parlamento sin dilación y apeló con éxito a ambas Cámaras para que la pasaran por todas las instancias en esa semana. Y así es cómo obtuvimos una de las más gloriosas medidas del siglo.

—¿Una medida confiriendo el voto a las mujeres? —preguntó el sobrino.

—¡Oh, no, por Dios! Una ley que declaraba delito penal erigir monumentos conmemorativos en cualquier lugar dentro de tres millas de una carretera pública.

Con excepción de Mrs. Pentherby

FUE IDEA DEL PROPIO REGGIE BRUTTLE convertir lo que había amenazado con ser un elefante blanco en una bestia de carga que lo ayudaría en la carretera pedregosa de sus finanzas. "The Limes", que le había quedado como herencia sin incluir ningún aditamento para su mantenimiento, era una de esas mansiones pretenciosas e inhospitalarias, que sólo un hombre muy rico podía acomodar como para vivir en ella, y que ningún hombre rico entre cien la elegiría por su propio valor. Podía fácilmente languidecer en el mercado de propiedades por años, con avisos rodeándola por completo, proclamando, ante los ojos de un mundo escéptico, que era una residencia notablemente deseable.

El plan de Reggie era convertirla en el local de una prolongada reunión de campo, que funcionara durante los meses de octubre hasta fines de marzo; una reunión de gente joven o más bien joven de ambos sexos, demasiado pobres como para poder dedicarse a la caza con escopeta en gran escala, pero interesados en obtener una cuota satisfactoria de golf, bridge, baile, e ir ocasionalmente al teatro. Nadie estaría en la categoría de huésped pago, pero sí de anfitrión pago; un comité se ocuparía del abastecimiento y los gastos, y un subcomité informal se ocuparía de promover la parte de entretenimientos del plan.

Como sólo era un experimento, debía llegarse a un acuerdo general entre aquellos comprometidos en él de ser tan indulgentes y ayudarse mutuamente como fuera posible. Ya se había reunido un núcleo prometedor, que incluía dos matrimonios jóvenes, y la cosa parecía bastante encaminada.

—Con una buena administración y un poco de trabajo discreto pero arduo, creo que el asunto debería ser un éxito —dijo Reggie, y Reggie era una de esas personas que primero se esfuerzan y luego son optimistas.

—Hay un obstáculo ante el cual usted saldrá indefectiblemente mal parado, por muy sabiamente que administre —dijo el mayor Dagberry jovialmente—: las mujeres se pelearán entre ellas. Atención —continuó este profeta de desastres—, no digo que algunos de los hombres no reñirán también, probablemente lo hagan; pero es seguro que las mujeres lo harán. No puede evitarlo; está en la naturaleza de su sexo. La mano que mece la cuna mece al mundo, en un sentido volcánico. Una mujer soportará incomodidades y hará sacrificios, y se privará de cosas hasta el heroísmo, pero el lujo del cual no se privará son las peleas. No importa dónde esté, o cuán pasajera sea su presencia en un lugar, instalará sus disputas femeninas con tanta seguridad como un francés cocinaría sopa en el desierto de las regiones árticas. Al comienzo de un viaje por mar, antes de que el pasajero masculino conozca de vista a media docena de sus compañeros de *tour*, el término medio de las mujeres habrá iniciado un par de enemistades y puesto los cimientos para una o dos más, siempre, por supuesto, que haya suficiente cantidad de mujeres a bordo para permitir una riña en plural. Si no hay ninguna otra, reñirá con la camarera. Este experimento suyo durará seis meses; en menos de cinco semanas habrá guerra a muerte declarada en media docena de direcciones.

—Bueno, vamos, hay sólo ocho mujeres en el grupo; no todas iniciarán peleas tan pronto —protestó Reggie.

—Tal vez no todas inicien peleas —concedió el mayor— pero todas tomarán partido, y así como la Navidad llega con sus convenciones de paz y buena voluntad, usted se encontrará en una era glacial de frío y hostilidad implacable, con alguna ocasional erupción de guerra abierta, semejante a la del Etna. No puede evitarlo, muchacho; pero de todos modos no puede decir que no se lo advirtieron.

Las cinco primeras semanas de la aventura contradijeron la predicción del mayor Dagberry y justificaron el optimismo de Reggie. Hubo, por supuesto, algunos ocasionales pequeños altercados, y la existencia de ciertos celos podía detectarse bajo la superficie de las relaciones cotidianas; pero, en general, las mujeres se llevaron notablemente bien entre ellas. Hubo, no obstante, una notable excepción. No le llevó cinco semanas a Mrs. Pentherby para ser cordialmente detestada por los miembros de su propio sexo; cinco días fueron ampliamente suficientes. La mayoría de las mujeres declararon que la habían detestado desde el momento en fijaron los ojos en ella; pero eso fue probablemente una idea posterior.

Con los hombres se llevaba bastante bien, sin ser el tipo de mujer que sólo podía sentirse bien en compañía masculina; tampoco era uno de esos seres que carecen de esas cualidades que hacen útil y deseable a un individuo como miembro de una comunidad cooperativa. No trataba de "sacar partido" de los otros huéspedes obteniendo algunas pequeñas ventajas o eludiendo hábilmente sus justas contribuciones; no tendía a ser aburrida o esnob relatando sus recuerdos personales. Jugaba bastante bien al bridge y sus modales en la sala de juegos eran irreprochables. Pero toda vez que entraba en contacto con alguien de su propio sexo, el fuego de la batalla se encendía inmediatamente; su talento para provocar animosidad parecía próximo al genio.

Ya fuera el objeto de su atención insensible o sensitivo, de genio vivo o afable, Mrs. Pentherby se las ingeniaba para lograr el mismo efecto. Sacaba a luz pequeñas debilidades, punzaba lugares dolorosos, rechazaba los entusiasmos, generalmente tenía razón en cualquier discusión o, si no la tenía, de algún modo se las ingeniaba para que su contrincante pareciera tonto o porfiado. Hacía, y decía, cosas horribles de una manera inocente y prosaica, y hacía, y decía, cosas triviales e inocentes de una manera horrible. En resumen, el veredicto femenino unánime sobre ella era que era objetable.

No era cuestión de tomar partido, como había anticipado el mayor; en verdad, el desagrado que producía Mrs. Pentherby era casi un lazo de unión entre las otras mujeres, y más de una amenaza de desacuerdo se había disipado rápidamente por sus obvios y maliciosos intentos de agudizarlo y extenderlo; y lo más irritante acerca de ella era su exitosa actitud de imperturbable compostura en momentos en que los temperamentos de sus adversarias eran controlados con dificultad. Hacía los comentarios más hirientes en el tono de un conductor de subterráneo que anuncia que la próxima estación es Brompton Road, el tono medido e indiferente de alguien que sabe que tiene razón, pero a quien no le concierne en absoluto el hecho que anuncia.

En una ocasión, Mrs. Val Gwepton, que no estaba dotada del más apacible de los temperamentos, perdió el control y dio a Mrs. Pentherby un vívido y sincero resumen de su opinión de ella. El objeto de esta desatada tormenta de animosidad acumulada esperó pacientemente un respiro, y luego señaló serenamente a la pequeña furiosa mujer.

—Y ahora, mi querida Mrs. Gwepton, déjeme decirle algo que he estado deseando transmitirle durante los últimos dos o tres minutos, sólo que usted no me daba la oportunidad: una de sus horquillas se le está cayendo del lado izquierdo. Las mujeres de cabello fino como usted siempre tienen dificultad para que las horquillas permanezcan en su lugar.

—¿Qué se puede hacer con una mujer así? —preguntó luego Mrs. Val a un auditorio comprensivo.

Por supuesto, Reggie recibió numerosas indirectas sobre la impopularidad de esta desapacible personalidad. Su cuñada lo abordó abiertamente acerca de sus maldades. Reggie la escuchó con el atenuado sentimiento que prestamos a un desastroso terremoto en Bolivia o la pérdida de una cosecha en el Turkestán Oriental, sucesos que parecen tan distantes que casi podemos llegar a persuadirnos de que no han tenido lugar.

—Esa mujer ha obtenido alguna influencia sobre él —opinó sombríamente su cuñada— o bien ella lo está ayudando a financiar el espectáculo, y se jacta de ello, o si no, Dios no lo quiera, tiene alguna extraña chifladura por ella. Los hombres construyen las más extraordinarias fantasías.

Las cosas no llegaron nunca a una crisis. Mrs. Pentherby, como causa de ofensa personal, se extendió por una zona tan amplia que ninguna de las mujeres del grupo se sintió impulsada a rebelarse y declarar que se rehusaba absolutamente a quedarse otra semana en la misma casa que ella. Lo que es tragedia de todos no es tragedia de nadie. Siempre había cierto consuelo en comparar impresiones sobre motivos específicos de ofensa. La cuñada de Reggie tenía además el interés de tratar de descubrir el vínculo secreto que impedía su condena del largo catálogo de conductas negativas de Mrs. Pentherby. No mucho podía inferirse de su actitud hacia ella en público, pero permanecía obstinadamente insensible a cualquier cosa que se dijera contra ella en privado.

Con la única excepción de la impopularidad de Mrs. Pentherby, el plan de la reunión fue un éxito desde el principio, y no hubo ninguna dificultad en reconstruirlo sobre el mismo modelo para otra sesión de invierno. Sucedió que la mayor parte de las mujeres y dos o tres de los hombres no estarían disponibles en esta ocasión, pero Reggie había trazado sus planes con bastante anticipación y obtuvo mucha "sangre nueva" para la nueva temporada. Sería, en verdad, un grupo más grande que el anterior.

—Siento mucho que no podré participar este invierno —dijo la cuñada de Reggie—, pero debemos visitar a nuestros primos de Irlanda; los hemos postergado tantas veces. ¡Qué lástima! No tendrás a ninguna de las mismas mujeres esta vez.

—Con la excepción de Mrs. Pentherby —dijo Reggie dulcemente.

—¡Mrs. Pentherby! ¡Seguramente no serás tan idiota como para tener nuevamente a esa mujer! Contrariará a todas las demás mujeres, como lo hizo la vez anterior. ¿Cuál es la misteriosa influencia que ejerce sobre ti?

—Es inestimable —dijo Reggie—, es mi pendenciera oficial.

—Tú... ¡qué dijiste?— balbuceó su cuñada.

—La introduje en el grupo con el expreso propósito de concentrar los altercados y peleas que de otro modo habrían estallado en todas direcciones entre las mujeres. No me hizo falta el consejo y advertencia de diversos amigos acerca de que no pasaríamos seis meses de íntimo compañerismo sin una cierta medida de peleas y ataques, de modo que pensé que lo mejor era localizarlo y esterilizarlo en un solo proceso. Por supuesto le hice ganar bien por su tiempo, y como ella no conocía a ninguna de ustedes y ustedes ni siquiera saben su verdadero nombre, no le importó hacerse desagradable por una causa útil.

—¿Quieres decir que ella lo sabía todo el tiempo?

—Por supuesto, y también lo sabían uno o dos de los hombres, de modo que podía reírse a gusto con nosotros detrás de la escena cuando había hecho algo particularmente escandaloso. Y realmente lo pasó muy bien. Verás, ella está en la posición de parienta pobre en una familia más bien belicosa, y su vida ha transcurrido en gran medida calmando las riñas de los demás. Puedes imaginarte el bienvenido alivio de poder decir y hacer cosas perfectamente exasperantes en una casa llena de mujeres, y todo por la causa de la paz.

—Creo que eres la persona más odiosa del mundo —dijo la cuñada de Reggie. Lo que no era estrictamente verdadero; más que a nadie, más que nunca, detestaba a Mrs. Pentherby. Era imposible calcular de cuántas peleas esa mujer la había disuadido.

Mark

AUGUSTUS MELLOWKENT era un novelista con futuro; es decir, un número limitado pero creciente de personas leían sus libros, y parecía haber una buena razón para suponer que si él continuaba constantemente produciendo novelas año tras año, un círculo progresivamente creciente de lectores adquirirían el "hábito Mellowkent" y pedirían sus libros en bibliotecas y quioscos. Por instigación de su editor había descartado su nombre bautismal de Augustus y adoptado el nombre frontal de Mark.

—A las mujeres les gusta un nombre que sugiere alguien fuerte y silencioso, capaz de contestar preguntas pero poco dispuesto a hacerlo. Augustus sugiere meramente vano esplendor, pero un nombre como Mark Mellowkent, además de ser aliterado, conjura la visión de alguien fuerte, hermoso y bueno, una especie de mezcla de George Carpentier y el Reverendo ¿cómo es que se llama?

Una mañana de diciembre Augustus estaba sentado a su escritorio, trabajando en el tercer capítulo de su octava novela. Había descrito para aquellos que no eran capaces de imaginarlo, qué aspecto tiene el jardín de una rectoría en julio; ahora estaba ocupado en describir más extensamente los sentimientos de una jovencita, hija de una larga serie de rectores y archidiáconos, cuando descubre por primera vez que el cartero es atractivo.

"Sus ojos se encontraron, por un breve momento, cuando él le entregaba dos circulares y el voluminoso *East Essex News* envuelto en una faja.

Sus ojos se encontraron, por una mera fracción de segundos, pero nada volvería a ser otra vez igual. Costara lo que costara ella sentía que debía hablar, debía romper el intolerable silencio irreal que se había producido entre ellos. '¿Cómo está su mamá del reumatismo?' dijo..."

La tarea del autor fue interrumpida por la repentina intrusión de una mucama.

—Un caballero desea verlo, señor —dijo la mucama, dándole una tarjeta con el nombre Caiaphas Dwelf inscripto en ella—; dice que es importante.

Mellowkent vaciló pero cedió; la importancia de la misión del visitante era probablemente ilusoria, pero nunca antes había conocido a nadie con el nombre de Caiaphas. Al menos sería una nueva experiencia.

Mr. Dwelf era un hombre de edad indefinida; su frente alta y angosta, sus fríos ojos grises y actitud decidida delataban un propósito inquebrantable. Tenía un gran libro bajo el brazo, y parecía muy probable que hubiese dejado un paquete de volúmenes similares en el hall. Se sentó antes de que le ofrecieran asiento, colocó el libro sobre la mesa y comenzó a dirigirse a Mellowkent a la manera de una "carta abierta".

—Usted es un hombre de letras, el autor de varios libros conocidos...

—Estoy ocupado con un libro en este momento, más bien afanosamente ocupado —dijo Mellowkent enfáticamente.

—Exactamente —dijo el intruso—, el tiempo es para usted un artículo de considerable importancia. Aun los minutos tienen valor...

—Lo tienen —asintió Mellowkent, mirando su reloj.

—Es por esto —dijo Caiaphas—: este libro sobre el que estoy llamando su atención no es un libro del cual usted pueda prescindir. *Right Here* [Justo aquí] es indispensable para el escritor; no es una enciclopedia común, en cuyo caso no me tomaría la molestia de mostrárselo. Es una mina inagotable de información concisa...

—En un estante a mi lado —dijo el autor— tengo una hilera de libros de referencia que me proporcionan toda la información que pueda requerir.

—Aquí —insistió el posible vendedor— lo tiene todo en un solo volumen compacto. No importa cuál sea el tema que desee buscar, o el hecho que desee verificar, *Right Here* le da todo lo que desea saber en la forma más breve e instructiva. Referencias históricas, por ejemplo, la carrera de John Huss, digamos. He aquí: "Huss, John, celebrado reformador religioso. Nacido en 1396, quemado en Constance en 1415. El emperador Segismundo fue universalmente culpado".

—Si hubiera sido quemado en estos tiempos, todos habrían sospechado de las sufragistas —observó Mellowkent.

—Cría de aves de corral, por ejemplo —continuó Caiaphas—, ése es un tema que podría aparecer en una novela que tratara de la vida de los campesinos ingleses. Aquí tenemos todo sobre el tema: "La Leghorn como productora de huevos. Falta de instinto maternal en la Minorca. Enfermedades de los pollos, su causa y su curación. Patitos para el mercado, cómo engordarlos". Ve usted, está todo, no falta nada.

—Excepto el instinto maternal en la Minorca, y eso no podría esperarse que usted lo proporcionase.

—Informes sobre deportes; eso también es importante; ahora bien ¿cuántos hombres, incluidos deportistas, podrían decir de improviso qué caballo ganó el Derby en un año determinado? Ahora bien, es justamente un pequeño dato de esa clase...

—Mi querido señor —interrumpió Mellowkent—, hay por lo menos cuatro hombres en mi club que podrían decirme qué caballo ganó en cualquier año, y qué caballo debería haber ganado y por qué no lo hizo. Si su libro pudiera proveer un método para protegernos de ese tipo de información, haría más que todo lo que hasta el momento ha alabado en él.

—Geografía —dijo Caiaphas sin perturbarse—, ésa es una cuestión en la que cualquier hombre ocupado, escribiendo bajo presión, puede fácilmente cometer un error. El otro día, por ejemplo, un conocido autor hizo que el Volga desembocara en el Mar Negro en lugar del Caspio; ahora bien, con este libro...

—En un estante de palo de rosa bien lustrado, detrás de usted, se encuentra un confiable y actualizado atlas —dijo Mellowkent— ,y ahora realmente debo pedirle que se retire.

—Un atlas —dijo Caiaphas— le da sólo un gráfico del curso del río, e indica las principales ciudades por las que pasa. *Right Here*, en cambio, le muestra el paisaje, el tráfico, el costo de los *ferry-boats*, las clases predominantes de peces, el argot de los barqueros, y las horas de navegación de los principales vapores fluviales. Le da a usted...

Mellowkent se sentó y observó al implacable y resuelto vendedor de duros rasgos, que estaba tenazmente sentado en la silla en que se había instalado por su cuenta, ensalzando implacablemente los méritos de sus mercancías no deseadas. Un espíritu de ansiosa emulación se apoderó del autor. ¿Por qué no podía ponerse a la altura del nombre frío y severo que había elegido para sí? ¿Por qué debía permanecer sentado débilmente y escuchar esta tirada aburrida y poco convincente? ¿Por qué no podía ser Mark Mellowkent por unos breves momentos y enfrentarse a ese hombre en términos ecuánimes?

Una repentina inspiración lo iluminó.

—¿Ha leído mi última novela *El pardillo sin jaula*? —preguntó.

—No leo novelas —dijo Caiaphas lacónicamente.

—Oh, pero debería leer ésta, todos deberían leerla —exclamó Mellowkent, pescando el libro de un estante—; publicado a seis chelines, usted puede obtenerlo por cuatro chelines con seis peniques. Hay un pasaje en el capítulo quinto que estoy seguro de que le gustaría, en el que Emma está sola en un bosquecillo de hayas esperando a Harold Huntingdon, el hombre con quien su familia quiere que se case. Ella también quiere casarse con él, pero no lo descubre hasta el capítulo quince. Escuche: "Hasta donde la vista alcanzaba se extendían los brezos color malva y púrpura, iluminados aquí y allá con el luminoso amarillo de aulaga y retama, y bordeados todo alrededor con los delicados grises y plateados de las jóvenes hayas. Pequeñas mariposas azules y marrones revoloteaban sobre la fronda de los brezos, disfrutando en la luz del sol, y arriba las alondras cantaban como sólo las alondras pueden hacerlo. Era un día en el que la entera Naturaleza..."

—En *Right Here* usted tiene información completa sobre todas las ramas del estudio de la naturaleza —interrumpió el corredor de libro, con una nota de cansancio en su voz por primera vez—: forestación, vida de los insectos, migración de pájaros, utilización de tierras baldías. Como decía, ningún hombre que debe tratar de los variados intereses de la vida...

—Me pregunto si le interesaría uno de mis libros anteriores, *La renuencia de lady Cullumpton* —dijo Mellowkent, volviendo a buscar en los estantes—; algunos la consideran como mi mejor novela. Ah, aquí está. Veo que hay una o dos manchas en la tapa, de modo que no pediré más que tres chelines y nueve peniques por ella. Permítame leerle cómo empieza:

"Beatrice, Lady Cullumpton, entró en el largo y poco iluminado salón, con los labios temblando de un miedo que no lograba disimular. En su mano llevaba un pequeño abanico, un frágil juguete de encaje y madera de Indias. Algo crujió cuando entraba a la sala; había hecho pedazos el abanico."

—¿Qué piensa de eso para un comienzo? Le indica inmediatamente que algo está por suceder.

—No leo novelas —dijo Caiaphas hoscamente.

—Pero piense qué recurso son —exclamó el autor— en las largas noches de invierno, o tal vez cuando está en reposo a causa de una torcedura de tobillo, algo que podría sucederle a cualquiera; o si estuviera invitado a una reunión con una lluvia persistente, una estúpida anfitriona e insufribles y aburridos huéspedes, se disculparía diciendo que tenía que escribir unas cartas, se iría a su habitación, encendería un cigarrillo y por tres chelines y nueve peniques podría sumergirse en la sociedad de Beatrice Lady Cullumpton y su grupo. Nadie debería viajar sin una o dos novelas en su equipaje como protección. Un amigo mío dijo el otro día que no se le ocurriría viajar al trópico sin quinina como tampoco ir de visita sin un par de Mellowkents en su mochila.

"Quizá se inclina usted más por el género sensacionalista. Me pregunto si tengo un ejemplar de *El beso de la pitón*.

Caiaphas no esperó a ser tentado con esa escalofriante obra de ficción. Refunfuñando un comentario sobre su falta de tiempo para desperdiciar en tonterías, tomó su despreciado volumen y partió. No dio ninguna audible respuesta al alegre "Buen día" de Mellowkent, pero éste imaginó que una mirada de respetuoso odio parpadeó en los fríos ojos grises.

El erizo

UN DOBLE MIXTO DE JÓVENES estaba disputando un partido de tenis de césped en la fiesta del jardín del Rectorado; al menos durante los últimos veinticinco año, dobles mixtos de jóvenes habían hecho exactamente lo mismo en el mismo lugar alrededor de la misma época del año. Los jóvenes cambiaban y daban lugar a otros con el correr del tiempo, pero casi nada más parecía alterarse.

Los jugadores actuales tenían suficiente conciencia de la naturaleza social del encuentro como para preocuparse por sus vestimentas y aspecto, y amaban suficientemente el deporte para tener interés en el partido. Tanto sus esfuerzos como su apariencia estaban sometidos al cuádruple escrutinio de un cuarteto de damas sentadas como espectadoras oficiales en un banco desde el cual se dominaba la corte. Era una de las condiciones aceptadas de la fiesta del Rectorado que cuatro damas, que generalmente sabían muy poco de tenis pero mucho acerca de los jugadores, se sentaran en ese lugar determinado y observaran el juego. Se había convertido casi en una tradición que dos de las damas fueran amables y que las otras dos fueran Mrs. Dole y Mrs. Hatch-Mallard.

—Qué mal le sienta a Eva Jonelet su manera de peinarse —dijo Mrs. Hatch-Mallard—, su cabello es feo de todos modos, pero no es necesario que lo haga parecer también ridículo. Alguien debería decírselo.

El cabello de Eva Jonelet podría no haber sufrido la condena de Mrs. Hatch-Mallard, si ésta pudiera haber olvidado el hecho más notorio de que

Eva era la sobrina favorita de Mrs. Dole. Podría haber sido más conveniente si Mrs. Hatch-Mallard y Mrs. Dole hubiesen podido ser invitadas a la Rectoría en distintas oportunidades, pero había una sola fiesta en el jardín de la Rectoría en el curso del año y ninguna de las dos damas podría haber sido omitida de la lista de invitados sin destruir irremediablemente la paz social de la parroquia.

—Qué hermosos se ven los tejos en esta época del año —señaló una dama con una suave voz argentina que sugería un manguito de chinchilla pintado por Whistler.

—¿Qué quiere usted decir con esta época del año? —preguntó Mrs. Hatch-Mallard—. Los tejos se ven hermosos en toda época del año. Ése es su gran encanto.

—Los tejos siempre parecen horribles bajo cualquier circunstancia y en cualquier momento del año —dijo Mrs. Dole con el dejo breve y enfático de alguien que encuentra placer en contradecir—. Sólo son adecuados para camposantos y cementerios.

Mrs. Hatch-Mallard emitió un bufido sardónico que, traducido, significaba que había personas más adecuadas para cementerios que para fiestas de jardín.

—¿Cómo van los tantos, por favor? —preguntó la dama con voz de chinchilla.

La información solicitada le fue proporcionada por un joven con impecables pantalones de franela blanca; el efecto de su arreglo general sugería solicitud más bien que ansiedad.

—¡En qué odioso cachorro se ha convertido este joven Bertie Dykson! —declaró Mrs. Dole, recordando repentinamente que Bertie era en cierto modo un favorito de Mrs. Hatch-Mallard—. Los jóvenes de hoy en día no son como solían ser hace veinte años.

—Por supuesto que no —dijo Mrs. Hatch-Mallard—, hace veinte años Bertie Dykson tenía sólo dos años, y son de esperar algunas diferencias en el aspecto, los modales y la conversación entre esos dos períodos.

—Sabes —dijo Mrs. Dole confidencialmente—, no me sorprendería que creyeses haber dicho algo inteligente.

—¿Espera usted a alguien interesante que venga a alojarse en su casa, Mrs. Norbury? —preguntó la voz de chinchilla rápidamente—, generalmente usted reúne gente en su casa en esta época del año.

—Vendrá una mujer muy interesante —dijo Mrs. Norbury, que había estado luchando en silencio por una oportunidad de desviar la conversación hacia un canal menos peligroso—, una vieja conocida mía, Ada Bleek...

—Qué nombre tan feo —dijo Mrs. Hatch-Mallard.

—Es descendiente de los Bliques, una antigua familia de hugonotes de Touraine, ¿sabes? —dijo Mrs. Hatch-Mallard, quien pensaba que podía con seguridad disputar cualquier hecho sucedido hacía trescientos años.

—Bueno, de todos modos, viene a alojarse en mi casa —continuó Mrs. Norbury, trayendo su historia rápidamente al presente—; llega esta tarde y es muy clarividente, la séptima hija de una séptima hija, saben, y todo ese tipo de cosas.

—Qué interesante —dijo la voz de chinchilla—. Exwood es justamente el lugar adecuado para que venga, ¿verdad? Se supone que hay varios fantasmas allí.

—Es por eso que estaba tan ansiosa por venir —dijo Mrs. Norbury—; pospuso otro compromiso para poder aceptar mi invitación. Ha tenido visiones y sueños y toda esa clase de cosas, que se han hecho realidad de la manera más maravillosa, pero nunca ha visto realmente un fantasma y está deseosa de tener esa experiencia. Pertenece a esa Sociedad de Investigación, ¿saben?

—Espero que vea a la desgraciada lady Cullumpton, la más famosa de los fantasmas de Exwood —dijo Mrs. Dole— mi antepasado, saben, sir Gervase Cullumpton, asesinó a su joven esposa en un ataque de celos cuando estaban de visita en Exwood. La estranguló en el establo con la correa de un estribo, cuando acababan de llegar de una cabalgata, y se la ve a veces en el crepúsculo, merodeando por las praderas y los establos, con un largo vestido verde, gimiendo y tratando de quitarse la correa de alrededor de su garganta. Tendré mucho interés en saber si su amiga ve...

—No sé por qué debe esperarse que vea una trivial aparición tradicional como el llamado fantasma de Cullumpton, que sólo es avalado por mucamas y peones del establo achispados, cuando mi tío, que era el propietario de Exwood, se suicidó allí en las circunstancias más trágicas y seguramente vaga por el lugar.

—Mrs. Hatch-Mallard evidentemente nunca ha leído la *Historia del Condado*, de Popple —dijo Mrs. Dole fríamente— o sabría que el fantasma de Cullumpton es avalado por una gran riqueza de evidencias físicas.

—Oh, Popple —exclamó Mrs. Hatch-Mallard despectivamente—, cualquier vieja historia de pacotilla es suficientemente buena para él. ¡Popple, nada menos! Ahora bien, el fantasma de mi tío fue visto por el Deán Rural, que era también Juez de Paz. Supongo que sería bastante buen testimonio para cualquiera. Mrs. Norbury, lo tomaré como una afrenta personal si su amiga clarividente ve cualquier otro fantasma que no sea el de mi tío.

—Me animo a decir que no verá nada en absoluto; hasta ahora nunca lo ha hecho, ¿sabe? —dijo Mrs. Norbury con optimismo.

—Fue un tema muy infortunado que nunca debí abordar —se lamentó después la poseedora de la voz de chinchilla—. Exwood pertenece a Mrs. Hatch-Mallard y sólo tenemos un breve contrato de alquiler. Hace un tiempo que un sobrino de ella quiere vivir allí, y si la ofendemos en lo más mínimo se negará a renovarnos el contrato. A veces pienso que estas fiestas de jardín son un error.

Los Norbury jugaron al bridge durante las tres noches siguientes hasta cerca de la una; no les interesaba el juego, pero ello reducía el tiempo de que su huésped disponía para las indeseables visitas de fantasmas.

—No es probable que Mrs. Bleek esté en un estado de ánimo como para ver fantasmas —dijo Hugo Norbury— si se va a la cama con un remolino de espadas en el cerebro y ningún triunfo ni aciertos brillantes.

—Le he hablado durante horas acerca del tío de Mrs. Hatch-Mallard —dijo su esposa— y le he señalado el punto exacto en el que se mató, e inventado toda clase de detalles impresionantes, y he encontrado un viejo retrato de lord John Russell y lo he puesto en su habitación, y le he dicho que se supone que es un retrato del tío en la Edad Media. Si Ada ve un fantasma en absoluto, deberá seguramente ser el del viejo Hatch-Mallard. De todas maneras, hemos hecho todo lo posible.

Las precauciones fueron en vano. En la tercera mañana de estar en la casa, Ada Bleek bajó tarde al desayuno, con los ojos de aspecto muy cansado pero llameantes de excitación, el pelo peinado de cualquier manera, y un gran bulto mayor bajo el brazo.

—¡Por fin he visto algo sobrenatural! —exclamó, y le dio a Mrs. Norbury un beso ferviente, como agradeciéndole la oportunidad que le había proporcionado.

—¡Un fantasma! —gritó Mrs. Norbury—, ¿lo dices en serio?

—¡En serio e indubitablemente!

—¿Era un hombre de cierta edad vestido como hace unos cincuenta años? —preguntó esperanzada Mrs. Norbury.

—Nada se eso —dijo Ada—, era un erizo blanco.

—¡Un erizo blanco! —exclamaron al unísono los Norbury, en tono de desconcertado asombro.

—Un enorme erizo blanco con siniestros ojos amarillos —dijo Ada—. Estaba medio dormida en la cama, cuando de repente sentí que algo siniestro e inexplicable atravesaba la habitación. Me senté y miré a mi alrededor, y allí, debajo de la ventana, vi algo maligno que reptaba, una especie de erizo monstruoso, de color blanco sucio, con garras negras y siniestras que daba golpecitos y raspaba el piso, con ojos estrechos e indescriptiblemente malignos. Se deslizó por unos metros, siempre mirándome con sus horribles ojos malvados; luego, cuando llegó a la segunda ventana, que estaba abierta, trepó hasta el antepecho y se desvaneció. Yo me levanté enseguida y fui a la ventana; no había señales de él en ninguna parte. Por supuesto, sabía que había visto algo sobrenatural, pero no me di cuenta de qué se trataba hasta que consulté el capítulo de Popple sobre tradiciones locales.

Se volvió ansiosamente hacia el gran volumen marrón y leyó: "Nicholas Herison, un viejo avaro, fue colgado en Batchford en 1763 por el asesinato de un chico de la granja que había descubierto accidentalmente su escondrijo. Se supone que su fantasma, a través del campo, aparece a veces como una lechuza blanca, otras como un enorme erizo blanco".

—Supongo que leíste la historia de Popple ayer por la noche y eso te hizo pensar que veías un erizo blanco cuando estabas medio dormida —dijo

Mrs. Norbury, aventurando una conjetura que probablemente se aproximaba mucho a la verdad.

Ada rechazó desdeñosamente la posibilidad de tal explicación de su aparición.

—Esto debe ser acallado —dijo Mrs. Norbury rápidamente—, los sirvientes...

—¡*Acallado!* —exclamó indignada Ada—, escribiré un largo informe sobre el asunto a la Sociedad de Investigación.

Fue entonces cuando Hugo Norbury, que no es naturalmente un hombre de recursos brillantes, tuvo una de las inspiraciones realmente útiles de su vida.

—Fue muy malvado de nuestra parte, Miss Bleek —dijo—, pero sería una vergüenza dejarlo ir más allá. Ese erizo blanco es una vieja broma nuestra; un erizo albino embalsamado, sabe, que mi padre trajo de Jamaica, donde crecen hasta un tamaño enorme. Lo escondemos en la habitación atado con una cuerda, pasamos una punta de la cuerda a través de la ventana; luego tiramos desde abajo y se arrastra por el piso como usted lo describió, y finalmente salta por la ventana. Muchísimas personas leen a Popple y creen que es el fantasma del viejo Nicholas Herison; pero siempre impedimos que escriban a los diarios sobre el asunto. Sería llevar las cosas demasiado lejos.

Mrs. Hatch-Mallard renovó el contrato en su momento, pero Ada Bleek nunca ha renovado su amistad.

La vida estilo Mappin

—ESTAS TERRAZAS MAPPIN en el Jardín Zoológico son un gran progreso sobre el antiguo estilo de las jaulas para animales salvajes —dijo Mrs. James Gurtleberry, luego de mirar un periódico ilustrado—, le dan a uno la ilusión de ver a los animales en su entorno natural. ¿Me pregunto hasta qué punto la ilusión es vivida por los animales?

—Depende del animal de que se trate —dijo su sobrina—; un ave de la jungla, por ejemplo, pensaría sin duda que su entorno legal está fielmente reproducido si le dieran una cantidad suficiente de esposas, una extensa variedad de semillas para comer y huevos de hormigas, un cómodo montón de tierra blanda para solazarse, un árbol conveniente para pasar la noche y uno o dos rivales para darle interés a las cosas. Por supuesto, debería haber gatos monteses y aves de presa y otros agentes de muerte súbita para aumentar la ilusión de libertad, pero la imaginación del propio pájaro es capaz de inventar esas cosas por sí mismo, piensa cómo un ave doméstica chilla alarmada si una graja o paloma salvaje pasa sobre su nido cuando tiene pollitos.

—Piensas, entonces, que realmente tienen una especie de ilusión si se les da suficiente espacio.

—Sólo en unos pocos casos. Nada me hará creer que alrededor de un acre de cemento cercado bastará a un lobo o a un tigre en reemplazo de la extensión que poseería en estado salvaje para su ronda nocturna. Piensa en el diccionario de sonidos y olores y recuerdos que se despliega ante una bestia realmente salvaje cuando sale todas las noches de su guarida, sabiendo que en unos pocos minutos estará corriendo hacia un distante terreno de caza donde lo aguarda todo el goce y la furia de la caza; piensa en las infinitas sensaciones del cerebro cuando cada susurro, cada grito, cada ramita doblada y cada soplo fugaz en sus fosas nasales significan algo, algo relacionado con la vida y la muerte y la comida. Imagina la satisfacción de deslizarte hacia tu propio bebedero, eligiendo tu árbol particular para afilar tus garras, descubriendo tu propio lecho particular de pasto seco para revolcarte en él. Luego, en lugar de eso, pon un camino de cemento, que tendrá las mismas dimensiones tanto si corres como si te arrastras en él, emanando viejos e invariables olores y rodeado de gritos y ruidos que habrán dejado de tener el menor significado o interés. Como un sustituto para las estrechas jaulas, los nuevos recintos son excelentes, pero creo que son una pobre imitación de la vida en libertad.

—Es más bien deprimente pensar así —dijo Mrs. Gurtleberry—, parecen tan espaciosas y naturales... pero supongo que gran parte de lo que nos parece natural a nosotros carecería de sentido para un animal salvaje.

—Allí es donde intervienen nuestros poderes superiores de autoengaño —dijo la sobrina—, somos capaces de vivir nuestras irreales y estúpidas pequeñas vidas en nuestra terraza Mappin particular, y persuadirnos de que somos realmente hombres y mujeres sin trabas que llevamos una existencia razonable en una esfera razonable.

—Pero por Dios —exclamó la tía, exclamando en una actitud de escandalizada defensa—, ¡llevamos existencias razonables! ¿Qué diablos quieres decir con trabas? Sólo nos traban las comunes convenciones decentes de la sociedad civilizada.

—Estamos trabados —dijo la sobrina con calma e implacablemente— por las restricciones ingresos y oportunidades y sobre todo por la falta de iniciativa. A algunas personas un ingreso limitado no les importa en absoluto, en verdad a menudo parece ayudar a obtener gran acopio de realidad de la vida; estoy segura de que hay hombres y mujeres que hacen sus compras en pequeñas calles laterales, y compran cuatro zanahorias y un pequeño pedazo de carne para su diaria subsistencia, que llevan una vida real y variada. La falta de iniciativa es realmente algo que discapacita, y es algo que nos encierra irremediablemente tanto a ti como a mí y a tío James. Somos como esos animales confinados en una terraza Mappin, con una diferencia en contra nuestra: que los animales están allí para ser mirados, mientras que nadie quiere mirarnos a nosotros. En verdad, no habría nada que mirar. Nos pescamos resfríos en invierno y alergia en verano, y si sucede que una avispa nos pica a uno de nosotros, bueno, eso fue iniciativa de la avispa, no nuestra; todo lo que hacemos es esperar que la hinchazón baje. Siempre que adquirimos fama y atención local, es por métodos indirectos; si sucede que es un buen año para el florecimiento de las magnolias, los vecinos observan: "¿Han visto ustedes la magnolia de los Gurtleberry? Es un perfecto macizo de flores", y nosotros nos encargamos de informar a la gente de que hemos obtenido cincuenta y siete pimpollos contra los treinta y nueve del año anterior.

—En el Año de la Coronación llegaron a sesenta —dijo la tía—, tu tío ha batido el récord durante los últimos ocho años.

—¿No se te ocurre pensar alguna vez —continuó implacablemente la sobrina— que si nos mudáramos de acá o fuéramos borrados de la existencia, nuestra fama local pasaría automáticamente a quienquiera ocupara la casa y el jardín? Las gentes se dirían unos a otros: "¿Has visto la magnolia de los Smith-Jenkins? Es un perfecto macizo de flores" o si no, "Smith-Jenkins me ha dicho que no habrá un solo pimpollo en su magnolia este año; el viento del este ha ennegrecido todos los capullos". Ahora, si cuando nos hubiésemos marchado, la gente todavía asociara nuestros nombres con el árbol de magnolia, quienquiera fuese el que lo poseyera temporariamente, si dijeran "Ah, ése es el árbol del cual los Gurtleberry colgaron a su cocinera porque le puso la salsa equivocada a los espárragos", eso sería algo realmente debido a nuestra iniciativa, aparte de cualquier cosa que el viento del este o la vitalidad de la magnolia tuvieran que ver con el asunto.

—Jamás haríamos semejante cosa —dijo la tía. La sobrina suspiró de mala gana.

—No puedo imaginármelo —admitió—. Por supuesto —continuó— hay montones de maneras de llevar una existencia real sin cometer hechos sensacionales de violencia. Son los horribles pequeños actos cotidianos que ponen el sello de Mappin en nuestras vidas. Sería divertido, si no fuera tan patéticamente trágico, oír a tío James protestar aquí por la mañana y anunciar: "Debo ir a la ciudad y averiguar qué dicen los hombres allí acerca de México. Las cosas se están empezando a poner serias allá". Luego se encamina a la ciudad y habla con voz muy seria al tabaquero, comprando ocasionalmente una onza de tabaco; quizá se encuentra con uno o dos de los otros pensadores acerca del mundo y les habla con una voz muy seria, luego vuelve a casa y anuncia con la mayor importancia: "Acabo de hablar con algunos hombres en la ciudad acerca del estado de cosas en México. Están de acuerdo con la opinión que me he formado de que las cosas allí tendrán que empeorar antes de que mejoren". Por supuesto, a nadie en la ciudad le importaba en lo más mínimo cuáles eran sus opiniones acerca de México o si tenía alguna. El tabaquero no estaba muy emocionado por su compra de una onza de tabaco, ya que sabe que compra la misma cantidad de la misma clase de tabaco todas las semanas. Tío James podría lo mismo haberse recostado en el jardín y haber conversado con el árbol de lilas acerca de las costumbres de las orugas.

—Realmente no escucharé tales cosas acerca de tu tío —protestó Mrs. James Gurtleberry, furiosa.

—Mi propio caso es igualmente malo e igualmente trágico —dijo la sobrina desapasionadamente—, casi todo lo que me concierne es convencional y simulado. No soy una buena bailarina ni nadie podría honestamente decir que soy linda, pero cuando voy a uno de nuestros aburridos bailes locales se supone convencionalmente que "lo paso magníficamente bien", que atraigo el ardiente homenaje de los caballeros locales y que vuelvo a casa con un remolino en la cabeza de recuerdos placenteros. De hecho, sólo he pasado algunas horas bailando con indiferencia, tomado algunas copas de clarete mal preparado y escuchado una gran cantidad de penosa conversación vacía. Una incursión para robar gallinas a la luz de la luna con el cura de los ojos alegres sería infinitamente más excitante; imagínate el placer de arrebatar todas esas blancas Minorcas de las que siempre se están jactando los Chibfords. Cuando las hubiésemos vendido podríamos dar el monto obtenido a una institución de caridad, de modo que no habría nada realmente malo en ello. Pero nada de eso cae dentro de los límites Mappin de mi vida. Uno de estos días, alguien aburrido, decoroso y más bien mediocre "me caerá bien", según el dicho, y las aburridas viejas chismosas de la vecindad comenzarán a preguntar cuándo nos comprometeremos, y por fin nos comprometeremos, y la gente nos obsequiará mantequeras, estuches de papel secante y cuadros enmarcados de jovencitas dando de comer a los cisnes. Hola, tío, ¿vas a salir?

—Voy sólo a la ciudad —anunció Mr. James Gurtleberry, con cierto aire de importancia—. Quiero oír lo que dice la gente acerca de Albania. Los asuntos allí están empezando a ponerse muy serios. En mi opinión todavía no hemos visto lo peor.

Probablemente tenía razón en ello, pero no había nada en las condiciones inmediatas o futuras de Albania que justificara que Mrs. Gurtleberry estallara en llanto.

El destino

REX DILLOT tenía cerca de veinticuatro años, era casi guapo y no tenía un céntimo. Se suponía que su madre le proporcionaba una especie de subsidio familiar dentro de lo que sus acreedores le permitían, y Rex ocasionalmente ingresaba en los rangos de los que ganaban esporádicos salarios como secretarios o acompañantes de personas que no podían arreglárselas sin ayuda con su correspondencia o su tiempo libre. Por algunos meses había sido editor asistente y gerente de negocios en un periódico dedicado a ratones de fantasía, pero la dedicación había sido unilateral y el periódico desapareció algo abruptamente de las salas de lectura de los clubes y otros sitios donde había aparecido gratuitamente. No obstante, Rex vivía con cierta apariencia de comodidad y bienestar, como se puede vivir si se ha nacido con cierta genialidad para ese tipo de cuestiones, ayudado por una bondadosa Providencia que habitualmente disponía las cosas de manera que sus invitaciones para el fin de semana coincidieran con las fechas en las cuales su único chaleco de esmoquin blanco acabara de volver de la lavandería, en condiciones de deslumbrante limpieza. Jugaba mal a la mayoría de los juegos y era lo bastante astuto como para reconocerlo, pero había desarrollado un juicio maravillosamente exacto para evaluar el juego y las oportunidades de otras personas, ya se tratase de un match de golf, un handicap de billar o un torneo de croquet. Por vía de ejemplo, su opinión sobre la superioridad de tal o cual jugador con un grado suficiente de juvenil seguridad, generalmente lograba provocar una apuesta liberal, y confiaba en que sus ganancias de fin de semana lo aliviaran de sus apuros financieros de su existencia cotidiana. El problema era, como le confesaba a Clovis Sangrail, que nunca tenía suficiente dinero disponible, o aun en perspectiva, como para fijar la apuesta en una suma que realmente valiera la pena ganar.

—Algún día —decía— encontraré algo realmente seguro, una apuesta que simplemente no pueda desviarse y entonces la subiré a todo lo que valgo, o más bien a mucho más de lo que valgo si me vendieran hasta el último botón.

—Sería desagradable si no saliera —dijo Clovis.

—Sería más que desagradable —dijo Rex—; sería una tragedia. De todos modos, sería extremadamente divertido que se cumpliera. Imagínate despertarse por la mañana con trescientas libras de crédito. Iría a desalojar el palomar de mi anfitriona antes del desayuno por simple buen humor.

—Tu anfitriona de ese momento podría no tener un palomar —dijo Clovis.

—Siempre elijo anfitrionas que los tengan —dijo Rex—, un palomar es signo de una disposición descuidada, extravagante y genial, como la que me gusta ver a mi alrededor. Las personas que arrojan maíz generosamente a un montón de necios seres emplumados que simplemente se sientan arrullando y mirándose con simpatía al estilo Luis XIV, son seguramente prósperas.

—El joven Strinnit viene esta tarde —dijo Clovis reflexivamente—, creo que no te será difícil engancharlo para el billar. Juega bastante bien pero no es tan bueno como imagina ser.

—Conozco un miembro de la reunión que puede resultarle fácil —dijo Rex suavemente, con una viva mirada en sus ojos—, ese cadavérico mayor que llegó anoche. Lo he visto jugar en St. Moritz. Si lograra que Strinnit apostara por sí mismo contra el mayor, el dinero estaría a salvo en mi bolsillo. Ésta parece ser la cosa buena que he estado aguardando y por la que he rogado.

—No seas precipitado —aconsejó Clovis—, Strinnit puede jugar lo mejor que pueda según su autoimaginada forma muy rara vez.

—Mi intención es ser precipitado —dijo Rex con calma, y la mirada en su rostro corroboraba sus palabras.

—¿Van todos a congregarse en la sala de billar? —preguntó Mrs. Thundleford con un cierto aire de desaprobación y mucho fastidio—. No veo qué entretenimiento particular encuentran en mirar a dos hombres que empujan de aquí para allá unas pequeñas bolas de marfil sobre una mesa.

—Bueno —dijo la anfitriona—, es una manera de pasar el tiempo, sabes.

—Una manera muy tonta, en mi opinión —dijo Mrs. Thundleford—; ahora les iba a mostrar a todos ustedes las fotografías que saqué en Venecia el verano pasado.

—Nos las mostraste anoche —dijo apresuradamente Mrs. Cuvering.

—Ésas eran las que saqué en Florencia. Éste es un grupo completamente distinto.

—Bueno, podemos mirarlas mañana en algún momento. Puedes dejarlas en el living y así cada uno puede echarle una mirada.

—Preferiría mostrárselas cuando estén todos reunidos, ya que tengo unos cuantos comentarios aclaratorios que hacer, acerca del arte y la arquitectura venecianos, en el mismo estilo que mis comentarios de anoche sobre las galerías florentinas. Hay también algunos versos míos que me gustaría leerles, sobre la reconstrucción del Campanile. Pero, naturalmente, si prefieren ver al mayor Latton y a Mr. Strinnit golpeando pelotas en una mesa...

—Se supone que ambos son jugadores de primera clase —dijo la anfitriona.

—Debo entender que mis versos y mi arte de *causerie* son de segunda —dijo Mrs. Thundleford con amargura—. Sin embargo, como todos ustedes parecen inclinados a contemplar un juego tonto, no hay más nada que decir. Iré arriba a terminar un escrito. Más tarde, quizá, bajaré a reunirme con ustedes.

Para uno, al menos, de los espectadores, el juego era cualquier cosa menos tonto. Era absorbente, excitante, exasperante, crispaba los nervios y, finalmente, se puso trágico. El mayor, con la reputación de St. Moritz, estaba jugando muy por debajo de su forma; el joven Strinnit estaba jugando ligeramente por encima de la suya, y además tenía la suerte a su favor. Desde el comienzo, las bolas parecían poseídas por un demonio de terquedad; rodaban complacientemente para un jugador y no iban a ninguna parte para el otro.

—Ciento setenta, setenta y cuatro —cantaba el joven que marcaba los tantos. En un juego de arriba de doscientos cincuenta era un número enorme para sostener. Clovis vio el rubor de excitación desvanecerse del rostro de Dillot, y ser reemplazado por una dura mirada fría.

—Doscientos seis, noventa y ocho.

Rex oyó un reloj dar las diez en algún lugar del hall, luego otro en otro lugar, y otro, y otro; la casa parecía estar llena de relojes que repicaban. Luego, a la distancia, el reloj del establo se agregó al coro. En una hora más todos estarían dando las once, y él los estaría escuchando como un miserable desterrado, sin posibilidad de pagar, aun en parte, la apuesta que había desafiado.

—Doscientos dieciocho, ciento tres. —El juego podía darse por terminado. Deseaba desesperado que el cielo raso se cayera, que la casa se incendiara, que pasara cualquier cosa que pusiera fin a ese horrible rodar de un lado a otro de marfil rojo y blanco que lo arrojaba cada vez más cerca de su destino.

—Doscientos veintiocho, ciento siete.

Rex abrió su cigarrera; estaba vacía. Eso al menos le daba un pretexto para deslizarse fuera de la habitación con el objeto de volver a llenarla; se salvaría de la tortura prolongada de ver el irremediable juego hasta su amargo final. Se retiró del círculo de absortos espectadores y subió una corta escalera hasta llegar a un largo y silencioso corredor de dormitorios, cada uno con el nombre de un huésped escrito en un pequeño cuadrado en la puerta. En el silencio que reinaba en esta parte de la casa aún podía escuchar el odioso clic-clic de las bolas; si esperaba algunos minutos más oiría el pequeño estallido de aplausos y el zumbido de felicitaciones que saludarían la victoria de Strinnit. En la tensión vigilante de sus nervios se oyó otro sonido, la agresiva y furiosa respiración de alguien que dormía pesadamente después de una comida. El sonido provenía de una habitación justo al lado de la suya; la tarjeta en la puerta anunciaba: "Mrs. Thundleford". La puerta estaba ligeramente entreabierta. La empujó una o dos pulgadas más y miró hacia adentro. La augusta Teresa se había quedado dormida sobre una guía ilustrada de galerías de arte florentinas; a su lado, algo peligrosamente cerca del borde de la mesa, había un velador. Si el Destino hubiese sido decentemente bondadoso con él, pensó Rex con amargura, esa lámpara habría sido volteada sobre la durmiente y les habría dado algo en qué pensar además de los partidos de billar.

Hay ocasiones en que uno debe tomar el Destino en sus manos. Rex tomó en las suyas la lámpara.

—Doscientos treinta y siete, ciento quince. —Strinnit estaba ante la mesa, y las bolas estaban en buena posición para él; tenía la opción de dos tiros bastante fáciles, una opción que no llegaría a decidir. Un repentino huracán de chillidos y pasos vacilantes hizo que todos fueran en tropel hacia la puerta. El joven Dillot irrumpió en la sala, llevando en brazos a la vociferante y algo desmelenada Teresa Thundleford; sus ropas no estaban por cierto en llamas, como declararon después algunos de los más excitables miembros de la reunión, pero el borde de su falda y parte de la colcha en que había sido apresuradamente envuelta ardían de una manera débil y vacilante. Rex arrojó su resistente bulto sobre la mesa de billar, y por un jadeante minuto la tarea de apagar las chispas con alfombras y almohadones y rociarlas con sifones de soda absorbió las energías de todos los presentes.

—Fue una suerte que yo pasara cuando sucedió —jadeó Rex—; alguien debería ir a ver el cuarto. Creo que la alfombra está ardiendo.

En verdad, la rapidez y energía del salvador habían impedido que se produjera un gran daño, tanto a la víctima como su entorno. La que más había sufrido era la mesa de billar y tenía que ser reparada; tal vez no era el lugar mejor elegido para la maniobra de salvataje; pero, como Clovis señaló, cuando uno está corriendo con una mujer en llamas en sus brazos, no puede detenerse a pensar exactamente dónde la va a depositar.

El toro

TOM YORKFIELD siempre había considerado a su medio hermano Laurence con un indolente instinto de disgusto, atenuado, a medida que pasaban los años, por un sentimiento tolerante de indiferencia. No había en él nada muy tangible que produjera disgusto; era simplemente un consanguíneo, con el que Tom no tenía ningún gusto o interés en común, y con quien, al mismo tiempo, no tenía ocasión para reñir. Laurence había abandonado la granja a una edad temprana y había vivido durante algunos años con una pequeña suma de dinero que le había dejado su madre; había elegido la profesión de pintor y se decía que le iba bastante bien en ella, lo suficientemente bien, al menos, como para no pasar hambre. Se especializaba en pintar animales, y tenía éxito en encontrar un cierto número de personas que compraran sus cuadros. Tom sentía un agradable sentimiento de confiada superioridad al contrastar su posición con la de su medio hermano; Laurence era un artista, sólo eso y nada más, aunque podía hacérselo sonar más importante llamándolo un pintor de animales; Tom era un granjero, no con una gran posición, es verdad, pero el campo de los Helsery había estado en poder de la familia por algunas generaciones y tenía buena reputación por el ganado que se criaba en ella. Tom había hecho lo mejor posible con el pequeño capital a su disposición, para mantener y mejorar el standard de su pequeña tropa de ganado, y con Clover Fairy había criado un toro que era bastante mejor de lo que sus vecinos inmediatos podían exhibir. No habría causado sensación en el jurado de una feria de ganado importante, pero era un vigoroso, bien formado y saludable joven animal, tanto como cualquier pequeño granjero emprendedor podía desear poseer. En King's Head, los días de remate, se hablaba muy favorablemente de Clover Fairy, y Yorkfield solía declarar que no se desprendería de él ni por cien libras; cien libras son mucho dinero en un grupo de pequeños granjeros, y probablemente cualquier suma por encima de ochenta lo habría tentado.

Era con cierto placer especial que Tom aprovechaba una de las raras visitas de Laurence a la granja para llevarlo al establo donde Clover Fairy vivía solitario, el gran viudo de un harén que pastaba. Tom sentía que algo de su antiguo disgusto por su medio hermano revivía; el artista se estaba poniendo más lánguido en sus maneras, vestido de una manera menos conveniente y parecía inclinado a impartir a su conversación un tono ligeramente protector. No prestó atención a la floreciente cosecha de papas, pero se mostró entusiasmado ante un macizo de yuyos con florecitas amarillas en una esquina de un portón, lo que fue más bien mortificante para el propietario de una granja bien provista de yuyos; nuevamente, cuando podría haber elogiado debidamente un rebaño de gordas ovejas de cara negra, que simplemente despertaban una entusiasta admiración, fue elocuente acerca de los tonos del follaje de un bosquecillo de robles en la colina de enfrente. Pero ahora fue llevado a examinar el orgullo y gloria supremos de Helsery; por muy mezquino que fuese con sus elogios, por muy parco y avaro con sus felicitaciones, tendría que ver y reconocer las muchas excelencias de ese formidable animal. Unas semanas atrás, cuando había ido a Taunton por negocios, Tom había sido invitado por su medio hermano a visitar un estudio en esa ciudad, donde Laurence exhibía uno de sus cuadros, una gran tela que representaba a un toro sumergido hasta las rodillas en un terreno pantanoso; era bueno en su estilo, sin duda, y Laurence se había mostrado desmesuradamente contento con él, "lo mejor que he hecho hasta ahora", había dicho una y otra vez, y Tom había generosamente admitido que era bastante natural. Ahora, al hombre de las pinturas le iba a ser mostrado un cuadro real, un modelo viviente de fuerza y belleza, algo que era una fiesta para los ojos, un cuadro que mostraba una nueva pose y acción a cada minuto, en lugar de estar adherido a una actitud invariable entre las cuatro paredes de un marco. Tom destrabó una sólida puerta de madera y guió el camino hasta el establo con su lecho de paja.

—¿Es tranquilo? —preguntó el artista, en el momento en que un joven toro con un enrulado manto rojo vino hacia ellos interrogativamente.

—Es juguetón a veces —dijo Tom, dejando a Laurence pensando si las ideas del toro sobre el juego eran del tipo "atrápame si es que puedes". Laurence hizo uno o dos someros comentarios sobre el aspecto del animal e hizo alguna que otra pregunta sobre su edad y otros detalles semejantes; luego, con poco entusiasmo, desvió la conversación a otro tema.

—¿Recuerdas el cuadro que te mostré en Taunton? —preguntó.

—Sí —gruñó Tom—, un toro de cara blanca parado en el fango. No admiro mucho esos Herefords; bestias voluminosas que no parecen muy vitales. Me imagino que son por eso más fáciles de pintar; ahora, este joven mendigo está en movimiento todo el tiempo, ¿no es verdad, Fairy?

—Vendí ese cuadro —dijo Laurence, con gran satisfacción en la voz.

—¿Lo vendiste? —dijo Tom—, me alegro de saberlo, por cierto. Espero que estés contento con lo que te dieron por él.

—Obtuve trescientas libras por él —dijo Laurence.

Tom se volvió hacia él con creciente sonrojo de furia en su rostro. ¡Trescientas libras! Bajo las más favorables condiciones del mercado imaginables su preciado Clover Fairy habría apenas alcanzado cien, pero he aquí un pedazo de tela barnizada, pintada por su medio hermano, vendida por tres veces esa suma. Era un insulto cruel que lo golpeó con tanta más fuerza porque resaltaba el triunfo del condescendiente y pagado de sí mismo Laurence. El joven granjero había pensado quitarle algo de su engreimiento a su pariente exhibiendo la joya que poseía y ahora la suerte había cambiado, y su valioso animal parecía barato e insignificante al lado del precio pagado por un simple cuadro. Era tan monstruosamente injusto; el cuadro nunca sería más que una muestra ingeniosa que imitaba la vida, mientras que Clover Fairy era real, un monarca en su pequeño mundo, una personalidad en el campo. Aun después de su muerte, continuaría siendo en cierto modo una personalidad; sus descendientes pastarían en esas praderas del valle y en las laderas de las colinas, llenarían establos y cobertizos de ordeñe, sus ricos mantos rojos salpicarían el paisaje y llenarían el mercado; los hombres advertirían una prometedora vaquilla o un bien proporcionado novillo y dirían: "Ah, ese desciende del linaje del viejo Clover Fairy". Todo el tiempo el cuadro estaría colgado, sin vida e inmutable, bajo su polvo y su barniz, un bien que dejaría de significar nada si alguien eligiera darlo vuelta hacia la pared. Estos pensamientos se precipitaban con furia a través de la mente de Yorkfield, pero no podía ponerlos en palabras. Cuando expresaba sus sentimientos, lo hacía de manera abrupta y cortante.

—A algunos tontos puede gustarles despilfarrar trescientas libras en un trozo de pintura; no puedo decir que les envidio su gusto. Prefiero tener una cosa real antes que una pintura de ella.

Le hizo una inclinación de cabeza al joven toro, que miraba alternativamente a uno y otro, con el hocico en alto y bajando los cuernos con un sacudimiento de la cabeza en parte juguetón y en parte impaciente.

Laurence rió con una risa de indulgente e irritante diversión.

—No creo que el comprador de mi trozo de pintura, como tú lo llamas, necesite preocuparse acerca de haber despilfarrado su dinero. A medida que me haga más conocido y reconocido, mis cuadros aumentarán su valor. Dentro de cuatro o cinco años, ese de que hablamos probablemente obtenga cuatrocientos en un remate; los cuadros no son una mala inversión si sabes lo suficiente como para elegir al hombre adecuado. Tú, en cambio, no puedes decir que tu precioso toro adquirirá más valor cuanto más tiempo lo guardes; tendrá su pequeña hora y luego, si sigues conservándolo, descenderá al fin a unos pocos chelines por sus cascos y su pellejo, justamente en el momento en que mi toro es comprado por una alta suma por alguna importante galería de cuadros.

Era demasiado. La fuerza conjunta de verdad y calumnia e insultos produjo una pesada tensión en el poder de control de Tom Yorkfield. En su mano derecha sostenía una útil porra de roble, con la izquierda aferró el flojo cuello de la camisa color canario de Laurence. Laurence no era un hombre de pelea; el temor a la violencia física le hizo perder el equilibrio tan completamente como lo había perdido Tom por su insuperable indignación; y así sucedió que Clover Fairy fue agasajado con la vista sin precedentes de un ser humano deslizándose a los gritos a través del cercado, como una gallina que persistiera en tratar de establecer su nido en el pesebre. En otro atrapante y feliz momento el toro arrojó a Laurence por encima de su hombro izquierdo, lo punzó en las costillas mientras todavía se encontraba en el aire, e intentó arrodillarse sobre él cuando aquel llegó al suelo. Sólo la vigorosa intervención de Tom lo indujo a abandonar el tramo final de su programa.

Tom devotamente y sin rencor cuidó a su hermano hasta que éste se recuperó totalmente de sus heridas, que no consistían en nada más serio que un hombro dislocado, una o dos costillas rotas y una ligera postración nerviosa. Después de todo, no había más ocasión para sentimientos de rencor en la mente del joven granjero; el toro de Laurence podría venderse por trescientas o por seiscientas libras y ser admirado por miles de espectadores en una gran galería de arte, pero nunca podría arrojar a un hombre por encima de un hombro y punzarlo en las costillas antes de que cayera del otro lado. Ése era el notable logro de Clover Fairy, del que nunca podría ser despojado.

Laurence sigue siendo famoso como pintor de animales, pero sus temas son siempre gatitos o cervatillos u ovejitas, nunca toros.

Morlvera

EL EMPORIO OLÍMPICO DE JUGUETES ocupaba una fachada conspicua en una calle importante del West End. Emporio de Juguetes era un nombre feliz, porque nadie hubiera soñado jamás en acordarle el nombre familiar aunque apasionante de juguetería. Había un aire de frío esplendor y elaborado fracaso en los artículos colocados en sus amplias vidrieras; eran la clase de juguetes que un fatigado vendedor exhibe y explica en la época de Navidad a padres entusiasmados y silenciosos y aburridos chicos. Los juguetes de animales parecían modelos de historia natural más bien que los cómodos y simpáticos compañeros que uno quisiera, a cierta edad, llevarse a la cama con uno e introducirlos de contrabando en el baño. Los juguetes mecánicos incesantemente hacían cosas que nadie querría que un juguete hiciera más que unas pocas veces en su vida; era una reflexión misericordiosa que en cualquier cuarto de niños sensato su vida sería ciertamente corta.

Entre las elegantemente vestidas muñecas que llenaban toda una sección del escaparate, se destacaba una dama con una estrecha falda de terciopelo color durazno, elaboradamente realzada por accesorios de piel de leopardo, si cabe usar una palabra tan convenientemente comprensiva para describir una intrincada toilette femenina. No le faltaba nada de lo que puede encontrarse en un figurín cuidadosamente detallado; en verdad, podía decirse que tenía algo más que lo que un figurín corriente presenta; en lugar de una mirada vaga y sin expresión, su rostro tenía carácter. Debía admitirse que era un carácter malo, frío, inquisitivo, con un párpado siniestramente bajo y una impiadosa dureza en las comisuras de los labios. Podrían haberse imaginado numerosas historias acerca de ella, historias en las que una ambición indigna, el deseo de dinero y una total ausencia de todo sentimiento decente desempeñaban un papel conspicuo.

De hecho, no carecía de jueces y biógrafos, aun en esta etapa de escaparate de su carrera. Emmeline, de diez años, y Bert, de siete, se habían detenido en su camino de una oscura callejuela a la fuente llena de peces del parque de St. James, y estaban examinando críticamente la muñeca de falda estrecha y analizando minuciosamente su carácter con un espíritu no muy tolerante. Probablemente hay una latente enemistad entre los necesariamente pobremente vestidos y los innecesariamente vestidos con excesiva elegancia, pero algo de bondad y solidaridad en estos últimos a menudo transformará el sentimiento en admirativa devoción; si la dama vestida de terciopelo color durazno y piel de leopardo hubiera tenido una expresión agradable además de sus elaborados atuendos, al menos Emmeline podría haberla respetado y hasta amado. Tal como era, le endilgó una horrible reputación, basada principalmente en un conocimiento de segunda mano de sobredorada depravación, derivada de la conversación con los entendidos en el arte de la lectura de novelas sentimentales; Bert agregó algunos detalles dañinos elaborados por su limitada imaginación.

—Es una mala persona —declaró Emmeline después de una larga e inamistosa mirada—, su marido la odia.

—Le pega —dijo Bertie con entusiasmo.

—No, no lo hace, porque está muerto; ella lo envenenó lentamente, de modo que nadie se enteró. Ahora quiere casarse con un lord con muchísimo dinero. Él ya tiene una esposa, pero la va a envenenar a ella también.

—Ella es una mala persona —dijo Bert con creciente hostilidad.

—Su madre la odia, pero también le tiene miedo, porque tiene una lengua sarcástica; siempre hablando con sarcasmo. Es codiciosa también; si hay pescado, come su parte y la de su pequeña hija también, aunque la niñita es delicada.

—Tenía un niñito hace tiempo —dijo Bert— pero lo arrojó al agua cuando nadie miraba.

—No, no lo hizo. Lo mandó a una gente pobre para que lo cuidara, para que su marido no supiera dónde estaba. Lo maltrataban cruelmente.

—¿Cuál es su nombre? —preguntó Bert, pensando que era hora de que una personalidad tan interesante tuviera uno.

—¿Su nombre? —dijo Emmeline, pensando intensamente—, su nombre es Morlvera. —Era lo más cerca que podía llegar al nombre de una aventurera que figuraba destacadamente en un drama cinematográfico. Se hizo silencio por un momento mientras las posibilidades del nombre daban vueltas en las mentes de los chicos.

—Esas ropas que lleva puestas no las ha pagado y nunca lo hará —dijo Emmeline—, piensa que el rico lord las pagará pero él no lo hará. Le ha regalado joyas que valen cientos de libras.

—No pagará las ropas —dijo Bert con convicción. Evidentemente había un límite para la débil generosidad de los señores opulentos.

En ese momento un carruaje con sirvientes de librea se detuvo ante la entrada del emporio; una voluminosa dama, con una manera penetrante y más bien rápida de hablar, bajó, seguida de mala gana por un niño pequeño, con un oscuro gesto en el rostro y un blanquísimo trajecito de marinero en el resto de su persona. La dama estaba continuando una discusión que probablemente había comenzado en Portman Square.

—Ahora, Victor, entrarás y comprarás una linda muñeca para tu prima Bertha. Ella te regaló una hermosa caja de soldaditos para tu cumpleaños y debes retribuirle el regalo para el suyo.

—Bertha es una pequeña gorda tonta —dijo Victor, con una voz que era tan alta como la de su madre y más aplomada que la de ella.

—Victor, no debes decir esas cosas. Bertha no es tonta y no es en absoluto gorda. Debes entrar y comprar una muñeca para ella.

La pareja entró en el negocio y quedó fuera de la vista y el oído de los dos chicos pobres.

—Vaya, está de muy mal humor —dijo Emmeline, pero tanto ella como Bert se inclinaban a ponerse de parte de él y contra la ausente Berta, que sin duda era tan gorda y tonta como él la había descrito.

—Quiero ver algunas muñecas —dijo la madre de Victor al vendedor más cercano—, es para una niñita de once años.

—Una niñita gorda de once años —añadió Victor para suplementar la información.

—Victor, si dices cosas tan desagradables acerca de tu prima, te irás a la cama en cuanto lleguemos a casa, sin tomar el té.

—Ésta es una de las últimas novedades que tenemos en muñecas —dijo el vendedor, sacando una figura con una estrecha falda de terciopelo color durazno del escaparate—, con toca y estola de piel de leopardo, la última moda. Usted no encontrará nada más novedoso que esto en ninguna parte. Es un diseño exclusivo.

—¡Mira! —murmuró Emmeline afuera—, han sacado a Morlvera.

En su mente había una mezcla de excitación y cierto sentido de pérdida; le habría gustado poder seguir mirando a esa encarnación de excesivamente vestida depravación por un momento más.

—Espero que se irá en un coche a casarse con el opulento lord.

—No la espera nada bueno —dijo Emmeline vagamente.

Dentro del negocio ya se había decidido la compra de la muñeca.

—Es una hermosa muñeca y Bertha estará encantada con ella —afirmó en voz alta la madre de Victor.

—Bueno —dijo Victor de mal humor—. No es necesario que la metan en una caja y esperar una hora hasta que la hayan empaquetado. La llevaré como está, y podemos ir a Manchester Square y dársela a Bertha y terminar con el asunto. Eso me evitará tener que escribir en un pedazo de papel "Para la querida Bertha, con el cariño de Victor".

—Muy bien —dijo su madre—, podemos pasar por Manchester Square en camino a casa. Debes desearle muchas felicidades para mañana y entregarle la muñeca.

—No dejaré que la pequeña bestia me bese —estipuló Victor.

Su madre no dijo nada; Victor no había causado tantas molestias como había temido. Cuando quería, podía portarse terriblemente mal.

Emmeline y Bert se estaban retirando del escaparate cuando Morlvera salió del negocio, cuidadosamente sostenida en brazos de Victor. Una mirada de triunfo siniestro parecía brillar en su duro rostro inquisitivo. En cuanto a Victor, cierta serenidad desdeñosa había reemplazado el entrecejo fruncido de antes; evidentemente había aceptado su derrota con cierto donaire despreciativo.

La señora alta dio una dirección al lacayo y se acomodó en el carruaje. La pequeña figura vestida con un traje marinero blanco trepó junto a ella, todavía sosteniendo la muñeca elegantemente vestida.

El coche debía retroceder algunas yardas para dar la vuelta. Muy a hurtadillas, muy suavemente, muy despiadadamente, Victor hizo volar a Morlvera por encima de su hombro, de modo que cayó en el camino justo detrás de la rueda en retroceso. Con un crujido agradable al oído, el coche pisó la figura postrada, luego se movió nuevamente hacia delante con otro crujido. El carruaje partió y dejó a Bert y Emmeline mirando con temeroso placer una lastimosa mezcla de terciopelo, aserrín y piel de leopardo salpicados de gasolina, que era todo lo que quedaba de la odiosa Morlvera. Dieron un grito de alegría y luego se apartaron temblando de la escena.

Más tarde, cuando estaban ocupados en la persecución de pececillos junto al agua en el parque St. James, Emmeline dijo en voz baja y solemne a Bert:

—He estado pensando. ¿Sabes quién era? El pequeño niño que ella había mandado a vivir con gente pobre. Él volvió y le hizo eso.

Tácticas de Shock

HACIA EL FINAL DE UNA TARDE de primavera Ella McCarthy estaba sentada en una silla pintada de verde en los jardines de Kensington, mirando lánguidamente un trecho poco interesante del paisaje, que floreció repentinamente con resplandor tropical cuando una figura esperada apareció a media distancia.

—¡Hola, Bertie! —exclamó sosegadamente, cuando la figura llegó a la silla pintada inmediatamente al lado de la suya, y se arrojó en ella ansiosamente, observando no obstante, debidamente, la caída de sus pantalones—, ¿no ha sido una tarde perfecta de primavera?

La declaración era claramente falsa en lo que se refería a los sentimientos de Ella; hasta la llegada de Bertie, esa tarde había sido cualquier cosa menos perfecta.

Bertie dio una respuesta adecuada, en la que parecía flotar una nota interrogativa.

—Muchísimas gracias por esos pañuelos encantadores —dijo Ella, respondiendo a la no expresada pregunta—, son justamente lo que estaba necesitando. Sólo una cosa echó a perder mi placer por tu regalo —agregó con un gesto de descontento.

—¿Qué fue eso? —preguntó ansiosamente Bertie, temiendo que quizás había elegido una medida que no estaba dentro de los límites femeninos correctos.

—Me habría gustado escribirte y agradecerte por ellos tan pronto como los recibí —dijo Ella, y el cielo de Bertie se nubló enseguida.

—Ya sabes cómo es mi madre —protestó—, abre todas mis cartas y si descubre que he estado haciendo regalos a alguien, tendría tema para hablar durante una quincena.

—A la edad de diecinueve años y ocho meses —persistió Ella— se te debería permitir guardar tu correspondencia en privado.

—Debería ser así, pero las cosas no son siempre como deberían ser. Mamá abre todas las cartas que llegan a la casa, para quienquiera que sean. Mis hermanas han disputado acerca de ello muchas veces, pero ella continúa haciéndolo.

—Yo encontraría alguna manera de impedírselo si estuviera en tu lugar —dijo Ella valientemente, y Bertie sintió que el encanto del ansiosamente deliberado regalo se había desvanecido en las desagradables restricciones que limitaban su reconocimiento.

—¿Sucede algo? —preguntó Clovis cuando se reunieron esa noche para nadar.

—¿Por qué lo preguntas? —dijo Bertie.

—Cuando exhibes una mirada trágica en un traje de baño —respondió Clovis—, es especialmente notorio por el hecho de que tienes puesto muy poco más. ¿No le gustaron los pañuelos?

Bertie explicó la situación.

—Es más bien mortificante, sabes —añadió—, cuando una chica quiere escribirte un montón de cosas y no puede enviar la carta excepto de una manera indirecta y solapada.

—Uno nunca se da cuenta de sus cosas buenas mientras goza de ellas —dijo Clovis—; ahora bien, yo tengo que desplegar una considerable cantidad de ingenio en inventar excusas por no haber escrito a la gente.

—No un asunto para bromear —dijo Bertie con resentimiento—, no te parecería gracioso si tu madre abriera todas tus cartas...

—Lo gracioso para mí es que la dejes hacerlo.

—No puedo detenerla. He discutido el asunto...

—No has usado la clase adecuada de argumento, supongo. Si cada vez que una de tus cartas fuese abierta, te acostases de espaldas en la mesa durante la cena y tuvieras un ataque, o despertaras a toda la familia en medio de la noche para recitarles uno de los *Poems of Innocence de Blake*, escucharían mucho más respetuosamente tus futuras protestas. La gente presta más atención a una comida mutilada o a un interrumpido descanso nocturno, que la que prestarían a un corazón destrozado.

—Oh, cállate —dijo Bertie enojado y salpicando a Clovis de la cabeza a los pies mientras se zambullía en el agua.

Un día o dos después de la conversación en la piscina, una carta dirigida a Bertie Heasant se deslizó en el buzón de su casa, y a continuación cayó en manos de su madre. Mrs. Heasant era uno de esos individuos sin nada en la cabeza para quienes los asuntos de otros son perpetuamente interesantes. Cuanto más privados quieran ser, más agudo es el interés que despiertan. De todos modos, habría abierto esta carta; el hecho de que tenía el sello de "privado" y difundía un aroma delicado pero penetrante, hizo que la abriera precipitadamente sin ninguna deliberación previa. La cosecha de sensaciones que la recompensaron estaba más allá de todas las posibles expectativas.

Bertie, carissimo —comenzaba—, me pregunto si tendrás el coraje de hacerlo: exigirá algo de valor. No te olvides de las joyas. Son un detalle, pero los detalles me interesan.

Tuya como siempre,

Clotilde

Tu madre no debe saber de mi existencia. Si te pregunta, jura que nunca has oído hablar de mí.

Durante años la madre de Bertie había revisado diligentemente la correspondencia de Bertie en busca de rastros de una posible disipación o enredos juveniles, y por fin la sospecha que había estimulado su celo inquisitorio se justificaba con esta espléndida redada. Que alguien con el exótico nombre de "Clotilde" le escribiera a Bertie con el incriminatorio anuncio "como siempre" era suficientemente electrizante, aun sin la sorprendente alusión a las joyas. Mrs. Heasant recordaba novelas y dramas en los cuales las joyas desempeñaban un papel excitante y abrumador, y aquí, bajo su propio techo, como si fuera bajo sus propios ojos, su propio hijo estaba tejiendo una intriga en la que las joyas eran meramente un detalle interesante. Bertie no estaría de vuelta en casa hasta dentro de una hora, pero sus hermanas estaban disponibles para el inmediato alivio de una mente cargada de escándalo.

—Bertie está en las redes de una aventurera —gritó—, su nombre es Clotilde —agregó, como si pensara que era mejor que conociesen lo peor inmediatamente. Hay ocasiones en que se hace más mal que bien protegiendo a las jovencitas del conocimiento de las más deplorables realidades de la vida.

Para la hora en que Bertie llegó, su madre había discutido toda posible e improbable conjetura respecto de su culpable secreto; las chicas se habían limitado a opinar que su hermano era más bien débil que malvado.

—¿Quién es Clotilde? —fue la pregunta con que se enfrentó Bertie casi antes de entrar en el vestíbulo. Su negativa de tener conocimiento alguno de ese nombre fue recibida con un estallido de amargas carcajadas.

—¡Qué bien has aprendido tu lección! —exclamó Mrs. Heasant. Pero la sátira se transformó en furiosa indignación cuando se dio cuenta de que Bertie no tenía intención de arrojar más luz sobre su descubrimiento.

—No cenarás hasta que hayas confesado todo —bramó. La respuesta de Bertie consistió en reunir rápidamente material de la despensa para un banquete improvisado en su dormitorio. Su madre hizo frecuentes visitas a la puerta cerrada con llave y gritó una serie de preguntas con la persistencia de alguien que piensa que si se hace una pregunta con la frecuencia suficiente, finalmente llegará una respuesta. Había pasado una hora de infructuoso y unilateral parlamento externo cuando otra carta dirigida a Bertie con la marca de "privada" apareció en el buzón. Mrs. Heasant saltó sobre ella con el entusiasmo de un gato que le ha errado a un ratón y a quien se le ha otorgado inesperadamente una segunda oportunidad. Si esperaba más revelaciones ciertamente no quedó desilusionada.

¡De modo que realmente lo has hecho! —comenzaba abruptamente la carta—. *Pobre Dagmar. Ahora que no está más casi le tengo*

lástima. Lo hiciste muy bien, chico malvado, los sirvientes pensarán que fue un suicidio, y no habrá problemas. Mejor no tocar las joyas hasta después de la investigación.

Clotilde

Todo lo que Mrs. Heasant había vociferado anteriormente fue fácilmente superado mientras subía las escaleras a la carrera y golpeaba frenéticamente la puerta de su hijo.

—Miserable, ¿qué le has hecho a Dagmar?

—Ahora es Dagmar, ¿no es así? —respondió bruscamente—, la próxima será Geraldine.

—Que suceda esto, después de todos mis esfuerzos por hacer que te quedaras de noche en casa —sollozó Mrs. Heasant—, es inútil que trates de ocultarme las cosas; la carta de Clotilde lo delata todo.

—¿Delata quién es ella? —preguntó Bertie—. He oído hablar tanto acerca de ella que me gustaría saber algo acerca de su hogar. Seriamente, si sigues así iré a buscar a un médico; a menudo me has sermoneado sobre cosas inexistentes, pero nunca habías introducido un harén en la discusión.

—¿Son imaginarias estas cartas? —chilló Mrs. Heasant—. ¿Qué me dices de las joyas, y de Dagmar y de la teoría del suicidio?

No llegó ninguna solución a estos problemas a través de la puerta del dormitorio, pero el último correo de la noche trajo otra carta para Bertie, y su contenido puso a Mrs. Heasant al tanto de lo que ya había adivinado su hijo.

Querido Bertie —decía— espero no haber confundido tu cerebro con las cartas trucadas que te he estado enviando en nombre de una ficticia Clotilde. Me dijiste los otros días que los sirvientes o alguien en tu casa te leía las cartas, de modo que pensé que podía proporcionar a quienquiera las abría algo excitante para leer. El shock podría hacerles bien.

Tuyo,
Clovis Sangrail.

Mrs. Heasant conocía sólo superficialmente a Clovis, y le tenía algo de temor. No era difícil leer entre líneas su exitosa trampa. Con un ánimo sumiso golpeó otra vez la puerta de Bertie.

—Una carta de Mr. Sangrail. Todo ha sido una estúpida broma. Fue él quien escribió todas esas otras cartas. ¿Qué sucede? ¿A dónde vas?

Bertie había abierto la puerta; tenía puestos el sombrero y el abrigo.

—Voy a buscar un médico que venga a ver si te pasa algo. Por supuesto que era todo una broma, pero nadie en sus cabales podría haber creído todas esas tonterías acerca de un asesinato, un suicidio, y las joyas. Has hecho bochinche suficiente como para tirar la casa abajo durante las últimas dos horas.

—¿Pero qué podía pensar de esas cartas? —gimió Mrs. Heasant.

—Yo habría sabido qué pensar de ellas —dijo Bertie—, si decides excitarte leyendo la correspondencia de otros, tuya es la culpa. De todos modos, voy en busca de un médico.

Era la gran oportunidad de Bertie, y lo sabía. Su madre era consciente del hecho de que quedaría en ridículo si la historia se hacía correr. Estaba dispuesta a comprar el silencio de Bertie.

—Nunca más volveré a abrir tus cartas —prometió.

Y Clovis no tiene un esclavo más devoto que Bertie Heasant.

Las siete jarras de crema

—Supongo que nunca veremos a Wilfrid Pigeoncote por aquí ahora que ha heredado la baronía y una gran cantidad de dinero —observó Mrs. Peter Pigeoncote con pesar a su esposo.

—Bueno, no podemos realmente esperarlo —replicó éste— dado que siempre lo ahuyentamos cuando quería venir a vernos antes, cuando era un presunto don nadie. No creo haber puesto los ojos en él desde que era un chico de doce años.

—Había un motivo para no querer alentar la relación —dijo Mrs. Peter—; con su notorio defecto, no era la clase de persona que uno quisiera recibir en su casa.

—Bueno, el defecto continúa ¿verdad? —dijo su esposo—. ¿O supones que una herencia implica una reforma del carácter?

—Oh, por supuesto, existe aún esa desventaja —admitió su esposa— pero a uno le gustaría relacionarse con la futura cabeza de la familia, aunque fuese simplemente por curiosidad. Además, sin cinismo, su riqueza marcará una diferencia en el modo en que la gente considerará su defecto. Cuando un hombre es absolutamente opulento, no meramente acomodado, toda sospecha de motivos sórdidos desaparece naturalmente; se convierten meramente en una enfermedad molesta.

Wilfrid Pigeoncote había repentinamente heredado a su tío, sir Wilfrid Pigeoncote, a la muerte de su primo, el mayor Wilfrid Pigeoncote, que había sucumbido a consecuencia de un accidente de polo. (Un Wilfrid Pigeoncote se había cubierto de honores en el curso de una de las campañas de Marlborough, y el nombre Wilfrid se había convertido en una debilidad para los bautismos de la familia desde ese entonces.) El nuevo heredero de la dignidad familiar era un joven de alrededor de veinticinco años, que era más conocido por su reputación que por su persona en un amplio círculo de primos y parientes. Y la reputación era desagradable. Los numerosos otros Wilfrids de la familia se distinguían unos de otros principalmente por los nombres de sus residencias o profesiones, como Wilfrid de Hubbledown, y el joven Wilfrid el Artillero, pero este vástago era conocido por el ignominioso y expresivo título de Wilfrid el Arrebatador. Desde sus días de escolar en adelante, había estado poseído por una aguda y obstinada forma de cleptomanía; tenía el instinto adquisitivo del coleccionista sin ningún rasgo de la discriminación del coleccionista. Todo lo que fuera más pequeño y portátil que un aparador, y por encima del valor de nueve peniques, ejercía sobre él una irresistible atracción, siempre que cumpliera la condición de pertenecer a otro. En las raras ocasiones en que era invitado a una reunión en una casa de campo, era habitual y casi necesario para su anfitrión, o algún miembro de la familia, hacer una amistosa requisa de su equipaje en la víspera de su partida, para ver si no había empacado —por error— alguna propiedad ajena. La búsqueda producía por lo general un surtido numeroso y variado.

—Esto es gracioso —dijo Peter Pigeoncote a su esposa una media hora después de su conversación—, aquí hay un telegrama de Wilfrid, diciendo que pasará por aquí en su auto, y le gustaría detenerse para presentarnos sus respetos. Puede quedarse a pasar la noche si no nos resulta inconveniente. Firmado "Wilfrid Pigeoncote". Debe ser el Arrebatador; ninguno de los otros tiene automóvil. Supongo que nos trae un regalo para nuestras bodas de plata.

—¡Dios nos salve! —dijo Mrs. Peter, mientras se le ocurría pensar "éste es más bien un mal momento para recibir a una persona con su defecto en la casa. Todos esos regalos de plata expuestos en la sala, y otros llegando con cada correo; no sé bien qué tenemos y qué otros deben llegarnos aún. No podemos cerrarlos a todos bajo llave; seguramente querrá verlos".

—Debemos vigilar con atención, eso es todo —dijo Peter alentadoramente.

—Pero estos cleptómanos experimentados son tan hábiles —dijo su esposa con aprehensión— y será violento si sospecha que lo estamos vigilando.

La violencia fue precisamente la nota predominante esa noche cuando se recibía al viajero que estaba de paso. La conversación pasaba nerviosa y apresuradamente de un tema impersonal a otro. El huésped no tenía para nada el aire furtivo y semiapologético que sus primos habían más bien esperado; era amable, seguro de sí y quizás algo inclinado a "dejar de lado". Sus anfitriones, por su parte, lo trataban de una manera incómoda que podría haber sido la contramarca de una consciente depravación. En la sala, después de la cena, su nerviosismo y malestar aumentaron.

—Oh, no te hemos mostrado los regalos de nuestras bodas de plata —dijo Mrs. Peter de pronto, como si se le hubiera ocurrido una idea brillante para entretener al huésped—, aquí están todos. Unos regalos tan lindos y útiles. Algunos duplicados, por supuesto.

—Siete jarras de crema —intervino Peter.

—Si ¿no es realmente un fastidio? —continuó Mrs. Peter—, siete jarras de crema. Tenemos las sensación de que deberemos alimentarnos con crema el resto de nuestras vidas. Por supuesto, algunas de ellas pueden cambiarse.

Wilfrid se ocupó especialmente de aquellos regalos que tenían interés de anticuario, llevando uno o dos de ellos a la luz de la lámpara para examinar sus marcas. La ansiedad de sus anfitriones en esos momentos se asemejaba a la de una gata cuyos gatitos recién nacidos pasan de mano en mano para ser inspeccionados.

—Veamos, ¿me trajiste de vuelta el pote de mostaza? Éste es su lugar —gorjeó Mrs. Peter.

—Perdón, lo puse al lado de la jarra de clarete —dijo Wilfrid, ocupado en examinar otro objeto.

—Oh, dame nuevamente ese tamizador de azúcar —pidió Mrs. Peter, con una tenaz determinación aparente a través de su nerviosismo—. Debo marcarla con el nombre de quien la envió antes de que me olvide.

La vigilancia no fue completamente coronada con un sentido de victoria. Después de decir "buenas noches" a su visitante, Mrs. Peter expresó su convicción de que se había llevado algo.

—Su actitud me hace imaginar que algo se está preparando —corroboró su esposo—. ¿Notas la falta de algo?

Mrs. Peter contó rápidamente su colección de regalos.

—Sólo llego a treinta y cuatro, y creo que deberían ser treinta y cinco —anunció—. No puedo recordar si los treinta y cinco incluían la vinagrera del archidiácono que no ha llegado aún.

—¿Cómo diablos podemos saberlo? —dijo Peter—. El cerdo mezquino no nos ha traído un regalo y que me cuelguen si no se ha llevado alguno.

—Mañana, mientras se esté bañando —dijo Mrs. Peter con entusiasmo—, es seguro que dejará sus llaves en alguna parte, y podremos revisar su maleta. Es lo único que podemos hacer.

Al día siguiente los conspiradores guardaron una estrecha vigilancia detrás de las puertas semicerradas, y cuando Wilfrid, envuelto en una vistosa bata de baño, se hubo dirigido al baño, los dos excitados individuos penetraron de manera rápida y furtiva en el cuarto de huéspedes principal. Mrs. Peter se mantuvo en guardia afuera, mientras que su marido realizó primero una rápida y exitosa búsqueda de las llaves, y luego se arrojó sobre la maleta con el aire de un desagradablemente concienzudo funcionario de aduana. La búsqueda fue breve: una de las jarras de crema de plata estaba oculta entre los pliegues de unas camisas de zephyr.

—La astuta bestia —dijo Mrs. Peter— tomó una jarra de crema porque había muchas; pensó que una no sería echada de menos. Rápido, llévala abajo y ponla de vuelta entre las otras.

Wilfrid tardó en bajar a desayunar, y su actitud mostraba que pasaba algo malo.

—Debo decir algo desagradable —soltó de pronto— pero me temo que haya un ladrón entre sus sirvientes. Han sacado algo de mi maleta. Era un pequeño regalo de parte de mi madre y mío para sus bodas de plata. Se los habría entregado anoche después de la cena, sólo que se trataba de una jarra de crema y ustedes parecían tan disgustados por tener tantos duplicados, de modo que me sentía incómodo por regalarles otra más. Pensé que la cambiaría por otra cosa, pero ahora ha desaparecido.

—¿Dijiste que era de parte de tu madre y de ti? —preguntaron Mr. y Mrs. Peter casi al unísono. El Arrebatador era huérfano hacía ya muchos años.

—Sí, mi madre está en El Cairo en estos momentos, y me escribió a Dresden para que buscara algo original y bonito en el estilo de platería antigua y encontré esta jarra de plata.

Los dos Pigeoncote se habían puesto mortalmente pálidos. La mención de Dresden había arrojado una repentina luz sobre la situación. Era Wilfrid, el Attaché, un joven muy importante, que rara vez aparecía en su horizonte social, a quien habían estado agasajando sin saberlo, creyendo que se trataba de Wilfrid el Arrebatador. Lady Ernestina Pigeoncote, su madre, se movía en un círculo que estaba totalmente fuera del alcance y las ambiciones de ellos, y el hijo probablemente sería un día embajador. ¡Y habían revisado y despojado su maleta! El esposo y la esposa se miraron sin expresión y con desesperación uno al otro. Fue Mrs. Peter quien primero tuvo una inspiración.

Se levantó y salió rápidamente, como para asegurarse que no habían desaparecido otras piezas de plata de la sala, y regresó un momento después llevando una jarra de crema en su mano.

—Hay ocho jarras de crema ahora, en lugar de siete —gritó—, ésta no estaba allí antes. ¡Qué curioso truco de la memoria, Mr. Wilfrid! Usted debe de haber bajado con ella anoche y haberla puesto allí antes de que cerráramos con llave, y haberse olvidado por completo de haberlo hecho por la mañana.

—Nuestra mente a menudo nos juega pequeñas tretas como ésa —dijo Mr. Peter, con desesperado entusiasmo—. El otro día, sin ir más lejos, fui a la ciudad a pagar una cuenta, y volví a ir al día siguiente habiendo olvidado por completo que…

—Es sin duda la jarra que traje para ustedes —dijo Wilfrid, observándola cuidadosamente— estaba en mi maleta cuando saqué mi bata de baño esta mañana antes de ir al baño, y no estaba allí cuando abrí la maleta al regresar. Alguien la había tomado mientras yo estaba fuera de la habitación.

Los Pigeoncote estaban más pálidos que nunca. Mrs. Peter tuvo una inspiración final.

—Tráeme las sales aromáticas, querido —le dijo a su marido—, creo que están en el cuarto de vestir.

Peter salió rápidamente de la habitación con profundo alivio; había vivido tanto durante los últimos minutos que unas bodas de oro parecían estar a una distancia no tan lejana.

Mrs. Peter se volvió hacia su huésped con timidez confidencial.

—Un diplomático como usted sabrá tratar este asunto como si no hubiera sucedido. La pequeña debilidad de Peter es congénita.

—¡Santo Dios! ¿Quiere decir que es cleptómano como nuestro primo el Arrebatador?

—Oh, no exactamente —dijo Mrs. Peter ansiosa por limpiar en parte a su marido de la mancha que le había echado encima—. Nunca tocaría nada que estuviera a la vista, pero no puede resistirse a registrar las cosas que están bajo llave. Los médicos tienen un nombre especial para ello. Debe de haberse arrojado sobre su maleta en el momento en que usted iba al baño y tomado lo primero que encontró. Por supuesto, no tenía motivo alguno para apoderarse de una jarra de crema; ya tenemos siete, como sabe, por supuesto, no es que no valoremos el amable obsequio que usted y su madre... Silencio, aquí llega Peter.

Mrs. Peter se interrumpió con alguna confusión y salió a encontrarse con su esposo en el hall.

—Está todo bien —le susurró—, he explicado todo. No digas nada más sobre el asunto.

—Valiente mujercita —dijo Peter con un suspiro de alivio—, yo nunca habría podido hacerlo.

La reticencia diplomática no se extiende necesariamente a los asuntos familiares. Peter Pigeoncote nunca logró comprender por qué Mrs. Consuelo van Bullyon, que estuvo parando en su casa en la primavera, siempre llevaba consigo dos obvios estuches de joyas al baño, explicando a cualquiera que encontrara por casualidad en el corredor que eran sus juegos de manicura y masaje facial.

El jardín ocasional

—NO ME HABLE A MÍ acerca de los jardines de la ciudad —dijo Elinor Rapsley—, lo que significa, naturalmente, que quiero que me escuche por alrededor de una hora mientras no hablo de otra cosa. "Qué bien proporcionado jardín tienen", nos decía la gente cuando acabábamos de mudarnos acá. Lo que supongo que querían decir era qué lugar bien proporcionado para un jardín que teníamos. En realidad, el tamaño es una contra: es demasiado grande como para ignorarlo totalmente y tratarlo como un patio, y es demasiado pequeño para criar jirafas en él. ¿Comprende? Si pudiéramos criar jirafas o renos o alguna otra especie de animales que pacieran allí, podríamos explicar la ausencia general de vegetación refiriéndonos a la fauna del jardín: "No se pueden tener wapitis[15] y tulipanes, sabes, de modo que no plantamos ningunos bulbos el año pasado". De hecho, no tenemos wapitis y los tulipanes no sobrevivieron al hecho de que la mayor parte de los gatos de la vecindad convocan un parlamento en el centro del cantero de tulipanes; esa franja de aspecto más bien abandonado que planeábamos como una bordura de geranios alternando con alegrías ha sido utilizada por el parlamento gatuno como lobby separatista. Esas divisiones se han hecho bastante frecuentes últimamente, mucho más frecuentes que lo que suelen ser las floraciones de geranios. No tendría tantas ocasiones si se tratase de gatos comunes, pero me quejo de que se reúna en mi jardín un congreso de gatos

---

15 Venado norteamericano semejante al ciervo rojo pero de mayor tamaño. *(N. de la T.)*

vegetarianos. Deben ser vegetarianos, mi querida, porque, por muchos estragos que cometan en los sembrados de alverjillas, nunca parecen tocar a los gorriones; hay siempre tantos gorriones adultos en el jardín los sábados como había los lunes, para mencionar el agregado de nuevos plumíferos. Parece haber una irreconciliable diferencia de opinión entre los gorriones y la Providencia, puesto desde el comienzo de los tiempos, en cuanto a si un azafrán queda mejor en postura vertical con sus raíces en la tierra o recostado con su tallo prolijamente cortado; los gorriones siempre tienen la última palabra en el asunto, al menos en nuestro jardín. Me imagino que la Providencia debe haber tenido originariamente la intención de votar una Ley de Enmienda, o como quiera que se llame, proveyendo o bien un gorrión menos destructivo o un azafrán más indestructible. El único aspecto consolador de nuestro jardín es que no se lo ve desde la sala ni desde el salón de fumar, de modo que a menos que la gente esté cenando o almorzando con nosotros no pueden divisar la desnudez de la tierra. Es por eso que estoy tan furiosa con Gwenda Pottingdon, que prácticamente me ha obligado a invitarla a almorzar el próximo miércoles; me oyó que le ofrecía almorzar conmigo a la chica de Paulcote si iba de compras ese día y, por supuesto, me preguntó si podía venir ella también. Sólo viene para refocilarse con mis desaliñadas borduras de flores y a cantar loas sobre su sobrecultivado jardín. Estoy harta de oír decir que es la envidia del vecindario; es como todo lo demás que le pertenece, su coche, sus cenas, hasta sus dolores de cabeza, todos son superlativos; nadie tuvo nunca nada como ellos. Cuando confirmaron a su hijo mayor, fue un suceso tan sensacional, de acuerdo con su versión de él, que casi se esperaba que se formularan preguntas sobre él en la Cámara de los Comunes, y ahora viene a propósito para mirar fijamente mis pobres miserables pensamientos y los huecos en mi bordura de alverjillas, y para hacerme una brillante y completa descripción de los raros y suntuosos pimpollos de su rosedal.

—Mi querida Elinor —dijo la baronesa—, te ahorrarías todo esta amargura y una cantidad de cuentas del jardinero, para no mencionar la ansiedad respecto de los gorriones, pagando simplemente una suscripción anual a la A.P.O.O.

—Nunca oí hablar de eso —dijo Elinor—. ¿Qué es?

—La Asociación de Provisión de Oasis Ocasionales —dijo la baronesa—. Existe para solucionar casos exactamente como el tuyo, casos de patios interiores que no son prácticos para fines de jardinería, pero se requiere que florezcan en pintorescos fondos decorativos a intervalos determinados, cuando se proyecta un almuerzo o una cena con invitados. Suponte, por ejemplo, que esperas gente a almorzar a la una y media; simplemente telefoneas a la Asociación a las diez y media de esa misma mañana y le dices "Jardín de almuerzo". Ésa es toda la molestia que tienes que tomarte. Para las doce y cuarenta y cinco minutos, tu patio estará alfombrado con una franja de césped aterciopelado, con un borde de flores de espino color lila o rosa, o lo que sea de acuerdo con la estación; como fondo, uno o dos cerezos en flor y macizos de pesadamente florecidos rododendros llenando los rincones; al frente tienes un incendio de claveles o amapolas Shirley, o lirios en flor. Tan pronto como termina el almuerzo y tus invitados han partido, el jardín parte también, y todos los gatos de la Cristiandad pueden realizar una reunión en tu patio sin causarte un momento de ansiedad. Si viene a almorzar un obispo o un anticuario o alguien de ese tipo, simplemente menciona ese hecho cuando pidas el jardín, y tendrás un parque a la antigua, con un cerco de tejo recortado y un reloj de sol y malvas, y quizás una morera y borduras de minutisas y campanillas de Canterbury, y una o dos anticuadas colmenas escondidas en un rincón. Ésas son las líneas comunes que provee la Asociación Oasis, pero pagando unas guineas extra por año tienes derecho a su servicio de emergencia EDV.

—¿Qué diablos es un servicio EDV?

—Es un signo convencional que indica casos especiales como la incursión de Gwenda Pottingdon. Significa que viene a almorzar o cenar alguien de cuyo jardín se dice que es "la envidia del vecindario".

—Sí —exclamó Elinor con algo de entusiasmo—, ¿y qué sucede entonces?

—Algo que suena como un milagro salido de *Las mil y una noches*. Tu patio se llena de voluptuosidad con granados y almendros, bosquecillos de limoneros y cercos de cactus en flor, deslumbrantes filas de azaleas, fuentes con bases de mármol en los que garzas blancas y de color almendra caminan delicadamente entre exóticos nenúfares, mientras faisanes dorados se pavonean en terrazas de alabastro. El efecto general sugiere la idea de que la Providencia y Norman Wilkinson hubiesen depuesto sus mutuos celos y colaborado para producir un fondo de ballet ruso al aire libre; en realidad, es simplemente el fondo para tu almuerzo. Si algo de energía le queda a Gwenda Pottingdon, o quienquiera sea tu huésped de EDV en ese momento, menciona distraídamente que tu putella trepadora es la única en Inglaterra, ya que la que estaba en Chatsworth murió el último invierno. No existe cosa alguna como una putella trepadora, pero Gwenda Pottingdon y las de su clase habitualmente no reconocen una flor de otra sin apuntador.

—Pronto —dijo Elinor—, la dirección de la Asociación.

Gwenda Pottingdon no gozó de su almuerzo. Era una comida simple pero elegante, excelentemente cocinada y delicadamente servida, pero faltó notoriamente la salsa picante de su conversación. Había preparado una larga sucesión de elogiosos comentarios sobre las maravillas de su jardín de ciudad, con sus efectos sin rival de magnificencia hortícola, y he aquí que su tema quedó clausurado por todos lados por el lujurioso cerco de bereberes siberianos que constituían un brillante fondo al sorprendente fragmento del país de las hadas de Elinor. Los granados y los limoneros, la fuente con terrazas, donde la carpa dorada se deslizaba y retorcía entre las raíces de los irises vistosamente coloreados, las amontonadas masas de pimpollos exóticos, el cerco estilo pagoda, donde retozaban los tejones de arena, todo esto contribuyó a quitarle el apetito a Gwenda y a moderar su deseo de hablar sobre jardinería.

—No puedo decir que admiro la putella trepadora —observó con voz cortante— y de todos modos no es la única de su especie en Inglaterra; sé que existe una en Hampshire. Cómo está pasando de moda la jardinería. Supongo que hoy en día la gente no tiene tiempo para ella.

De todos modos fue uno de los almuerzos más exitosos de Elinor.

Fue decididamente una imprevista catástrofe que Gwenda irrumpiera en la casa cuatro días más tarde y entrara sin que se lo pidieran en el comedor.

—Pensé que debía decirte que a mi Elaine le han aceptado un esbozo de acuarela en el Gremio de Artistas de Talento Latente; será expuesto en la exhibición de verano de la Galería Hackney. Será la sensación del momento en el mundo del arte... ¿Qué demonios ha pasado con tu jardín? ¡No está allí!

—Las sufragistas —dijo prontamente Elinor—, ¿no oíste hablar de ello? Entraron y lo deshicieron en alrededor de diez minutos. Me sentí tan apenada por los estragos que hice vaciar todo el lugar; lo haré reconstruir de nuevo con líneas algo más elaboradas.

—Eso —le dijo más tarde a la baronesa— es lo que llamo tener un cerebro de emergencia.

La Oveja

EL ADVERSARIO HABÍA DECLARADO "sin triunfo". Rupert jugó su as y su rey de trébol y le sacó al adversario el manejo de esa vuelta; luego la Oveja, a quien el destino le había infligido como socio, ganó la tercera vuelta con la reina de trébol, y no teniendo otro trébol para jugar, abrió con otro palo. Los contrarios ganaron los restantes vueltos y el rubber.

—Yo tenía cuatro tréboles más para jugar; pero sólo queríamos hacer esa picardía para ganar el rubber —dijo Rupert.

—Pero yo no tenía otro trébol para mandar —exclamó la Oveja, con su sonrisa pronta y defensiva.

—¿Pero cómo no se te ocurrió jugar tu reina sobre mi rey dejándome el manejo del juego? —dijo Rupert con cortés amargura.

—Supongo que debería haberlo hecho, no estaba seguro de qué hacer. Lo siento mucho —dijo la Oveja.

Sentirse terrible e inútilmente culpable formaba una gran parte de la ocupación de su vida. Si se hubiera producido una situación similar en una mano siguiente habría ciertamente cometido los mismos errores y hubiera pedido las mismas irritantes disculpas.

Rupert miraba melancólicamente hacia adelante mientras estaba sentado sonriente y jugueteando con las cartas. Muchos hombres que tienen talento para los negocios no poseen los rudimentos de un cerebro para los juegos de cartas, y Rupert no habría juzgado y condenado a su futuro hermano político sólo sobre la evidencia de su juego de cartas. La parte trágica del asunto era que jugueteaba a través de la vida tan fatua y apologéticamente como lo hacía en la mesa de juego. Y detrás de la sonrisa defensiva y la gastada expresión de lamento brillaba una apenas creíble pero completamente obvia autosatisfacción. Cada oveja del rebaño probablemente se imagina que en una emergencia podría convertirse en un terrible ejército con estandartes, basta con observar cómo pisan fuerte y enderezan sus cogotes cuando un pequeño objeto de sospecha aparece y se comporta con mansedumbre. Y probablemente la mayoría de las ovejas humanas se ven con la imaginación cumpliendo papeles importantes en los dramas más impresionantes del mundo, tomando rápidas e infalibles decisiones en momentos de crisis, intimidando amotinados, aquietando pánicos, valientes, fuertes, simples, pero, a pesar de su natural modestia, ligeramente espectaculares.

—¿Por qué en nombre de todo lo innecesario y perverso Kathleen tenía que elegir a este hombre como su futuro esposo? —era la pregunta que Rupert se formulaba tristemente. Estaba Malcolm Athling, un hombre tan guapo, decente y equilibrado como cualquiera querría encontrar, obviamente su muy devoto admirador, y sin embargo ella debía dejarse llevar por los pálidos ojos y la boca débil de esta encarnación de autosatisfecha ineptitud. Si hubiera sido sólo asunto de Kathleen, Rupert se hubiera encogido de hombros y esperado filosóficamente que lograra lo mejor posible de un innegablemente mal negocio. Pero Rupert no tenía heredero; su propio hijo yacía bajo tierra en algún lugar de la frontera india, en buena compañía. Y la propiedad pasaría con el curso del tiempo a Kathleen y su marido. La Oveja viviría allí, en la amada vieja casa, criando otras pequeñas Ovejas, fatuas y con cara de conejo y satisfechas de sí mismas como él, que permanecerían en la tierra y serían sus propietarios. No era una perspectiva alentadora.

Hacia el crepúsculo de la tarde posterior a la experiencia del bridge, Rupert y la Oveja volvían a la casa después de un día de caza mixta. La bolsa de cartuchos de la Oveja estaba casi vacía, pero su bolsa de caza no parecía muy llena. Los pájaros que había intentado cazar parecían en su mayor parte tan insensibles a la muerte como el héroe de un melodrama. Y para cada fracaso en darle a un pájaro tenía lista una explicación o una disculpa en los labios. Ahora caminaba delante de su anfitrión, hablando alegremente por encima del hombro, pero evidentemente a la expectativa de algún retrasado conejo o paloma salvaje que pudiera por azar conseguir a último momento como un agregado a su bolsa. Al pasar por el borde de un pequeño bosquecillo un gran pájaro alzó el vuelo y se dirigió lentamente hacia los árboles, ofreciendo un blanco fácil para los deportistas que se acercaban. La Oveja tiró con los dos caños de su escopeta y dio un grito exultante.

—¡Hurra! He bajado un enorme halcón.

—Para ser exactos has bajado un ave de presa muy valiosa. Ésa es la hembra de uno de los pocos pares que se crían en el Reino Unido. Los hemos tenido estrictamente preservados durante los últimos cuatro años; todo guar-dabosque y todo gandul de la aldea provisto de una escopeta ha sido advertido y sobornado y amenazado para que respeten su santidad, y se ha hecho una vigilancia estricta de todos los arrebatadores de huevos durante la época de cría. Cientos de amantes de aves raras se han deleitado viendo sus fotos en el Country Life y ahora has reducido a la hembra de esa especie única a un montón de plumas destrozadas.

Rupert habló en voz baja y pareja, pero por unos momentos un reflejo de positivo odio brilló en sus ojos.

—Bueno, lo siento tanto —dijo la Oveja con su sonrisa apologética—. Por supuesto, recuerdo haber oído hablar de esos halcones, pero de algún modo no relacioné este pájaro con ellos. Y fue un tiro tan fácil.

—Sí —dijo Rupert—, ése es el problema.

Kathleen lo encontró en el cuarto de las armas alisando las plumas del pájaro muerto. Ya se había enterado de la catástrofe.

—Qué terrible mala suerte —dijo comprensivamente.

—Fue mi querido Robbie quien primero los descubrió cuando estaba en casa de licencia. ¿No recuerdas cómo estaba de excitado acerca de ellos? Vamos a tomar un té.

Durante las dos o tres semanas siguientes tanto el bridge como la caza dejaron de jugarse. La muerte, que no pacta con los grupos partidarios, había producido una vacante en el Parlamento de la vecindad en la época menos conveniente, y los partidarios locales de ambas partes se vieron inmersos en las incomodidades de una elección en mitad del invierno. Rupert tomaba la política con seriedad y entusiasmo. Pertenecía a ese extraño tipo de individuos bien constituidos que estas tierras parecen producir en buena medida; hombres y mujeres que sin ningún provecho personal o ganancia salen de sus confortables hogares o salas de juego para ir de aquí para allá, en el barro, la lluvia y el viento, a la caza o en busca de las huellas de un voto suelto aquí o allá a favor de su partido, no porque piensen que deban hacerlo, sino porque así lo desean. Y sus energías fueron bastante bienvenidas en esta ocasión, porque el asiento era estrechamente disputado y su pérdida o retención tendría mucha importancia en la actual posición del juego parlamentario. Con la ayuda de Kathleen había conquistado su lugar en la circunscripción con incansable y bien dirigido celo, realizando su parte del aburrido trabajo rutinario del mismo modo que los episodios más apasionantes. La parte discursiva de la campaña desembocaba en la víspera de la elección en una reunión en un centro donde supuestamente se concentraban más votos indecisos que en cualquier otro lugar del distrito. Una buena reunión final en este lugar sería de la máxima significación. Y los oradores, locales o importados, no dejaban pasar nada que pudiera realzar la ocasión. A Rupert le había sido asignada la poco importante tarea de concitar un voto lisonjero para el presidente que cerraría la sesión.

—Estoy tan ronco —protestó cuando llegó el momento—, no creo que mi voz pueda oírse más allá de la plataforma.

—Deja que yo lo haga —dijo la Oveja—. Soy bastante bueno para esa clase de cosas.

El presidente era popular en todos los partidos, y las palabras iniciales de la Oveja, de reconocimiento elogioso, fueron recibidas con una ronda de aplausos. El orador sonrió expansivamente a sus oyentes y aprovechó la oportunidad para añadir por su cuenta algunas palabras de sabiduría política. La gente miraba el reloj o empezaba a buscar paraguas y echarpes que había descartado. Luego, en medio de una retahíla de perogrulladas, la Oveja cometió uno de esos errores garrafales que viajan de un extremo a otro de una circunscripción en el término de media hora; y son aferrados por la otra parte como estando mucho más a su favor que una tonelada de literatura electoral. Hubo un movimiento de pies y murmullos a lo largo y a lo ancho del hall, y pudieron oírse algunos silbidos. La Oveja trató de reducir su comentario, y el presidente, sin vacilar, interrumpió su discurso de agradecimiento, pero el daño ya estaba hecho.

—Me temo que perdí contacto con el auditorio con ese comentario —dijo la Oveja después, prolongando anormalmente su sonrisa apologética.

—Nos hizo perder las elecciones —dijo el presidente, y resultó ser un verdadero profeta.

Alrededor de un mes de deportes de invierno parecía un apropiado reconstituyente después del esforzado trabajo y la confusión final de la elección. Rupert y Kathleen se retiraron a un pequeño lugar de vacaciones alpino que se estaba poniendo de moda en ese momento, y hasta allí los siguió la Oveja a su debido tiempo, en su papel de esposo electo. El casamiento había sido fijado para fines de marzo.

Era un invierno de heladas tempranas y fuera de temporada, y el extremo final del lago local, en un punto donde rápidas corrientes se vertían en él, estaba decorado con avisos en tres idiomas, advirtiendo a los patinadores que no debían aventurarse sobre algunos tramos poco seguros. La locura de aproximarse demasiado a esos puntos peligrosos parecía ejercer una fascinación natural sobre la Oveja.

—No veo qué peligro puede haber —protestó con su inevitable sonrisa, cuando Rupert lo llamó para que se alejara del área proscrita—, una pulgada de la leche que puse afuera en el alféizar de mi ventana anoche, estaba congelada.

—No tenía una fuerte corriente que fluyera a través de ella —dijo Rupert—. De todos modos, no tiene mucho sentido revolotear alrededor de un dudoso trozo de hielo cuando hay acres de buen hielo sobre el cual patinar. La secretaria del comité del hielo ya se lo ha advertido una vez.

Algunos minutos más tarde Rupert oyó un fuerte chillido de miedo, y vio un punto negro que alteraba la lisura de la superficie de la superficie helada del lago. La Oveja luchaba impotentemente en un agujero en el hielo que él mismo había hecho. Rupert lanzó un fuerte juramento y luego se dirigió corriendo a la costa; afuera de un bajo establo al borde del lago recordaba haber visto una escalera de mano. Si podía deslizarla a través del agujero en el hielo antes de que la Oveja se hundiera, el rescate sería una tarea comparativamente simple. Otros patinadores llegaban corriendo desde cierta distancia y con la ayuda de la escalera lo podrían sacar de su trampa mortal sin tenerse que arriesgar al borde del hielo quebradizo. Rupert saltó sobre la superficie de la grumosa nieve helada y fue tambaleándose hasta donde estaba la escalera. Ya la había levantado cuando el ruido de una cadena y una furiosa explosión de gruñidos estalló en sus oídos y fue arrojado al suelo por una masa de piel blanca y leonada. Un robusto cachorro de perro guardián, frenético de placer por realizar su primera actividad en el servicio de guardia, se agazapaba y gruñía encima de él, haciendo que la tarea de ponerse de pie o agarrar la escalera resultara considerablemente difícil. Cuando al fin logró realizar su hazaña, perdió por un pelo la oportunidad de ser de ninguna utilidad. La Oveja había desaparecido definitivamente bajo la grieta del hielo.

Kathleen Athling y su esposo se quedan la mayor parte del año con Rupert, y un pequeño Robbie corre el peligro de ser idolatrado por un devoto tío. Pero durante los doce meses del año el más inseparable y valioso compañero de Rupert es un robusto perro leonado y blanco.

El descuido

—Es como un rompecabezas chino —dijo lady Prowche con resentimiento, mirando una lista de nombres garabateados que se extendían sobre dos o tres hojas sueltas de papel de carta sobre su escritorio. La mayor parte de los nombres estaban tachados con lápiz.

—¿Qué es como un rompecabezas chino? —preguntó enérgicamente Lena Luddleford, que se enorgullecía bastante de poder resolver los problemas menores de la vida.

—Reunir adecuadamente a la gente. A sir Richard le gusta que haga una fiesta en casa en esta época del año y me da libertad para invitar a quienes quiera; todo lo que pide es que sea una fiesta pacífica, sin fricciones o sucesos desagradables.

—Eso parece bastante razonable —dijo Lena.

—No sólo razonable, mi querida, sino necesario. Richard tiene que pensar en su trabajo literario; no puedes esperar que un hombre se concentre en las disputas tribales entre los clanes de Asia Central mientras riñas sociales estallan bajo su propio techo.

—¿Pero por qué habrían de estallar o por qué tendrían que existir? ¿Por qué se producirían querellas dentro de los límites de una fiesta hogareña?

—Exactamente, ¿por qué habrían de estallar y por qué tendrían que existir? —repitió lady Prowche—. La cuestión es que siempre se producen. Hemos tenido mala suerte; persistente mala suerte, ahora que reflexiono sobre el pasado. Siempre tenemos bajo nuestro techo personas con opiniones violentamente opuestas sobre las cosas, y el resultado no ha sido simplemente desagradable sino explosivo.

—¿Quieres decir personas que están en desacuerdo en sus opiniones políticas o religiosas? —preguntó Lena.

—No, no se trata de eso. Las líneas más amplias de diferencias políticas o religiosas no importan. Puedes tener Anglicanos y Unitarios y Budistas bajo el mismo techo sin riesgo de desastres; el único Budista que haya venido aquí alguna vez riñó con todo el mundo, pero fue a causa de su temperamento pendenciero; no tuvo nada que ver con su religión. Y siempre he encontrado que personas que difieren profundamente en cuestiones políticas pueden reunirse en muy buenos términos para el desayuno. Por ejemplo, Miss Larbor Jones, que se hospedó aquí el año pasado, adora a Lloyd George como una especie de ángel sin alas, mientras que Mrs. Walters, que estuvo aquí al mismo tiempo, lo considera privadamente un antílope.

—¿Un antílope?

—Bueno, no exactamente un antílope, pero algo con cuernos y cascos y cola.

—Ah, ya veo.

—Sin embargo, eso no impidió que fueran los más amistosos mortales en la cancha de tenis y en el salón de billar. Finalmente riñeron, acerca de la salida en una mano doble sin triunfos, pero eso es algo que naturalmente no podría impedir la más sensata de las agrupaciones de huéspedes. Mrs. Walters tenía un rey, un peón, y un diez y un siete de trébol...

—Estabas diciendo que había otras líneas de demarcación que causaban el problema —interrumpió Lena.

—Exactamente. Son las diferencias menores y cuestiones laterales las que causan tantas molestias —dijo lady Prowche—. Hasta el día de mi muerte no olvidaré el cataclismo del año pasado sobre el asunto de las sufragistas. Laura Henniseed abandonó la casa en un estado de estupefacta indignación, pero antes de llegar a ese estado había usado un lenguaje que no habría sido tolerado en el Concejo de Estado austríaco. Una gritería descomunal fue la descripción que hizo sir Richard del asunto, y no creo que exagerara.

—Por supuesto, la cuestión de las sufragistas es candente, y desencadena la más terrible hostilidad —dijo Lena— pero generalmente puede averiguarse de antemano cuáles son las opiniones de la gente...

—Mi querida, el año anterior fue peor. Fue a causa de la Christian Science. Selina Goobie es una especie de Suprema Sacerdotisa de ese culto, y desestimó toda oposición de manera prepotente. Luego, una tarde, Clovis Sangrail le puso una avispa en la espalda, para comprobar si su teoría acerca de la no-existencia del dolor podía comprobarse en una emergencia. La avispa era pequeña pero muy eficiente, y su temperamento se había agriado por haber estado encerrada toda la tarde en una jaula de papel. Las obispas no soportan bien el encierro, al menos ésta no lo soportaba. Creo que nunca me di cuenta hasta ese momento de lo que podía significar la palabra "inventiva". Algunas veces me despierto en la noche y creo que continúo oyendo la descripción de Selina de la conducta y el carácter general de Clovis. Ése fue el año en que Richard estaba escribiendo el volumen sobre *La vida doméstica en Tartaria*. Todos los críticos lo atacaron por su falta de concentración.

—Está ocupado con una obra muy importante este año, ¿verdad? —preguntó Lena.

—*La posesión de la tierra en Turkestán* —dijo lady Prowche—; está trabajando justamente en los últimos capítulos y requieren el máximo de concentración. Por eso estoy tan ansiosa de que no haya ningún desgraciado disturbio este año. He tomado todas las precauciones que se me han ocurrido para reunir elementos armoniosos y no conflictivos; las únicas dos personas acerca de las cuales no me siento tan segura son el señor Atkinson y Marcus Popham. Son los dos que se quedarán durante más tiempo aquí, y si llegan a contrariarse acerca de alguna cuestión candente, bueno, será muy desagradable.

—¿No puedes averiguar nada acerca de ellos? ¿Acerca de sus opiniones, quiero decir?

—¿Algo? Mi querida Lena, no hay prácticamente nada que no haya averiguado sobre ellos. Ambos son liberales y evangelistas moderados, ligeramente opuestos al voto femenino, aprueban el Informe Falconer y la decisión de los Steward acerca de Craganour. Gracias a Dios que en este país no nos apasionamos violentamente por Wagner y Brahms y cosas por el estilo. Hay sólo un tema espinoso acerca del cual no he podido asegurarme, la única piedra que no he levantado. ¿Son unánimemente antivivisecccionistas o ambos apoyan la necesidad de los experimentos científicos? Ha habido mucha correspondencia sobre el tema en nuestros periódicos locales últimamente y el vicario seguramente predicará un sermón sobre el tema; los vicarios son a veces terriblemente provocativos. Ahora bien, si tú pudieras averiguarme si estos dos hombres divergen sobre el asunto...

—¡Yo! —exclamó Lena—. ¿Cómo puedo averiguarlo? No conozco a ninguno de los dos como para hablar con ellos.

—Sin embargo, podrías descubrirlo de una manera indirecta. Escríbeles, bajo un nombre supuesto, naturalmente, solicitándoles suscripciones para una u otra causa, o mejor aun envíales una tarjeta a máquina con respuesta postal paga, con una solicitud de declaración por o contra la vivisección; personas que vacilarían en comprometerse a una suscripción, escribirán alegremente Sí o No en una tarjeta prepaga. Si no puedes arreglarlo así, trata de encontrarlos en la casa de alguien y plantea una discusión sobre el asunto. Creo que Milly ocasionalmente recibe a uno u otro de ellos en su casa; podrías tener la suerte de que ambos estuvieran allí la misma tarde. Sólo debes hacerlo pronto. Mis invitaciones deben ser enviadas a más tardar el miércoles o el jueves, y hoy es viernes.

—Los recibos de Milly no son muy entretenidos por lo general —dijo Lena—; y nunca se tiene la oportunidad de hablar ininterrumpidamente con alguien durante dos minutos seguidos; Milly es una de esas inquietas anfitrionas que siempre parece estar tratando de ver cómo te ves en diferentes partes del salón, bajo el efecto de distintos grupos. Aun si llegara a hablar con Popham o Atkinson, no podría precipitarme en el tema de la vivisección de buenas a primeras. No, creo que el plan de las tarjetas es más promisorio y decididamente menos cansador. ¿Cuál sería la mejor manera de redactarlo?

—Oh, algo así: "¿Está usted a favor de experimentos con animales vivos? ¿Sí o No?" Eso es bien simple e inconfundible. Si no contestan, será al menos una indicación de que el tema les es indiferente, y eso es todo lo que quiero saber.

—Está bien —dijo Lena—. Le pediré a mi cuñado que me permita hacer que las respondan a su oficina y él puede comunicarte a ti el resultado del plebiscito directamente por teléfono.

—Muchísimas gracias —dijo lady Prowche con agradecimiento— y asegúrate de que las tarjetas sean enviadas lo antes posible.

El martes siguiente la voz de un empleado de oficina informó por teléfono a lady Prowche que la elección por tarjetas mostraba una hostilidad unánime a los experimentos con animales vivos.

Lady Prowche agradeció al empleado y en una voz más alta y ferviente agradeció al Cielo. Las dos invitaciones, ya cerradas y con su dirección, fueron despachadas inmediatamente; a su debido tiempo, ambas fueron aceptadas. La reunión "de las horas felices"como la futura anfitriona las llamaba, fue auspiciosamente lanzada.

Lena Luddleford no estaba presente entre los huéspedes, por haber aceptado un compromiso previo. El día de la inauguración de un festival de criquet, sin embargo, se encontró con lady Prowche, que había conducido hasta allí desde el otro extremo del condado. Tenía el aire de alguien que no está interesado en el criquet ni particularmente interesado en la vida. Le dio flácidamente la mano a Lena y señaló que era un día detestable.

—¿Cómo estuvo la fiesta? —preguntó rápidamente Lena.

—¡No me hables de ella! —fue la trágica respuesta—, ¿por qué siempre tengo tan mala suerte?

—¿Pero qué sucedió?

—Fue horrible. Ni las hienas habrían podido portarse tan salvajemente. Lo dijo sir Richard, y él ha estado en países donde habitan hienas, de modo que debe saberlo. ¡Se agarraron a golpes!

—¿Golpes?

—Golpes y maldiciones. Podría haber sido realmente una escena de un cuadro de Hogarth. Nunca me sentí tan humillada en mi vida. ¡Qué habrán pensado los sirvientes!

—¿Pero quiénes fueron los culpables?

—Naturalmente, los dos con quienes nos tomamos tanto trabajo.

—Pensé que estaban de acuerdo en todos los temas en los que puede discreparse violentamente: religión, política, vivisección, el resultado del Derby, el Informe Falconer ¿qué otra cosa quedaba sobre la que pudiera reñirse?

—Mi querida, fuimos unas tontas en no haber pensado en ello. Uno de ellos era pro griego y el otro pro búlgaro.

Hyacinth

—LA NUEVA MODA de presentar a los hijos de los candidatos en una competencia por una elección es muy buena —dijo Mrs. Panstreppon—, elimina algo de la aspereza de la guerra partidaria y resulta una experiencia interesante para los chicos, que lo recordarán en años posteriores. Sin embargo, si escuchas mi consejo, Matilda, no llevarás contigo a Hyacinth a Luffbridge el día de la elección.

—¡No llevar a Hyacinth! —exclamó su madre—, ¿pero por qué no? Jutterly lleva a sus tres chicos y van a cabalgar en dos asnos nubios alrededor de la ciudad, para recalcar el hecho de que su padre ha sido designado Secretario Colonial. Una característica especial de nuestra campaña es el reclamo de una Armada fuerte y será particularmente apropiado que Hyacinth lleve su traje marinero. Él lucirá magnífico.

—La cuestión no es cómo lucirá sino cómo se portará. Es un chico encantador, por supuesto, pero hay un rasgo de desenfrenada agresividad en él que estalla a veces de una manera realmente alarmante. Puedes haberte olvidado del asunto de los chicos Gaffin, pero yo no.

—Yo estaba en la India en ese entonces y tengo sólo un vago recuerdo de lo que sucedió; sé que se portó muy mal.

—Estaba en su carro tirado por una cabra y se encontró con los Gaffin en su cochecito, y mandó a la cabra con todo su impulso hacia ellos y arrojó el cochecito por el aire. El pequeño Jacky Gaffin estaba aprisionado bajo el coche y mientras la niñera se ocupaba de la cabra con ambas manos,

Hyacinth golpeaba las piernas de Gaffin con su cinturón como una pequeña Furia.

—No lo estoy defendiendo —dijo Matilda— pero deben haber hecho
algo para hacerlo enojar.

—Nada intencional, pero alguien le había desgraciadamente contado
que eran medio franceses —su madre era una Duboc, sabes— y esa mañana había tenido una clase de historia y había oído hablar de que los ingleses
habían perdido finalmente Calais, y estaba furioso por ello. Dijo que les
enseñaría a esos pequeños sapos a arrebatarnos ciudades a nosotros, pero en
ese entonces no sabíamos que se estaba refiriendo a los Gaffin. Luego le dije
que todos los malos sentimientos entre ambos países se habían extinguido
hacía mucho tiempo y que de todos modos los Gaffin eran sólo medio franceses, y dijo que sólo le había estado pegando a la mitad francesa de Gaffin;
el resto estaba enterrado bajo el cochecito. Si la pérdida de Calais desató semejante furia en él, tiemblo al pensar lo que podría implicar una posible
pérdida de las elecciones.

—Todo eso sucedió cuando tenía ocho años; ahora es mayor y se ha
vuelto más discreto.

—Los chicos con el temperamento de Hyacinth no se hacen más dis-
cretos a medida que crecen; simplemente, saben más.

—Tonterías. Gozará la diversión de la elección y de todos modos estará
exhausto para el momento en que se declaren los resultados, y el nuevo traje
marinero que le he mandado hacer es justamente del matiz adecuado de azul
para el color de nuestras elecciones, y hará juego exactamente con el azul de
sus ojos. Pondrá una perfectamente encantadora nota de color.

—Existe algo que consiste en permitir que nuestro sentido estético anule
nuestro sentido moral —dijo Mrs. Panstreppon—. Creo que habrías condo-
nado la *South Sea Bubble*[16] y la persecución de los albigenses si hubieran
sido presentados en una combinación efectista de colores. Sin embargo, si
algo desafortunado llega a suceder en Luffbridge, no digas que no fue previsto por un miembro de la familia.

---

[16] Nombre dado a una manía por la especulación que arruinó a muchos inversores
ingleses en 1720. *(N. de la T.)*

La contienda electoral fue intensa pero decorosa. El recientemente designado Secretario Colonial era personalmente popular, mientras que el gobierno al que adhería era visiblemente impopular, y había alguna expectativa de que la mayoría de los cuatrocientos votos obtenidos en la última elección serían totalmente barridos. Ambas partes tenían esperanzas pero ninguna podía sentir plena confianza. Los chicos tuvieron un gran éxito; los pequeños Jutterly recorrían solemnemente en un carrito tirado por sus rechonchos asnos las calles principales, exhibiendo carteles que proclamaban los derechos de su padre basados en el amplio fundamento general de que era su padre, mientras Hyacinth, su conducta podría haber servido de modelo a cualquier serafín que se hubiera perdido sin advertirlo en la escena de una competencia electoral. Por su propia cuenta, y bajo la mirada encantada de media docena de camarógrafos, se había acercado a los chicos Jutterly y les había obsequiado un paquete de dulces; "no tenemos que ser enemigos por usar distintos colores", dijo con amistosa simpatía, y los ocupantes del carrito aceptaron el ofrecimiento con cortés solemnidad. Los miembros adultos de ambos campos políticos se mostraron encantados con el incidente, con excepción de Mrs. Panstreppon, que sintió un escalofrío.

"Nunca fue el beso de Clytemnestra más dulce que la noche en que me asesinó", citó, pero se guardó la cita para sí misma.

La última hora de la elección fue un período de ininterrumpido trabajo para ambos partidos; el cálculo general era que no más de una docena de votos separaba a los candidatos y se hicieron todos los esfuerzos posibles para ganar a los obstinadamente vacilantes electores. Fue con un sentido de relajación y alivio que todos oyeron a los relojes dar la hora del cierre de la elección. Los cansados trabajadores irrumpieron en exclamaciones y saltaron corchos de botellas.

—Bueno, si no hemos ganado, hemos hecho lo mejor posible. Ha sido una lucha limpia, recta, sin rencores. Los chicos fueron un rasgo encantador, ¿verdad?

¿Los chicos? De pronto se les ocurrió a todos que no habían visto para nada a los chicos durante la última hora. ¿Qué había sucedido con los tres pequeños Jutterly y su carro arrastrado por burritos, y por otra parte, qué se había hecho de Hyacinth? Embajadas ansiosas y apresuradas fueron enviadas de un lado a otro entre los respectivos cuarteles generales de los partidos y las varias salas de comités, pero se ignoraba totalmente el paradero de los chicos. Todos habían estado demasiado ocupados en el cierre de la elección como para pensar en ellos. Entonces se recibió una llamada telefónica en los salones del Comité de las Mujeres Unionistas, y se oyó la voz de Hyacinth preguntando cuándo se declararían los resultados de la elección.

—¿Dónde estás y dónde están los niños Jutterly? —preguntó su madre.

—Acabo de tomar el té en una pastelería —fue la respuesta— y me permitieron telefonear. He comido un huevo poché y un sándwich de chorizo y cuatro merengues.

—Te enfermarás. ¿Están contigo los pequeños Jutterly?

—Más bien no. Están en un chiquero.

—¿Un chiquero? ¿Por qué? ¿Qué chiquero?

—Cerca de Crawleigh Road. Los encontré conduciendo en un camino apartado y les dije que tomarían el té conmigo, y que pusieran sus burros en un establo que yo conocía. Luego los llevé a ver una vieja cerda que tenía diez pequeños chanchitos. Saqué afuera a la cerda dándole pequeños pedacitos de pan, mientras los Jutterly fueron a ver la camada, entonces eché el cerrojo a la puerta y los dejé allí.

—Chico malvado, ¿quieres decir que dejaste a esos pobres chicos solos en el chiquero?

—No están solos, tienen diez cerditos con ellos; el lugar está bien abarrotado. Están muy furiosos de estar encerrados, pero no tanto como la vieja cerda encerrada fuera de contacto con sus crías. Si logra entrar mientras están todavía allí, los hará picadillo. Los puedo hacer salir apoyando una escalera en la ventana de arriba y es lo que voy a hacer si nosotros ganamos. Si llega a entrar el canalla de su padre, le abriré la puerta a la cerda y la dejaré hacer lo que se le dé la gana con ellos. Es por eso que quiero saber cuándo se proclamará la elección.

Al llegar a este punto el narrador cortó la comunicación. Una salvaje estampida y un frenético envío de mensajeros se produjo en el otro extremo de la línea. Casi todos los trabajadores habían desaparecido en sus diversos clubes y bares públicos para esperar la proclamación de la elección, pero se logró difundir suficiente información local para ubicar la escena de la hazaña de Hyacinth. Mr. John Bloyd tenía un establo cerca de Crawleigh Road, a la que se llegaba por un corto sendero, y se sabía que su cerda tenía una camada de diez cerditos. Hacia allí corrieron directamente ambos candidatos, la madre de Hyacinth, su tía (Mrs. Panstreppon) y dos o tres amigos más urgentemente citados. Los dos burritos nubios, mascando alegremente haces de heno, enfrentaron su mirada cuando entraron en el establo. El ronco gruñido salvaje de un animal enfurecido y la nota más aguda de trece jóvenes voces, tres de ellas humanas, los guiaron al chiquero, en cuyo exterior una enorme cerda Yorkshire montaba una constante y furiosa vigilancia ante una puerta cerrada. Reclinado sobre el ancho alféizar de una ventana abierta, desde cuya estratégica posición podía llegar al cerrojo de la puerta y soltarlo, estaba Hyacinth, con el traje de marinero algo arruinado por el uso y su sonrisa angelical convertida en una mirada de demoníaca determinación.

—Si cualquiera de ustedes se acerca un solo paso —gritó—, la cerda estará adentro en un santiamén.

Una tempestad de argumentos amenazadores, suplicantes reconvenciones, partieron del desconcertado grupo de rescate, pero no impresionaron más a Hyacinth que la tempestad de chillidos que bramaba dentro del chiquero.

—Si Jutterly gana la elección haré entrar a la cerda. Les enseñaré a los canallas a ganarnos las elecciones.

—Es su intención —dijo Mrs. Panstreppon—, temí lo peor cuando observé el incidente de los dulces.

—Está bien, mi hombrecito —dijo Jutterly, con la duplicidad en la que puede caer aun un Secretario Colonial—, tu padre ha sido elegido por una gran mayoría.

—¡Mentiroso! —replicó Hyacinth, en el estilo directo que no es meramente excusable sino casi obligatorio en la profesión política—. Los votos no han sido contados aún. Tampoco me engatusarán en cuanto a los resultados. Un chico con el que he pactado disparará con una escopeta cuando la elección se proclame; dos tiros si hemos ganado, uno si no.

La situación empezaba a ponerse crítica. "Droguen a la cerda", susurró el padre de Hyacinth.

Alguien fue en auto a la farmacia más próxima y volvió con dos grandes trozos de pan, liberalmente inyectados con narcótico. El pan fue arrojado hábilmente y sin ostentación en el chiquero, pero Hyacinth advirtió la maniobra. Hizo una penetrante imitación de un pequeño cerdo en el Purgatorio, y la madre enfurecida saltó alrededor del chiquero; los pedazos de pan se convirtieron en fango.

En cualquier momento a partir de entonces podría proclamarse la elección. Jutterly corrió de vuelta al Ayuntamiento, donde se estaban contando los votos. Su agente lo recibió con una sonrisa de esperanza.

—En este momento usted lleva once votos de ventaja y sólo falta contar otros ocho; ganará raspando.

—No debo ganar raspando —exclamó roncamente Jutterly—. Usted debe objetar todo voto dudoso a nuestro favor que pueda ser posiblemente impugnado. Yo *no* debo obtener la mayoría.

Entonces pudo verse la situación sin precedentes del agente de un partido que recusaba los votos a su favor con una falacidad que sus contrincantes hubieran vacilado en utilizar. Uno o dos votos que habrían pasado como aceptables en circunstancias ordinarias fueron impugnados, y aun así Jutterly llevaba seis puntos de ventaja cuando sólo quedaban treinta votos por contar.

Para los espectadores del establo, los momentos parecían intolerables. Como último recurso se había enviado a alguien a buscar un revólver para matar a la cerda, aunque Hyacinth probablemente soltaría el cerrojo en el momento en que se trajera esa arma al establo. Casi todos los hombres estaban fuera de sus casas, sin embargo, en una noche de elecciones, y el mensajero evidentemente había tenido que ir muy lejos en su búsqueda. Faltaban sólo unos minutos ahora para la proclamación de la elección.

Un repentino estruendo de gritos y ovaciones se oyó de la dirección del Ayuntamiento. El padre de Hyacinth asió una horqueta y se preparó para saltar dentro del establo, en la desesperada esperanza de llegar a tiempo.

Se oyó un disparo en el aire de la tarde. Hyacinth bajó y puso un dedo en el cerrojo. La cerda presionaba furiosamente contra la puerta.

—¡Bang! —se oyó otro disparo.

Hyacinth bajó retorciéndose y empujó la escalera a través de la ventana al interior del establo.

—Ahora pueden subir, sucios pequeños canallas —gorjeó—, mi padre ganó, no el de ustedes. Apúrense, no puedo hacer esperar más tiempo a la cerda. Y no se les ocurra meterse en ninguna elección donde yo esté comprometido.

En la reacción que siguió después de la proclamación, los candidatos opuestos fueron objeto de furiosas recriminaciones, así como sus mujeres, agentes y sostenedores del partido. Se solicitó un recuento de los votos, pero no se logró establecer el hecho de que el Secretario Colonial había obtenido la mayoría. En general, la elección dejó un legado de dolor e irritación, aparte de lo que fue experimentado por Hyacinth en persona.

—Es la última vez que lo envío a una elección —exclamó su madre.

—Creo que estás llevando las cosas al extremo —dijo Mrs. Panstreppon—. Si hubiera una elección general en México creo que podrías dejarlo ir sin peligro allí, pero dudo de que nuestra política inglesa sea la más adecuada para los métodos violentos de un niño angelical.

La imagen del alma perdida

Escrito en 1891

HABÍA UNA CANTIDAD de figuras de piedra tallada colocadas a intervalos a lo largo de los parapetos de la antigua Catedral; algunas de ellas representaban ángeles; otras, reyes y obispos, y casi todas estaban en actitud de piadosa exaltación y compostura. Pero una figura, más abajo, en el frío costado norte del edificio, no tenía corona, ni mitra, ni nimbo, y su rostro era duro, amargo y abatido; debía ser un demonio, declaraban las gordas palomas azules que dormían y tomaban sol todo el día en las salientes del parapeto; pero la vieja grajilla del campanario, que era una autoridad en arquitectura eclesiástica, decía que era un alma perdida. Y las cosas quedaron así.

Un día de otoño voló hasta el techo de la Catedral un pájaro delgado y de dulce voz que había venido desde los desnudos campos y los reducidos setos en busca de un lugar para pasar el invierno. Trató de apoyar sus cansadas patas bajo la sombra de la gran ala de un ángel o de hacerse un nido entre los pliegues de la escultura de la vestidura de un rey, pero las gordas palomas lo sacaban a empujones de dondequiera se apoyara, y los ruidosos gorriones lo ahuyentaban de las salientes. Ningún pájaro respetable cantaba con tanto sentimiento, se silbaban unos a otros, y el vagabundo tenía que apartarse.

Sólo la efigie del alma perdida le ofreció un lugar de refugio. Las palomas no consideraban seguro posarse sobre una proyección que se desviaba tanto de la perpendicular y estaba, además, demasiado a la sombra. La figura no cruzaba sus manos en la actitud piadosa de los demás dignatarios grabados, pero sus brazos estaban doblados como desafiantes y su ángulo ofrecía un abrigado lugar de descanso para el pequeño pájaro. Todas las tardes trepaba confiadamente a su rincón contra el pecho de piedra de la imagen, y los ojos misteriosos parecían velar su sueño. El solitario pájaro empezó a amar a su solitario protector y durante el día solía sentarse de tanto en tanto sobre algún brote u otro lugar adecuado y gorjear su música más dulce como agradecimiento por su refugio nocturno. Y tal vez por obra del viento y el tiempo, o por alguna otra influencia, el tenso y salvaje rostro pareció perder gradualmente algo de su dureza e infelicidad. Todos los días, a través de las largas y monótonas horas, la canción de su pequeño huésped le llegaba en fragmentos al solitario observador, y al atardecer, cuando sonaban las vísperas y los grandes murciélagos grises salían de sus escondrijos en el techo del campanario, el pájaro de los ojos brillantes regresaba, gorjeaba unas pocas notas soñolientas y se acurrucaba en los brazos que lo estaban esperando. Ésos fueron días felices para la Imagen Oscura. Sólo que la gran campana de la Catedral repicaba diariamente su mensaje burlón: "Después de la alegría, la tristeza".

La gente de la casa del sacristán advirtió a un pequeño pájaro marrón que revoloteaba alrededor de los precintos de la Catedral y admiró su hermoso canto. "Pero es una lástima —dijeron— que todos esos trinos se pierdan y desperdicien en lo alto del parapeto, lejos de los oídos." Eran pobres, pero comprendían los principios de la economía política. De modo que cazaron al pájaro y lo pusieron en una pequeña jaula de mimbre afuera de la sacristía.

Esa noche, el pequeño cantor estuvo ausente de su refugio acostumbrado, y la Imagen Oscura conoció más que nunca la amargura de la soledad. Quizá su pequeño amigo había sido muerto por un gato merodeador o herido con una piedra. Quizá... quizá se había volado a otro lugar. Pero cuando llegó la mañana flotó hasta él, a través del ruido y el alboroto del mundo de la Catedral, un mensaje débil y angustiado del prisionero allá abajo en la jaula de mimbre. Y todos los días, a mediodía, cuando las gordas palomas callaban por el sopor producido por la comida y los gorriones se bañaban en los charcos de la calle, la canción del pajarito llegaba a los parapetos, una canción de hambre y nostalgia y desesperanza, un grito que nunca podría ser respondido.

Las palomas notaban, entre las horas de las comidas, que la figura se inclinaba cada vez más hacia abajo.

Un día no llegó ninguna canción desde la pequeña jaula de mimbre. Era el día más frío del invierno, y las palomas y los gorriones en el techo de la Catedral buscaban ansiosamente por todos lados los pedacitos de comida de los que dependían cuando los tiempos eran duros.

—¿Han arrojado algo en el montón de basura la gente de la sacristía? —preguntó una paloma a otra que espiaba por encima del borde del parapeto del norte.

—Sólo un pequeño pajarito muerto —fue la respuesta.

En el techo de la Catedral se produjo esa noche un crujido y un ruido como el de una caída de mampostería. La grajilla del campanario dijo que la helada estaba afectando el material, y como tenía experiencia de muchas heladas, debía ser así. Por la mañana se vio que la figura del Alma Perdida se había derrumbado de su cornisa y ahora yacía como una masa destrozada sobre el montón de basura afuera de la sacristía.

—Es mejor así —arrullaron las gordas palomas después de observar la mampostería deshecha por unos minutos—, ahora pondrán un lindo ángel allí arriba. Por supuesto que pondrán un ángel.

—Después de la alegría... la tristeza —repicó la gran campana.

La púrpura de los reyes balcanes[*]

LUITPOLD WOLKENSTEIN, financista y diplomático en una pequeña, importuna, autoimportante escala, estaba sentado en su café favorito en la mundana capital de Habsburgo, frente al *Neue Freie Presse* y la taza de café con crema con el acompañamiento de un vaso de agua que acababa de traerle un camarero de lustroso pelo.

Durante más años que los que vive un perro, camareros de cabello lustroso habían colocado el *Neue Freie Presse* y un pocillo de café con crema sobre su mesa; durante años se había sentado en el mismo lugar, bajo la polvorienta águila embalsamada, que alguna vez había sido un ave viviente que volaba por encima de las montañas Estirias, y ahora se había convertido en un ser monstruoso y simbólico con una segunda cabeza insertada en su cuello y una corona dorada apoyada sobre cada uno de los polvorientos cráneos. Hoy Luitpold Wolkenstein no leyó más que el primer artículo del diario, pero lo releyó una y otra vez.

—La fortaleza turca de Kirk Kilisseh ha caído... Los serbios, según se ha anunciado oficialmente, han tomado Kumanovo... La fortaleza de Kirk Kilisseh perdida, Kumanovo tomado por los serbios, éstas son noticias para Constantinopla semejantes a algo tomado de las tragedias de los reyes de Shakespeare... La vecindad de Adrianópolis y la región oriental, donde ahora está teniendo lugar la gran batalla, no sólo revelarán el futuro de

[*] Éste y el siguiente cuento fueron escritos durante la guerra de los Balcanes.

Turquía, sino también qué posición e influencia tendrán los Estados Balcánicos en el mundo.

Durante más años que los que vive un perro Luitpold Wolkenstein se había enterado de las pretensiones y luchas de los Estados Balcánicos mientras tomaba su pocillo de café con crema que le traían camareros de cabellos lustrosos. Sin viajar hacia Oriente más allá de la feria de equinos de Temesvar, nunca corriendo riesgos personales en encuentros más potencialmente peligrosos que con una liebre o una perdiz, se había constituido en el evaluador crítico y árbitro de las proezas militares y nacionales de los pequeños países que bordeaban la Monarquía Dual al borde del Danubio. Y su juicio había sido de despiadado desprecio por los esfuerzos en pequeña escala y de incuestionable respeto por los grandes batallones y las bolsas llenas. Sobre la entera escena de los territorios balcánicos y sus historias había dominado la magia de las palabras "las Grandes Potencias" aún más imponentes en su versión teutónica: *"Die Grossmächte"*.

Adorador del poder y la fuerza y el dominio del dinero como una señora entrada en años podría adorar la juvenil energía física, el acomodado, rollizo oráculo de café había bromeado y farfullado ante las ambiciones de los reyezuelos balcánicos y sus pueblos, y había soltado contra ellos esa batería de extraños sonidos labiales que un vienés emplea como un lenguaje auxiliar para expresar los pensamientos cuando ellos no son elogiosos. Viajeros británicos habían visitado las tierras balcánicas y previsto grandes adelantos de los búlgaros y su futuro; oficiales rusos habían echado vistazos a su ejército y confesado: "esto es algo a tener en cuenta y no lo hemos creado nosotros, lo han hecho ellos por sí mismos". Pero bebiendo sus tazas de café y jugando largas horas al dominó, el oráculo había reído y meneado la cabeza y destilado la sabiduría mundana de su casta. Es verdad que los Grossmächte no había logrado ahogar el ruido del tambor de guerra; los grandes batallones del Imperio Otomano tendrían algo que decir y luego las abultadas bolsas y las grandes amenazas de los poderes hablarían y tendrían la última palabra. En su imaginación Luitpold oía la marcha hacia delante de los portadores de bayonetas cubiertos con su fez rojo y produciendo su eco a través de los pasos balcánicos, veía a los pajaritos vestidos con cueros de oveja retroceder hacia sus aldeas, veía a los voceros de las potencias reprendiendo, dictando, adaptando, restaurando, volviendo a colocar las cosas en sus lugares correspondientes, barriendo el polvo de los conflictos, y ahora sus oídos tenían que escuchar el tambor de guerra resonando en una dirección completamente opuesta, tenían que oír la marcha pesada de los batallones que eran más grandes y más osados y mejor entrenados para el manejo de equipos que había considerado imposibles en esa zona; sus ojos tenían que leer en las columnas de su diario habitual una advertencia a los que tenían algo nuevo que aprender, algo nuevo para tener en cuenta, y mucho de lo que era demasiado viejo como para abandonar. "Las Grandes Potencias tendrán bastante dificultad en persuadir a los Estados balcánicos de la inviolabilidad del principio de que Europa no puede permitir ninguna nueva partición en Oriente sin su aprobación. Aun ahora, mientras la campaña no está todavía decidida, hay rumores de un proyecto de unidad fiscal, que se extienda sobre todas las tierras balcánicas, y asimismo de una unión constitucional a imitación del Imperio Germano. Ésa es quizá sólo una pajuela política arrastrada por la tormenta, pero no es posible evitar la reflexión de que los Estados Balcánicos unidos poseen una fuerza militar que las grandes potencias deben tener en cuenta... Las personas que han derramado su sangre en los campos de batalla y sacrificado a los hombres armados disponibles de toda una generación a fin de lograr la unión con su familia no permanecerán más en una actitud de dependencia hacia las grandes potencias o hacia Rusia, sino que tomarán su propio camino... La sangre que ha sido derramada hoy da por primera vez un genuino tono púrpura a los Reyes de los Balcanes. Las grandes potencias no pueden pasar por alto el hecho de que un pueblo que ha probado la victoria no dejará que lo arrastren de nuevo a sus límites anteriores. Turquía no sólo ha perdido hoy Kira Kilisseh y Kumanovo, sino también Macedonia."

Luitpold Wolkenstein bebió su café pero había perdido algo de su sabor. Su mundo, su pomposo e imponente mundo que dictaba las leyes, se había de pronto reducido a dimensiones más estrechas. Las grandes bolsas de dinero y las grandes amenazas habían sido arrojadas sin ceremonias a un costado; una fuerza que no podía medir, que no podía comprender, se había hecho sentir fuertemente. Los augustos Césares de Mammon y el armamento habían mirado con el entrecejo fruncido el combate, y los que estaban a punto de morir no habían saludado, no tenían intención alguna de saludar. Se estaba imponiendo una lección a aprendices involuntarios, una lección de respeto por ciertos principios fundamentales, y no eran los pequeños Estados en lucha a quienes se estaba enseñando la lección.

Luitpold Wolkenstein no esperó a que llegara el quórum de los jugadores de dominó. Todos habrían leído el artículo en el *Freie Presse*. Y hay momentos en que un oráculo encuentra su salvación en retirarse de la zona de los interrogatorios humanos.

El armario de los ayeres

—La guerra es algo cruelmente destructivo —dijo el viajero, dejando caer su diario al suelo y mirando reflexivamente al espacio.

—Ah, sí, por cierto —dijo el comerciante, respondiendo prontamente a lo que parecía una prudente perogrullada—, cuando uno piensa en las pérdidas de vidas y de miembros, los hogares destruidos, los arruinados...

—No estaba pensando en nada de esa clase —dijo el viajero—, pensaba en la tendencia que tiene la guerra moderna a destruir y eliminar los propios elementos de pintoresquismo y excitación que son su principal excusa y encanto. Es como un fuego que arde brillantemente por un tiempo y luego deja todo más negro y más desierto que antes. Después de todas las guerras importante en el sudeste de Europa en tiempos recientes ha habido un estrechamiento del área de territorio crónicamente perturbado, una mayor rigidez en las líneas de frontera y una intrusión de civilizada monotonía. E imagine lo que podría suceder al final de esta guerra si los turcos fueran realmente expulsados de Europa.

—Bueno, sería una ganancia para la causa del buen gobierno, supongo —dijo el comerciante.

—¿Pero ha tenido usted en cuenta las pérdidas? —dijo el otro—. Los Balcanes han sido por largo tiempo la última franja sobreviviente de feliz terreno de caza para los aventureros, un lugar de recreo para pasiones que se están atrofiando rápidamente por falta de ejercicio. En los buenos viejos tiempos, las guerras en los Países Bajos estaban siempre a nuestra puerta, por así decir; no hacía falta alejarse tanto hacia los salvajes lugares atacados por la malaria si uno quería una vida de andar montado con licencia para matar y ser matado. Aquellos que deseaban ver la vida tenían una decente oportunidad de ver la muerte al mismo tiempo.

—No me parece correcto hablar de la muerte y el derramamiento de sangre de esa manera —dijo el comerciante en tono de reprobación—, debemos recordar que todos los hombres son hermanos.

—También se debe recordar que un alto porcentaje de ellos son hermanos menores; en lugar de declararse en bancarrota, que es la tendencia habitual de los hermanos menores hoy en día, daban a sus familias una buena oportunidad de ponerse de luto. "Toda bala da en el blanco sólo por orden de la Providencia", según un dicho bastante optimista, y debe admitir que hoy en día se está volviendo cada vez más difícil encontrar trabajo para una cantidad de jóvenes caballeros que habrían adornado, y probablemente gozado plenamente, una de las antiguas despreocupadas guerras. Pero ése no es exactamente el tema principal de mi queja. Las tierras balcánicas son especialmente interesantes para nosotros en estos días de rápido movimiento porque nos proporcionan el último vislumbre que nos queda de un período feneciente de la historia europea. Cuando yo era niño, uno de los primeros sucesos del mundo exterior que me fue inculcado coherentemente fue una guerra en los Balcanes; recuerdo de un soldado quemado por el sol que pinchaba alfileres con banderitas en un mapa de guerra: banderitas rojas para las fuerzas turcas, y amarillas para las rusas. Parecía una región mágica, con sus pasos de montaña y ríos helados, y siniestros campos de batalla, la nieve cayendo y lobos merodeando; había una gran extensión de agua que llevaba el siniestro pero atractivo nombre de Mar Negro, nada de lo que había alguna vez aprendido o aprendí después en una clase de geografía me hizo la misma impresión que ese mar interior con su extraño nombre, y no creo que su magia se haya marchitado en mi imaginación. Y había una batalla llamada Plevna que continuó largamente con distinta fortuna durante lo que pareció una gran parte de una vida; recuerdo el día de ira y duelo cuando la pequeña banderita roja tuvo que ser sacada de Plevna; como otros jueces más maduros, yo estaba apoyando al caballo equivocado, de cualquier modo al caballo perdedor. Y hoy en día estamos nuevamente clavando banderitas en los mapas de la región balcánica, y las pasiones se están desatando nuevamente en su escenario.

—La guerra se localizará —dijo el comerciante vagamente—, al menos todos esperan que así sea.

—No podría desearse una mejor localidad —dijo el viajero—, esas tierras tienen un encanto que no se encuentra en ningún otro lugar de Europa, el encanto de la incertidumbre y el desprendimiento de tierras, y los pequeños hechos dramáticos que marcan la diferencia entre lo ordinario y lo deseable.

—Se le da muy poco valor a la vida en esos lugares —dijo el comerciante.

—Sí, hasta cierto punto —dijo el viajero—. Recuerdo a un hombre en Sofía que solía enseñarme búlgaro de una manera más bien poco eficiente, entremezclado con gran cantidad de aburrido chismorreo. Nunca conocí su historia personal, pero fue sólo porque no lo escuchaba; muchas veces me la contaba. Después de que abandoné Bulgaria, solía enviarme de tanto en tanto periódicos de Sofía. Sentía que sería más bien aburrido si alguna vez llegaba a volver allí. Y luego me enteré de que unos hombres llegaron un día de Dios sabe dónde, como suceden las cosas en los Balcanes, y lo asesinaron en plena calle, y se fueron tan silenciosamente como habían llegado. Usted no lo entenderá, pero para mí había algo más bien estimulante en la idea de que tal cosa le sucediera a semejante hombre; después de su aburrimiento y su latosa chismografía parecía una especie de brillante *esprit d'escalier* de su parte encontrar un final de tan despiadadamente planeada y ejecutada violencia.

El comerciante sacudió la cabeza; el carácter estimulante del episodio no estaba al alcance de su comprensión.

—Me habría impresionado oír semejante cosa acerca de alguien que yo conociera —dijo.

—La guerra actual —continuó su compañero, sin detenerse a discutir dos puntos de vista irremediablemente divergentes— puede ser el principio del fin de mucho de lo que ha sobrevivido hasta ahora al irresistible avance de la civilización. Si las tierras balcánicas deben finalmente parcelarse entre los contendientes Reinos Cristianos y el azaroso dominio de los Turcos exiliados más allá del Mar de Mármara, el viejo orden, o desorden si así lo prefiere, habrá recibido un golpe mortal. Algo de su espíritu permanecerá quizá por un tiempo en las antiguas regiones encantadas donde ejercía dominio; los aldeanos griegos, sin duda, se sentirán intranquilos y turbulentos y desdichados donde dominan los búlgaros, y los búlgaros se sentirán seguramente intranquilos y turbulentos y desdichados bajo la administración griega, y las tribus rivales del Exarcado y el Patriarcado se mostrarán intensamente desagradables unos a otros cuando se ofrezca la oportunidad; las costumbres de una vida, de varias vidas, no son dejadas de lado en un momento. Y a los albaneses, naturalmente, los tendremos todavía con nosotros, un perturbado estanque musulmán dejado por la ola descendente musulmana en Europa. Pero la antigua atmósfera habrá cambiado, el encanto habrá desaparecido; el polvo de la formalidad y prolijidad burocrática se depositará lentamente sobre las venerables comarcas; el Sanjak de Novi Bazar, el Acuerdo de Muersteg, las bandas de Komitadje, el Vilayet de Adrianópolis, todos esos familiares nombres y cosas y lugares extravagantes, que hemos conocido por mucho tiempo como parte de la Cuestión Balcánica, habrán sido archivados en el armario de los ayeres, tan completamente como la Liga Hanseática y las guerras de los Guisa.

—Ésa fue la herencia que la historia nos legó, deteriorada o disminuida, sin duda, en comparación con los tiempos anteriores que nunca conocimos, pero aún algo para exaltar y dar vida a un pequeño rincón de nuestro continente, algo para ayudarnos a conjurar en nuestra imaginación los tiempos cuando el Turco tronaba ante las puertas de Viena. ¿Y qué tendremos para dejar a nuestros hijos? Piense en lo que sus noticias de los Balcanes serán en el curso de otros diez o quince años. El Congreso Socialista en Uskub, el tumulto de las elecciones en Monastir, la gran huelga portuaria en Salónica, la visita de la Asociación Cristiana de Jóvenes a Varna. Varna, ¡sobre la costa de ese río encantado! Irán en coche a algún suburbio para tomar el té y escribirán acerca de ello a su casa como el Bexhill de Oriente.

—La guerra es una cosa malignamente destructora.

—No obstante, debe admitir... —comenzó el comerciante. Pero el viajero no estaba de ánimo para admitir nada. Se levantó impacientemente y fue hasta la grabadora ocupada con las noticias de Adrianópolis.

Por la duración de la guerra[*]

EL REVERENDO WILFRID GASPILTON, en una de esas migraciones clericales que parecen inconsecuentes a la mente laica, se había trasladado de la moderadamente elegante parroquia de St. Luke's, Kensingate, a la inmoderadamente rural parroquia de St. Chuddock's, en algún lugar de Yondershire. Había sin duda ventajas sustanciales en relación con el traslado, pero había por cierto algunos inconvenientes muy obvios. Ni el clérigo migratorio ni su esposa podían adaptarse natural y cómodamente a las condiciones de la vida de campo. Beryl, Mrs. Gaspilton, había siempre considerado con indulgencia las condiciones de la vida de campo como un lugar donde personas con rentas irreprochables e instintos hospitalarios cultivaban el lawn tenis y los jardines de rosas y los placeres jacobinos, en los que selectas reuniones de interesados huéspedes de fin de semana podían divertirse. Mrs Gaspilton se consideraba a sí misma como una personalidad distintivamente interesante, y desde un punto de vista limitado tenía indudablemente razón. Tenía oscuros ojos indolentes y un mentón amable, que contradecía la ligeramente quejosa expresión que asumía su voz a intervalos adecuados. Estaba tolerablemente satisfecha con las pequeñas ventajas de la vida, pero lamentaba que el destino no hubiese encontrado la manera de suministrarle alguno de los mayores éxitos para los que se sentía calificada. Le habría gustado ser el cen-

[*] Escrito en el Frente.

tro de un salón literario, ligeramente político, donde perspicaces satélites podrían haber reconocido la amplitud de su punto de vista sobre los asuntos humanos y la indudable pequeñez de sus pies. De hecho, el destino había elegido que fuese la esposa de un rector, y ahora había decretado además que el fondo de su existencia fuese una rectoría campesina. Rápidamente decidió que los alrededores no requerían ser explorados: Noé había predicho el Diluvio, pero nadie esperaba que nadase en él. Cavar en un jardín húmedo o recorrer penosamente las sendas embarradas eran esfuerzos que no se proponía emprender. En tanto el jardín produjese espárragos y claveles a intervalos agradablemente frecuentes, Mrs. Gaspilton se contentaba con aprobar el gasto y por otra parte ignorar su existencia. Se arrebujaba, por decirlo así, en un mundo propio elegante e indolente, gozando de las pequeñas recreaciones de ser amablemente descortés con la esposa del médico y continuar su único esfuerzo literario, *El abrevadero prohibido*, una traducción de *L'Abreuvoir interdit*, de Baptiste Lepoy. Era una tarea que postergaba durante tanto tiempo que parecía probable que Baptiste Lepoy pasara de moda antes de que la traducción de su temporariamente famosa novela estuviese concluida. No obstante, la lánguida continuación del trabajo había investido a Mrs. Gaspilton de cierta dignidad literaria, aun en los círculos de Kensingate, y la colocó en un pináculo en St. Chuddock's, donde casi nadie leía francés, y donde seguramente nadie había oído hablar de *L'Abreuvoir interdit*.

La esposa del rector podía estar contenta dando complacientemente la espalda al campo; la tragedia del rector fue que el campo le dio la espalda a él. Con las mejores intenciones del mundo y el ejemplo inmortal de Gilbert White antes que él, el reverendo Wilfrid se encontraba tan aburrido e incómodo en su nuevo entorno como lo habría estado Carlos II en una actual Conferencia Wesleyana. Los pájaros que saltaban a través de su césped saltaban sobre él como si el césped fuese de ellos y no de él, y le daban a entender claramente que a sus ojos él era infinitamente menos interesante que un gusano de jardín o el gato del rectorado. El cerco y las flores de la pradera eran igualmente poco inspiradores; la más pequeña celidonia parecía particularmente indigna de la atención que le habían dispensado los poetas ingleses, y el rector sabía que se habría sentido totalmente desgraciado si se lo hubiera dejado solo en su compañía por un cuarto de hora. Con los habitantes humanos de la parroquia no le iba mejor; conocerlos era meramente conocer sus enfermedades, y la enfermedad era casi invariablemente reumatismo. Algunos, naturalmente, tenían otros trastornos físicos, pero siempre tenían también reumatismo. El rector todavía no había captado el hecho de que en la vida rural de las casitas de campo no tener reumatismo era una omisión tan flagrante como no haber sido presentado en la Corte lo sería en círculos más ambiciosos. Y a toda esta escasez de intereses locales se agregaba Beryl encerrándose con su ridícula tarea de *El abrevadero prohibido*.

—No veo por qué tienes que suponer que alguien quiera leer a Lepoy en inglés —le señaló a su esposa el reverendo Wilfrid una mañana, al encontrarla rodeada de su habitual elegante desorden de diccionarios, lapiceras y papel de notas—, casi nadie se molesta en leerlo ahora en Francia.

—Mi querido —le dijo Beryl, con una entonación de amable aburrimiento—, ¿acaso dos o tres importantes editores de Londres no me han dicho que los asombraba que nadie hubiese traducido alguna vez *El abrevadero prohibido*, y me rogaron...?

—Los editores siempre claman por los libros que nadie ha escrito nunca y tratan con frialdad a los autores cuando lo han hecho. Si San Pablo viviera ahora, lo importunarían para que escribiera una *Epístola a los esquimales*, pero ningún editor de Londres soñaría con leer su *Epístola a los Efesios*.

—¿Hay algunos espárragos en alguna parte del jardín? —preguntó Beryl—, porque le he dicho a la cocinera....

—No los hay en el jardín —replicó el rector— pero sin duda hay muchos en el huerto de los espárragos, que es el lugar habitual para ello.

Y caminaron hacia la zona de los frutales y vegetales para cambiar la irritación por aburrimiento. Fue allí, entre los arbustos de grosella y bajo los nísperos, donde lo acometió la tentación de perpetrar un gran fraude literario.

Algunas semanas más tarde la *Bi-Monthly Review* presentó al mundo, bajo la garantía del reverendo Wilfrid Gaspilton, algunos fragmentos de poesía persa, alegando que habían sido desenterrados y traducidos por un sobrino que estaba actualmente en campaña en algún lugar del valle del Tigris. El reverendo Wilfrid tenía una multitud de sobrinos y por tanto era muy posible que uno o más de ellos estuvieran en una campaña militar en la Mesopotamia, aunque nadie podía recordar ningún sobrino en particular del que pudiese sospecharse que fuera un especialista en cultura persa.

Los versos fueron atribuidos a un tal Ghurab, un cazador o, según otras versiones, un guardián de los estanques de peces reales que había vivido en un siglo no especificado, en la vecindad de Karmanshah. Exhalaban un espíritu de sátira y filosofía amables y apacibles, revelando una burla que no llegaba a ser amarga, una alegría de la vida que no era apasionada al punto de resultar molesta.

Un ratón que rezaba por la ayuda de Alá
Blasfemó cuando esa ayuda no llegaba;
Un gato que se regodeaba con ese ratón
Pensó que Alá se las ingeniaba muy bien.

No pidas ayuda a Alguien que hizo
Un conjunto de reglas inmutables
Pero en tu necesidad recuerda bien
Que te dio rapidez, o astucia, o garras.

Algunos alaban una vida de manso contento;
El contento puede caer, igual que el orgullo.
La rana que se aferraba a su humilde zanja
Sufrió una gran disgusto cuando ésta se secó.

"Tú no estás en el camino del Infierno"
Me dices con fanático júbilo:
Vano fanfarrón, ¿de qué sirve eso
Si el Infierno está en camino hacia ti?

Un Poeta alabó la Estrella del Crepúsculo,
Otro elogió el color del loro:
Un Mercader alabó su mercancía,
Y él por lo menos alabó lo que conocía.

Fue este verso el que proporcionó a los críticos y comentaristas una clave acerca de la probable fecha de su composición; el loro, recordaron al público, estaba muy de moda como modelo de elegancia en los tiempos de Hafiz de Shiraz; en las estrofas de Omar no aparece para nada.

El verso siguiente, según se señaló, se aplicaría a las condiciones políticas del presente tan notablemente como a la región y era para las cuales fue escrito:

> *Un Sultán soñaba el día entero con la Paz,*
> *Mientras los ejércitos del Rival aumentaban:*
> *Cambiaron sus sueños diurnos al dormirlo,*
> *La Paz, yo creo, nunca la conoció.*

La mujer aparecía muy poco, y el vino nunca en los versos del buscador de poemas, pero al menos había en ellos una contribución a la filosofía oriental del amor.

> *Oh, Encantadora cara de luna, con ojos ahogados en las estrellas,*
> *Y mejillas de suave deleite, que exhalan perfume de almizcle,*
> *Me dicen que tu encanto se marchitará; bueno,*
> *La propia Rosa pierde su color en el Crepúsculo.*

Finalmente, hubo un reconocimiento de lo Inevitable, un frío aliento soplando a través de la estimación amable de la vida del poeta:

> *Hay una tristeza en cada Amanecer,*
> *Una tristeza que no puedes leer,*
> *El gozoso Día trae en su estela*
> *La Fiesta, la Amada y el Corcel.*

> *Ah, finalmente llegará un Amanecer*
> *Que no pondrá la agitación de la vida a tu alcance*
> *Un Amanecer largo, frío, sin Día*
> *Y entonces leerás su tristeza.*

Los versos de Ghurab llegaron al público en un momento en que una filosofía amable, ligeramente enigmática, tenía la seguridad de ser bienvenida, y su recepción fue entusiasta. Coroneles entrados en años, que habían superado el amor a la verdad, escribieron a los periódicos diciendo que se habían familiarizado con las obras de Ghurab en Afganistán y Adén, y otras localidades adecuadas hacía un cuarto de siglo. Se formó un "Club de Ghurab de Karmanshah", cuyos miembros se nombraban unos a otros Hermanos Ghurabianos a la menor provocación. Y en cuanto al torrente de investigaciones, críticas y pedidos de información, que naturalmente se derramaron sobre el descubridor, o más bien el revelador, de este poeta tanto tiempo oculto, el reverendo Wilfrid tenía una respuesta efectiva: "Consideraciones militares" prohibían cualquier revelación que pudiera arrojar una luz innecesaria sobre los movimientos de su sobrino.

Después de la guerra la posición del rector sería impensablemente embarazosa, pero por el momento, de todos modos, había expulsado del campo a *El abrevadero prohibido*.

El huevo cuadrado

Originariamente publicado en 1924

El huevo cuadrado

(EL PUNTO DE VISTA DE UN TOPO ACERCA
DEL BARRO DE LA GUERRA EN LAS TRINCHERAS)

SIN DUDA UN TOPO es el animal al que más nos parecemos en esta guerra de trincheras, esa figura de manto gris que aparece en el crepúsculo y en la oscuridad, cavando, haciendo su madriguera, escuchando; conservándose lo más limpio posible bajo circunstancias desfavorables, luchando ocasionalmente con uñas y dientes por la posesión de unas pocas yardas de tierra cavada.

Qué piensa el topo acerca de la vida nunca lo sabremos, lo cual es una lástima pero no puede evitarse; es bastante difícil saber acerca de qué piensa, uno mismo, en las trincheras. El Parlamento, los impuestos, las reuniones sociales, la economía y los gastos, y todos los mil y un horrores de la civilización parecen inconmensurablemente remotos, y la misma guerra parece igualmente distante e irreal. A doscientas yardas de distancia, separado de uno por una franja de terreno lúgubre y descuidado y algunas tiras de enredado alambre oxidado, se encuentra un enemigo vigilante, dispuesto a disparar; acechando y observando en esas trincheras opuestas, hay contrincantes que podrían excitar la imaginación del cerebro más perezoso, descendientes de los hombres que fueron a la guerra bajo Moltke, Blücher, Federico el Grande, y el Gran Elector, Wallenstein, Mauricio de Sajonia, Barbarroja, Alberto el Oso, Enrique el León, Witekind el Sajón. Compiten con uno allí, hombre por hombre y fusil por fusil, en la que es tal vez la lucha más formidable que ha conocido la historia moderna, y sin embargo pensamos notablemente poco acerca de ellos. No sería aconsejable olvidar por una fracción de segundo que están allí, pero nuestra mente no se detiene en su existencia; especulamos tan poco acerca de si están tomando sopa caliente y comiendo embutidos, o si sufren frío y hambre, si están bien provistos del *Meggendorfer Blätter* y otra literatura ligera, o aburridos con inexpresable fatiga.

Mucho más que pensar sobre el enemigo en ese lugar o la guerra que asuela a toda Europa es preciso hacerlo sobre el barro del momento, el barro que por momento los engulle como el queso engulle un ácaro. En los Jardines Zoológicos hemos visto cómo un alce o un bisonte se regodean de placer hundidos hasta más abajo de las rodillas en un cenagal de barro grasiento, y nos hemos preguntado cómo nos sentiríamos si estuviéramos zambullidos y enlodados durante horas en semejante baño de inmundicias. Ahora sabemos. En las estrechas trincheras, cuando el deshielo y una fuerte lluvia llegan repentinamente después de una helada, cuando todo es oscuro como el alquitrán a nuestro alrededor, y sólo se puede andar tropezando y palpando el camino contra paredes de barro fluyente, cuando hay que gatear con pies y manos en varias pulgadas de una sopa de barro para alcanzar la superficie, cuando se está profundamente enterrado en el barro, recostándose contra el barro, asiendo objetos cubiertos de barro con dedos agarrotados por el barro, cuando se parpadea para liberar a los ojos del barro y se lo sacude de las orejas, se muerden bizcochos embarrados con dientes embarrados, se puede al fin llegar a comprender plenamente lo que significa revolcarse, y por otra parte, la idea de placer del bisonte se hace cada vez más incomprensible.

Cuando no se está pensando en el barro, se está probablemente pensando acerca de *estaminets*. Un *estaminet* es un refugio que se encuentra en agradable cantidad en la mayor parte de las aldeas y pequeñas ciudades de los alrededores, que florece aun entre casas sin techo y abandonadas, reparado cuando es necesario de manera tosca pero eficaz, y que encuentra una provechosa afluencia de clientes entre los soldados que han reemplazado a la masa de la población civil. Un *estaminet* es una suerte de compuesto de vinería y café, que tiene un pequeño bar en un rincón, algunas mesas largas y bancos, un prominente hornillo, generalmente un pequeño almacén oculto en la parte trasera del local, y siempre dos o tres chicos corriendo y saltando desde ángulos inconvenientes sobre nuestros pies. Parece ser una regla fija que los chicos de los *estaminets* sean lo bastante grandes como para correr y lo bastante pequeños como para meterse entre nuestras piernas. Por otra parte, debe ser muy ventajoso ser un niño en una zona de guerra; nadie puede intentar enseñarles a ser prolijos. Nunca puede insistirse sobre la aburrida máxima "Un lugar para cada cosa y cada cosa en su lugar" cuando una considerable parte del techo yace en el patio trasero, cuando una cama del demolido dormitorio de un vecino está semienterrada en la pila de remolachas y los pollos se refugian en una fiambrera porque una granada ha volado el techo, los costados y el frente del gallinero.

Quizá no hay nada en la descripción precedente que sugiera que una vinería de aldea, frecuentemente una construcción mordisqueada por las granadas, en una calle roída por las granadas, sea un paraíso con el cual soñar, pero cuando se ha vivido en un húmedo yermo, con barro inamovible y sacos de arena empapados por un largo tiempo, la mente piensa en el sencillamente amueblado salón, con su café caliente y *vin ordinaire* como en algo tibio y abrigado y consolador en un mundo húmedo y barroso. Para el soldado, en su migración de una trinchera a un alojamiento, la vinería es como el descanso de la taberna es para la caravana nómada de Oriente. Uno llega y se va en una multitud de hombres reunidos por azar, notado o sin ser notado según se desee; entre los de uniforme caqui con polainas, una multitud de la propia clase, se puede ser tan discreto como una oruga verde sobre una hoja de repollo verde; uno puede sentarse solo sin ser molestado, o con amigos, o si desea conversar y que otros conversen con uno, puede fácilmente encontrar un lugar en un círculo donde hombres con diversa variedad de insignias en sus gorras intercambian experiencias, reales o improvisadas.

Además de la cambiante multitud de uniformados manchados de barro, hay una mezcla ambulante de civiles locales, intérpretes de uniforme y hombres de diversos tipos trajeados con uniformes militares extranjeros, desde soldados rasos del Ejército Regular a Dios sabe quiénes de algún cuerpo intermedio, a quienes sólo un experto en tales cuestiones podría dar un nombre y, por supuesto, aquí y allá se ven representantes de ese gran ejército de aventureros y carteristas que lleva adelante sus operaciones ininterrumpidamente tanto en tiempo de guerra como de paz, sobre la mayor parte de la superficie de la Tierra. Se los encuentra en Inglaterra y en Francia, en Rusia y en Constantinopla; también se los encuentra en Islandia, aunque sobre ese punto no tengo evidencia directa.

En el *estaminet* del Conejo Afortunado me encontré sentado al lado de un individuo de edad indefinida y uniforme inclasificable, que estaba evidentemente determinado a hacer que el pedido de un fósforo sirviera como una introducción formal y una referencia bancaria. Tenía un aire de cansancio y afectada satisfacción, equipado con una temporaria amabilidad y el aspecto de un cuervo saqueador, a quien la experiencia le había enseñado a ser cauto y, urgido por la necesidad, a ser osado; tenía la contemplativa inclinación de la nariz y el bigote y la furtiva mirada oblicua, tenía todas las cosas que ordinariamente caracterizan al carterista en todo el mundo.

—Soy una víctima de la guerra —exclamó después de una breve conversación preliminar.

—No se puede hacer una tortilla sin romper huevos —contesté, con la adecuada insensibilidad de un hombre que ha visto unas docenas de millas cuadradas de campo desvastado y hogares sin techo.

—¡Huevos! —vociferó—, es precisamente acerca de huevos que voy a hablar. ¿Ha considerado usted alguna vez cuál es la desventaja en el más excelente y útil de los huevos, el huevo común, cotidiano, en el comercio y la cocina?

—Su tendencia a envejecer rápidamente es a veces un inconveniente —aventuré—; a diferencia de los Estados Unidos de Norteamérica, que se hacen más respetables ante los demás y ante sí mismos cuanto más tiempo duran, un huevo no gana nada con su persistencia; se parece a vuestro Luis XV, que fue perdiendo el favor popular con cada año de vida, a menos que los historiadores se hayan equivocado en su juicio.

—No —replicó el sujeto de la taberna seriamente—, no es una cuestión de edad. Es la forma, su redondez. Considere con qué facilidad rueda. Sobre una mesa, un estante, el mostrador de un comercio tal vez, un pequeño empujón y puede caer al suelo y destruirse. ¡Qué catástrofe para los pobres, los frugales!

Tuve un estremecimiento de simpatía con esa idea; aquí los huevos cuestan seis centavos cada uno.

—Señor —continuó—, es un tema sobre el que a menudo he meditado y le he dado vueltas en mi mente, esta económica malformación del huevo doméstico. En nuestra pequeña aldea de Verchey-les-Torteaux, en el departamento de Tarn, mi tía tenía una pequeña granja y un corral de aves, con los cuales obtenía un modesto ingreso. No éramos pobres pero siempre había necesidad de trabajar, de ingeniárselas, de hacer economías. Un día advertí por casualidad que una de las gallinas de mi tía, una de esas copetonas de la raza Houdan, había puesto un huevo que no era tan redondo como los huevos de otras gallinas; no podía decirse que fuera cuadrado, pero tenía ángulos bien definidos. Descubrí que esta ave particular siempre ponía huevos de esa forma particular. El descubrimiento dio un nuevo impulso a mis ideas. Si uno reunía todas las gallinas que pudiese encontrar con tendencia a poner huevos ligeramente angulares y criara pollitos sólo de esas gallinas, y continuaba siempre seleccionándolas, eligiendo aquellas que ponían el más cuadrado de los huevos, al fin, con paciencia y esfuerzo, se podía producir una raza de aves que pusieran sólo huevos cuadrados.

—En el curso de unos cientos de años se podría llegar a semejante resultado —dije—, más probablemente llevaría miles de años.

—Ése podría ser el caso con sus frías, conservadoras, lentas gallinas septentrionales, podría ser así —dijo el camarada con impaciencia y más bien furioso—, con nuestras vivaces aves meridionales es diferente. Escuche, investigué, experimenté, exploré los gallineros de nuestros vecinos, registré los mercados de las ciudades de los alrededores, y en cuanto encontraba una gallina que ponía huevos angulares, la compraba; con el tiempo reuní una vasta colección de aves que compartían todas la misma tendencia; de su progenie seleccioné sólo aquellas gallinas que mostraban la más marcada desviación de la redondez normal. Continué, perseveré. Señor, produje una raza de gallinas que ponían huevos que no podían rodar, por mucho que los empujaran o les dieran empellones. Mi experimento fue más que un éxito; fue uno de los romances de la industria moderna.

De eso no tenía la más mínima duda, pero no lo dije.

—Mi huevo se hizo conocido —continuó el *soi-disant* criador de aves de corral—, al principio fueron buscados como algo curioso, extraño. Luego comerciantes y amas de casa comenzaron a ver que eran útiles, un progreso, una ventaja sobre la clase común. Pude lograr una venta de mis productos a un precio muy por encima de los del mercado. Empecé a hacer dinero. Tuve un monopolio. Me rehusé a vender ninguna de mis ponedoras de huevos cuadrados y los huevos que iban al mercado eran cuidadosamente esterilizados para que no pudieran obtenerse pollitos de ellos. Estaba en camino de ser rico, prósperamente rico. Y entonces estalló esta guerra, que ha traído miseria a muchos. Me vi obligado a dejar mis gallinas y mis clientes e ir al Frente. Mi tía continuó con el negocio, vendió los huevos cuadrados, los huevos que yo había planeado y creado y perfeccionado, y recibió los beneficios; puede imaginárselo. ¡Se niega a enviarme un céntimo de las ganancias! Dice que ella cuida a las gallinas y paga el maíz y envía los huevos al mercado, de modo que el dinero es suyo. Legalmente, por supuesto, es mío; si pudiera llevar el proceso a las Cortes podría recobrar todo el dinero que los huevos han producido desde que empezó la guerra; muchos miles de francos. Iniciar el proceso requeriría sólo una pequeña suma; tengo un amigo abogado que arreglaría las cosas con poco costo para mí. Desgraciadamente, no tengo fondos suficientes disponibles; todavía necesito alrededor de ochenta francos. En tiempos de guerra ¡ay de mí! Es difícil obtener un préstamo.

Siempre me había imaginado que era una costumbre que se practicaba especialmente en tiempos de guerra, y así lo dije.

—En gran escala, sí, pero yo hablo de una suma muy pequeña. Es más fácil obtener un préstamo de millones que una bagatela de ochenta o noventa francos.

El supuesto financista se calló durante unos pocos tensos minutos. Luego recomenzó en un tono más confidencial.

—Algunos de ustedes soldados, ingleses, he oído, son hombres que poseen medios privados, ¿no es así? Tal vez sea posible que entre sus camaradas haya alguien dispuesto a prestar una pequeña suma, usted mismo quizá, sería una inversión segura y provechosa, rápidamente recuperable...

—Si me dan unos días de licencia, iré a Verchey-les-Torteaux e inspeccionaré la granja de los huevos cuadrados —dije gravemente— e interrogaré a los comerciantes en huevos locales sobre la posición y las perspectivas del negocio.

El conocido de la taberna se encogió ligeramente de hombros, se movió en su asiento y comenzó malhumoradamente a enrollar un cigarrillo. Su interés en mí se había desvanecido repentinamente, pero para salvar las apariencias debió hacer una muestra superficial de redondear la conversación que había comenzado tan laboriosamente.

—Ah, usted irá a Verchey-le-Torteaux para hacer averiguaciones sobre nuestra granja. ¿Y si descubre que lo que le he contado acerca de los huevos cuadrados es verdad, qué hará, señor?

—Me casaré con su tía.

Las aves en el frente occidental

CONSIDERANDO LA ENORME CONFUSIÓN económica que las operaciones bélicas han causado en las regiones donde la campaña es violenta, parece haber muy poca perturbación correspondiente en la vida de las aves de los mismos distritos. Las ratas y los ratones se han movilizado y pululan en la línea de batalla, y ha habido una movilización parcial de lechuzas, particularmente lechuzas de granero, siguiendo la estela de los ratones, y haciendo loables esfuerzos para reducir su número. No se puede calcular qué éxito logran en su caza; hay siempre suficientes ratones restantes para poblar nuestro refugio y convertir nuestros rostros en un área de desfiles y pistas de carrera durante la noche. Respecto de lugares donde anidar, las lechuzas están bien provistas; la mayor parte de los graneros todavía intactos en la zona de guerra son requisados para alojamiento, pero hay una abundancia de casas arruinadas, calles enteras y grupos de ellas, tales como nunca podrían haber estado disponibles en ningún momento anterior de la historia del mundo, desde que Nínive y Babilonia quedaron despobladas de seres humanos. Sin ocupación y cultivo humanos no podría haber habido granos, ningún desechos y, en consecuencia, muy pocos ratones, y las lechuzas de Nínive no podrían haber gozado de una buena caza; aquí, en el norte de Francia, las lechuzas tienen desolación y ratones a su disposición en cantidades ilimitadas, y como estos pájaros se reproducen en invierno tanto como en verano, debe de haber una buena producción de lechucitas de guerra para dar cuenta de las pululantes generaciones de ratones de guerra.

Aparte de las lechuzas, no puede notarse que la campaña esté produciendo una marcada diferencia en la vida de las aves del campo. Los vastos enjambres de cornejas y cuervos que se esperaba encontrar en la vecindad de la línea de batalla no existen, lo que tal vez sea una lástima. La obvia explicación es que el rugido y el estampido y la humareda de los explosivos de alta potencia han expulsado a la tribu de cuervos de la zona de batalla; como tantas otras explicaciones obvias, no es la correcta. Los cuervos de la localidad no son atraídos al campo de batalla, pero no son ahuyentados por temor. Las grajas se asustan naturalmente tanto ante el sonido de los fusiles y tan nerviosas en todo lo que concierne a ruidos, que un portazo de la puertas del granero o el disparo de una pistola de juguete a veces producirá una conmoción en toda la colonia; aquí afuera las he visto tranquilamente ocupadas entre los montones de residuos de una aldea bombardeada, con granadas estallando a una distancia no muy grande, y el tableteo de las ametralladoras sonando todo a su alrededor; por la atención que le prestaban podrían haber estado en una pacífica pradera inglesa en una soñolienta tarde de verano. Cualquier otra cosa que el terror alemán pueda haber hecho no ha asustado a las grajas del nordeste de Francia; por el contrario, ha templado sus nervios más que cualquier otra circunstancia anterior, y las futuras generaciones de niños pequeños, ocupados en espantar a las grajas de los campos sembrados en esta región, tendrán que inventar algo más terrible para lograr su propósito. Las cornejas y las urracas anidan bien dentro de las zonas arrasadas por granadas, y en un pequeño bosquecillo de hayas vi una vez un par de cornejas trabadas en un furioso combate con un par de gavilanes, mientras que considerablemente más arriba en el cielo, pero casi directamente sobre ellos, dos aviones de guerra de los Aliados luchaban con un número igual de la fuerza aérea enemiga.

A diferencia de las lechuzas de los graneros, las urracas han visto considerablemente restringidos sus lugares de refugio por los estragos de la guerra; las enteras avenidas de álamos, donde acostumbraban construir sus nidos, habían sido destrozadas, no dejando otra cosa que tristes filas de troncos destrozados y astillados para indicar dónde se habían levantado alguna vez. El afecto por un árbol particular había en un caso inducido a un casal de urracas a construir su voluminoso nido con forma de cúpula en los destrozados restos de un álamo, del cual quedaba tan poco en pie que el nido parecía casi más grande que el árbol; el efecto sugería más bien una entronización arzobispal que tuviese lugar en los restos en ruinas de Melrose Abbey. La urraca, cauta y recelosa en su estado salvaje, debe de haberse sentido intrigada por el cambio que se había producido en el antiguo temible e inevitable humano, caminando orgullosamente sobre la tierra como su posesor, que ahora se arrastraba en forma velada y protegida, como cauteloso de mostrarse a campo abierto como la más tímida de las criaturas salvajes.

El águila ratonera, la ansiosa perseguidora de ratones, no parecía estar corriendo ningún riesgo de guerra, al menos nunca he visto una por aquí, pero los cernícalos revolotean todo el día en las partes más calientes de la línea, aparentemente no desconcertados en absoluto, cuando una prometedora partida de ratones se eleva súbitamente en el aire en una cascada de tierra negra o amarilla. Los gavilanes son bastante numerosos y a una milla o dos de distancia de la línea de fuego vi un par de ellos que tomé por halcones de patas rojas, sobrevolando en círculos por encima de un bosquecillo de robles. De acuerdo con investigaciones realizadas por naturalistas rusos, el efecto de la guerra en la vida de los pájaros en el frente oriental ha sido más marcado que lo que lo ha sido por aquí. "Durante el primer año de la guerra las cornejas desaparecieron, las alondras dejaron de cantar en los campos, la paloma salvaje también desapareció." La alondra en esta región ha permanecido tenazmente en las praderas y sembrados, que han sido divididos por las trincheras y horadados por las granadas. En la fría y neblinosa hora de melancolía que precede a un amanecer lluvioso, cuando nada parece vivo excepto unos pocos cautelosos y empapados centinelas y muchas ratas fugitivas, la alondra de pronto vuela hacia el cielo y derrama una canción de extático júbilo que suena horriblemente forzada e insincera. Parece a duras penas posible que un pájaro pueda llevar su despreocupación al punto de intentar criar unos polluelos en ese desolado naufragio de terrones partidos y agujeros abiertos por las granadas, pero una vez, con ocasión de arrojarme al suelo sobre mi rostro en forma algo abrupta, me encontré casi encima de una cría de jóvenes alondras. Dos de ellas habían sido ya golpeadas por algo y estaban más bien estropeadas, pero las sobrevivientes parecían tan tranquilas y cómodas como el común de las crías.

En un rincón de un dañado bosque (que se ha ganado un nombre en la historia pero no será nombrado aquí), en un momento en que granadas y metralla y fuego de metralletas barrieron y destrozaron y removieron ese devoto lugar, como si la artillería de una entera división se hubiera de pronto concentrado en él, una pequeña hembra de pinzón aleteaba tristemente de aquí para allá, entre astilladas y caídas ramas en las que no quedaba la más mínima ramita verde. De los heridos que yacían allí, si alguno de ellos hubiera advertido al pequeño pájaro, podría muy bien haberse preguntado por qué algo que tenía alas y ninguna razón apremiante para quedarse tenía que haber elegido permanecer en semejante lugar. Había una huerta desecha al costado del destrozado bosque, y la probable explicación de la presencia del pájaro era que tenía un nido de polluelos que el temor le impedía alimentar pero la lealtad le impedía abandonar. Más tarde, una pequeña bandada de pinzones se aventuró en el bosque, que sin duda tenían la costumbre de usar como carretera hacia sus lugares de provisión de alimentos; a diferencia de la solitaria hembra de pinzón, no guardaron secreto su deseo de escapar tan rápido como sus aturdidos sentidos lo permitieran. El único otro pájaro que vi allí fue una urraca, volando bajo sobre el desastre de ramas caídas; "uno para la tristeza" dice la antigua superstición. Había suficiente tristeza en ese bosque.

El guardabosque inglés, cuyo conocimiento de la vida salvaje se limita habitualmente a pocos y pervertidos conocimientos, ha desarrollado una especie de religión respecto de la nerviosa debilidad de hasta los más resistentes pájaros de caza; según sus creencias, un terrier rotando a través de un campo en el que tiene su nido una perdiz o un cernícalo a la caza de ratones revoloteando sobre un cerco, son causa suficiente para ahuyentar al aturdido pájaro de su nido y enviarlo zumbando al siguiente condado.

La perdiz de la zona de guerra no exhibe signos de nervios tan sensitivos. El traqueteo y el rodar del transporte, el constante ir y venir de cuerpos de tropas, el incesante traqueteo de los mosquetes y las ensordecedoras explosiones de la artillería, las llamaradas y el parpadeo de las explosiones de granadas durante toda la noche, no han sido suficientes para hacer huir a los pájaros locales de los lugares por ellos elegidos para alimentarse, y por lo que puede verse no han sido impedidos de criar a sus polluelos. Los guardabosques que están sirviendo en el ejército podrían aprovechar la oportunidad para adquirir un poco de útil conocimiento de la naturaleza.

El programa de gala

UN EPISODIO NO REGISTRADO EN LA HISTORIA DE ROMA

ERA UN DÍA AUSPICIOSO en el Calendario Romano, el cumpleaños del popular y alentoso joven emperador Placidus Superbus. Todo el mundo en Roma estaba inclinado a participar en un gran festival, el tiempo era espléndido, y naturalmente, el Circo Imperial estaba lleno de bote en bote. Algunos minutos antes de la hora fijada para el comienzo del espectáculo una ruidosa fanfarria de trompetas proclamó la llegada del César, y entre las vociferantes aclamaciones de la multitud el Emperador tomó asiento en el Palco Imperial. A medida que los gritos de la multitud se apagaban, una salutación más impresionante se oía a poca distancia, los furiosos rugidos impacientes y los bramidos de las bestias enjauladas en la *ménagerie* imperial.

—Explícame el programa —ordenó el Emperador, habiendo llamado a su lado al maestro de ceremonias.

El eminente oficial tenía una mirada de preocupación.

—Gracioso César —anunció—, un programa muy halagüeño y entretenido ha sido ideado y preparado para su augusta aprobación. En primer lugar, hay una competencia de carros cuyo brillo e interés no son usuales; tres equipos que hasta ahora no han sido derrotados competirán por el Trofeo Herculano, junto con el premio que vuestra Imperial generosidad ha tenido la deferencia de añadir. Las posibilidades de los equipos que compiten han sido calculadas como prácticamente iguales y hay muchas apuestas entre el populacho. Los negros tracianos son tal vez los favoritos...

—Ya sé, ya sé —interrumpió César, que había oído conversaciones exhaustivas sobre el mismo asunto toda la mañana—, ¿qué otra cosa hay en el programa?

—La segunda parte del programa —dijo el funcionario imperial— consiste en un gran combate de bestias salvajes, especialmente seleccionadas por su fuerza, ferocidad y condiciones para la lucha. Aparecerán simultáneamente en la arena catorce leones y leonesas de Nubia, cinco tigres, seis osos de Siria, ocho panteras persas y tres del norte de África, una cantidad de lobos y linces de los bosques teutónicos y siete gigantescos toros salvajes de la misma región. También habrá cerdos salvajes de inigualable ferocidad, un rinoceronte de la costa de Barbaria, algunos brutales hombres-monos y una hiena, según se dice, rabiosa.

—Promete bien —dijo el Emperador.

—*Prometía* bien, oh César —dijo el funcionario dolorosamente—, prometía maravillosamente bien; pero entre la promesa y la realidad ha surgido una nube.

—¿Una nube? ¿Qué nube? —inquirió César frunciendo el entrecejo.

—Las sufragistas —explicó el funcionario— amenazan con interferir en la carrera de carros.

—¡Me gustaría verlas hacerlo! —exclamó indignado el Emperador.

—Me temo que vuestro imperial deseo sea desagradablemente cumplido —dijo el maestro de ceremonias—, estamos tomando, naturalmente, todas las precauciones posibles, y vigilando todas las entradas a la arena y a los establos con una triple guardia; pero se rumorea que cuando se dé la señal de entrada para los carros, quinientas mujeres se descolgarán con sogas desde los asientos del público e invadirán toda la pista. Naturalmente, ninguna carrera podría correrse bajo esas circunstancias; el programa se arruinará.

—En mi cumpleaños —dijo Placidus Superbus— no se atreverían a hacer algo tan atroz.

—Cuanto más augusta sea la ocasión, más deseosas estarán de hacerse propaganda a sí mismas y a su causa —dijo el preocupado funcionario—, no tienen escrúpulos en interferir desenfrenadamente aun en las ceremonias en los templos.

—¿Quiénes son estas sufragistas? —preguntó el Emperador—. Desde que volví de la expedición a Panonia no he oído hablar de otra cosa que de sus excesos y demostraciones.

—Son una secta política de origen muy reciente, y su propósito parece ser obtener una gran participación en la autoridad política en sus manos. Los medios que usan para convencernos de su habilidad para ayudar en hacer y administrar las leyes consiste en un salvaje desenfreno en producir tumultos, destrucción y desafío de toda autoridad. Ya han dañado algunos de los más históricamente valiosos de nuestros tesoros públicos, que nunca podrán ser restituidos.

—¿Es posible que el sexo al que tanto honramos y por el que sentimos tanta admiración pueda producir semejantes hordas de Furias? —preguntó el Emperador.

—En un sexo entran muchas cosas —observó el maestro de ceremonias, que poseía cierto grado de sabiduría mundana—. Por otra parte —continuó ansiosamente— se requiere muy poco para trastornar un programa de gala.

—Tal vez el disturbio que usted anuncia se transforme en una infundada amenaza —dijo el Emperador, en tono consolador.

—Pero si llevan a cabo lo que intentan —dijo el funcionario—, el programa se arruinará totalmente.

El Emperador no dijo nada.

Cinco minutos más tarde, sonaron las trompetas para dar comienzo al festejo. Un murmullo de excitada expectativa corrió entre las filas de los espectadores, y se anunciaron a gritos apuestas finales sobre el resultado de la gran carrera. Los portones de los establos fueron lentamente abiertos y una tropa de asistentes montados cabalgó alrededor de la pista para asegurarse de que todo estaba listo para la importante competencia. Las trompetas sonaron nuevamente y entonces, antes de que apareciera el primer carro, surgió un salvaje tumulto de gritos, carcajadas, furiosas protestas y agudos gritos de desafío. Cientos de mujeres descendían ayudadas por sus cómplices a la arena. Un momento después, estaban corriendo y bailando en frenéticas tropas a través de la pista en la que se suponía que los carros debían competir. Ningún equipo de caballos entrenados para la competencia habría podido hacer frente a una multitud tan frenética; realizar la carrera era claramente imposible. Aullidos de decepción y furia se elevaron de entre los espectadores; aullidos de triunfo respondieron como un eco entre las mujeres triunfadoras. Los vanos esfuerzos de los espectadores del circo para expulsar la horda invasora meramente añadieron alboroto y confusión; tan pronto como las sufragistas eran arrojadas de una porción de la pista, se arremolinaban en otra.

El maestro de ceremonias estaba al borde del delirio por la furia y la mortificación. Placidus Superbus, que permanecía tan calmo e imperturbable como siempre, lo llamó y le habló unas palabras al oído. Por primera vez esa tarde al esforzado funcionario se lo vio sonreír.

Sonó una trompeta desde el Palco Imperial; inmediatamente la excitada multitud hizo silencio. Tal vez el Emperador, como último recurso, iba a anunciar alguna concesión a las sufragistas.

—Cierren las puertas de los establos —ordenó el maestro de ceremonias— y abran todas las madrigueras de la *ménagerie*. El Emperador ha decidido que la segunda parte del programa tenga lugar primero.

Resultó que el maestro de ceremonias no había en modo alguno exagerado el probable brillo de esta parte del espectáculo. Los toros salvajes eran realmente salvajes, y la hiena con su reputación de locura respondió plenamente a ella.

El Parlamento infernal

EN UNA ÉPOCA en que se ha hecho cada vez más difícil lograr algo nuevo u original, Bavton Bidderdale despertó el interés de su generación por morir de una enfermedad nueva. "Siempre supimos que haría algo notable uno de estos días", observaron sus tías; "y él ha justificado nuestra confianza en él". Pero hay un sector de la humanidad siempre listo a rehusar reconocimiento a un logro meritorio, y una escuela numerosa e influyente de médicos afirmó su creencia de que Bidderdale no estaba realmente muerto. Los arreglos para el funeral debieron postergarse hasta que el asunto se estableciera de un modo u otro, y las tías se pusieron provisoriamente de medio luto.

Entretanto, Bidderdale permanecía en el Infierno como un huésped hasta que se efectuara su recepción de una manera más regular. —Si no se supone que usted está realmente muerto —decían las autoridades de esa región— no queremos parecer indecentemente apurados a apropiarnos de usted. La teoría de que el Infierno carece seriamente de población es algo del pasado. Considere solamente su familia; hay una cantidad de Bidderdales en nuestros libros, como comprobará más adelante. Es parte de nuestro sistema que los parientes deben ser alentados a vivir juntos aquí abajo. De las observaciones hechas en otro mundo, tenemos abundantes pruebas de que promueve los fines que nos proponemos. No obstante, mientras usted sea un huésped, deseamos que sea tratado con toda consideración y mostrado todo lo que sea de especial interés para usted. Por supuesto, le gustaría ver nuestro Parlamento.

—¿Tienen ustedes un Parlamento en el Infierno? —preguntó Bidderdale con cierta sorpresa.

—Sólo desde poco tiempo atrás. Por supuesto, siempre hemos tenido caos, pero no bajo reglas parlamentarias. Ahora, sin embargo, que los Parlamentos se están poniendo de moda, en Turquía y en Persia, y supongo que dentro de poco en Afganistán y China, parecía más bien ostentoso quedar afuera del movimiento. Ese joven Demonio que pasa es el Miembro por East Brimstone; estará encantado de mostrarle la institución.

—Usted llegará justo a tiempo para oír la apertura de un debate —le explicó el Miembro, mientras conducía a Bidderdale a través de una espaciosa antecámara externa, decorada con frescos que representaban la caída del hombre, el descubrimiento del oro, el invento de los juegos de cartas y otros apropiadamente tradicionales temas—. El Miembro por el Nuevo Horno está proponiendo una moción: "que su Cámara proteste arrogantemente ante las legislaturas de países terrenales contra el errado e injurioso mal uso de la palabra 'diabólico' aplicada a delitos puramente humanos, un mal uso tendiente a crear una impresión falsa y en detrimento de las Regiones Infernales".

Una característica de la propia Cámara del Parlamento era su enorme tamaño. El espacio adjudicado a los Miembros era pequeño y estaba escasamente ocupado, pero las galerías públicas se extendían, grada sobre grada, tan lejos como llegaba la vista, y estaban atestadas al máximo de su capacidad.

—Parece haber mucho interés público en el debate —exclamó Bidderdale.

—Los miembros están excusados de asistir a los debates si así lo desean —procedió a explicar el Demonio—, es uno de sus privilegios más altamente estimados. Por otra parte, los constituyentes están obligados a escuchar todos los discursos hasta el final. Después de todo, debe recordarlo, estamos en el Infierno.

Bidderdale reprimió un escalofrío y dirigió su atención al debate.

—Nada —estaba observando el Demonio-Orador— es más deplorable entre las razas cultas del mundo actual, que la tendencia a identificar lo demoníaco, de la manera más radical, con todas las formas de excesos vergonzosos, excesos que sólo pueden ser alegados contra nosotros sobre pruebas meramente legendarias. Vicios, que son exclusiva y predominantemente humanos son descriptos desvergonzadamente como inhumanos, y, lo que es todavía más despreciable y poco generoso, como demoníacos. Si uno investiga tales declaraciones como "tratamiento inhumano de ponis encerrados bajo tierra" o de "crueldades diabólicas en el Congo", tan frecuentemente oídas en nuestros Parlamentos hermanos en la Tierra, se encuentran pruebas acumulativas e indiscutibles de que es el tratamiento humano de los ponis y los nativos del Congo lo que está realmente en cuestión, y que ningún caso autenticado de acción diabólica en esas atrocidades puede ser comprobado. Es, tal vez, una cuestión menor de queja —continuó el orador— que la raza humana a menudo nos hace el dudoso cumplido de describir como "diabólicamente graciosas" bromas que no son ni graciosas ni diabólicas.

El orador hizo una pausa, y un silencio opresivo se expandió por la vasta cámara.

—¿Qué sucede? —susurró Bidderdale.

—Un silencio de cinco minutos —explicó su guía— es un signo de que el orador ha sido escuchado con silenciosa aprobación, que es la más alta muestra de aprobación que puede ser otorgada en Pandemónium. Pasemos al salón de fumar.

—¿Se aprobará la moción? —preguntó Bidderdale, interrogándose para sus adentros cómo sir Edward Grey trataría la protesta si llegara al Parlamento Británico; una *entente* con las Regiones Infernales abría una vista fascinante, en la cual la imaginación del Secretario de Exterior podría perderse sin esperanzas.

—¿Aprobarla? Por supuesto que no —dijo el Demonio—, en el Parlamento Infernal todas las mociones se pierden necesariamente.

—En los Parlamentos terrenales hoy en día casi todo se facilita —dijo Bidderdale—, incluyendo salarios y viáticos.

Sintió que de todos modos era probablemente el primer miembro de su familia que hacía un chiste en el Infierno.

—De paso —añadió—, hablando de Parlamentos terrenales, ¿tienen un sistema de Partidos aquí abajo?

—¿En el Infierno? Imposible. Usted ve, no tenemos un sistema de recompensas. Nos hemos especializado tan enteramente en castigos que la otra rama ha sido completamente descuidada. Y además, el gobierno por engaño, como ustedes lo practican en su Parlamento, no sería practicable aquí. Yo sería la última persona en decir algo contra la tentación, pero aquí abajo tenemos un proverbio: "Al poner un trozo de queso como carnada en la trampa para ratones, deje siempre lugar para el ratón". Semejante lema partidario, por ejemplo, como vuestro "nueve peniques por cuatro peniques" sería absolutamente inoperante; no sólo no deja espacio para el ratón, no deja lugar para la imaginación. Ustedes tienen un dicho en su país, creo: "No hay tonto mayor que un tonto condenado"; todos los tontos aquí son necesariamente condenados, pero no los tentaría nueve peniques por cuatro peniques.

—¿No se los podría regañar y convencer de que es una especie de deber intelectual? —preguntó Bidderdale.

—No tenemos todas sus facilidades —dijo el Demonio—, no tenemos nada aquí que se corresponda con un director del Elibank.

En ese momento, la atención de Bidderdale fue atraída por un artículo en una hoja suelta de una agenda: "Vote a favor de Infiernos Especiales".

—Ah —dijo—, a menudo he oído la expresión "hay un Infierno especial reservado para tal tipo de personas". Hábleme sobre eso.

—Le mostraré uno que está en preparación —dijo el Demonio, guiándolo por el corredor—. Éste está reservado para uno de los principales dramaturgos de su país. Observará docenas de diablillos ocupados en pegar avisos de dramas británicos modernos en un enorme libro de recortes de diarios, cada uno bajo el nombre del autor, por orden alfabético. El libro contendrá casi medio millón de avisos, supongo, y constituirá la única literatura provista para este individuo especialmente condenado.

Bidderdale no quedó muy impresionado.

—A algunos autores dramáticos no les importaría mucho hojear eternamente un libro de recortes de periódicos contemporáneos —observó.

El Demonio, riendo de manera desagradable, bajó la voz.

—Falta la letra "S".

Por primera vez Bidderdale se dio cuenta de que estaba en el Infierno.

El logro del gato

EN LA HISTORIA POLÍTICA DE LAS NACIONES, no es rara la experiencia de que Estados y pueblos que hace poco tiempo estaban envueltos en conflictos y mutua animosidad, se unan plácidamente en términos de buena voluntad y aun de alianza. La historia natural de los desarrollos sociales de las especies proporciona un ejemplo similar de la reunión de dos elementos que en un tiempo eran hostiles entre sí. La lucha feroz que tuvo lugar entre humanos y felinos en esos lejanos días en que tigres de afilados dientes y leones de las cavernas luchaban con el hombre primitivo, se ha definido hace mucho tiempo a favor del combatiente mejor equipado —"la Cosa con un Pulgar"— y los descendientes de la familia desposeída están relegados hoy en día, en su mayor parte, a la jungla y a mesetas desérticas, donde una existencia de aparente desaparición es la única alternativa a su exterminio. Pero el *felis catus*, o cualquiera sea la especie que fue la antecesora del moderno gato doméstico (una cuestión muy discutida actualmente), por un golpe maestro de adaptación evitó la ruina de su raza, y "capturó" un lugar en la propia clave de la organización del conquistador. Porque el más orgullosos de los mamíferos no ha entrado en la fraternidad humana como un sirviente o un dependiente; ni como un esclavo como las bestias de carga, o un humilde seguidor como el perro. El gato es doméstico sólo en la medida en que le sirve para sus propios fines; no podrá ser puesto en una cucha o ensillado ni soportará ninguna orden sobre sus idas y venidas. Un largo contacto con la raza humana ha desarrollado en él el arte de la diplomacia, y ningún cardenal romano de los tiempos medievales sabía mejor cómo congraciarse con su entorno, que un gato que tenga en vista un platillo con crema. Pero la afabilidad social, la ronroneante inocencia, la suavidad de terciopelo de su pata, pueden ser dejadas de lado al momento, y el sinuoso felino puede desaparecer, con deliberada reserva, a un mundo de techos y chimeneas, donde el mundo humano está distante y fuera de consideración. O el innato espíritu salvaje que le permitió sobrevivir en días pasados de dientes y garras puede ser convocado bajo su pulcro exterior, y el instinto de tortura (común sólo a los humanos y los felinos) puede encontrar libertad de acción ente los estertores mortales de algún desafortunado pájaro o roedor. No es, por cierto, un pequeño triunfo haber combinado la libertad sin trabas del salvajismo primitivo con el lujo que sólo una altamente desarrollada civilización puede alcanzar; estar envuelto en los suaves materiales que el comercio ha traído de los confines del mundo; solazarse en el calor que el trabajo y el esfuerzo han extraído de las entrañas de la tierra, banquetearse con las delicias que la riqueza ha destinado a su mesa; y por añadidura ser un libre hijo de la naturaleza, un poderoso cazador, un vertedor de sangre vital. Ésta es la victoria del gato. Pero además del crédito de su éxito el gato tiene otras cualidades que obligan a nuestro reconocimiento. El animal que los egipcios adoraban como divino, que los romanos veneraban como un símbolo de la libertad, que los europeos en la ignorante Edad Media anatematizaban como un agente demoníaco, ha exhibido ante todas las épocas dos categorías íntimamente combinadas: "coraje y autorrespeto". No importa cuán desfavorables puedan ser las circunstancias, ambas cualidades siempre se destacan. Enfrenten a un niño, un cachorro y un gatito con un súbito peligro; el niño pedirá inmediatamente ayuda, el cachorro se arrastrará con abyecta sumisión ante el inminente castigo, el gatito preparará su pequeño cuerpo para una frenética resistencia. Y si se disocia al gato amante del lujo de la atmósfera de comodidad social en la que usualmente se las ingenia para habitar, y se lo observa críticamente bajo las condiciones adversas de la civilización, la civilización que puede impulsar a un hombre a la degradación de vestirse con trajes vergonzosamente coloridos y hacer cabriolas como un saltimbanqui en las calles para ganar unas pocas monedas, que le permitan seguir perteneciendo al respetable y no criminal sector de la sociedad. El gato de los conventillos y los callejones, hambriento, desplazado, acosado, todavía conserva en medio de los avatares de su adversidad, un paso audaz, libre, semejante al de la pantera con la que paseaba en épocas antiguas por los patios de los templos de Tebas, todavía exhibe la vigilante confianza en sí mismo que el hombre nunca le ha enseñado a dejar de lado. Y cuando sus movimientos y hábiles arreglos no han sido suficientes para eludir al inexorable destino, cuando sus enemigos han resultado demasiados o demasiado fuertes para sus poderes defensivos, muere luchando hasta el fin, temblando con la furia sofocante de resistencia dominada, y haciendo oír en su grito de muerte esa agonía de amarga protesta que los animales humanos, también, han arrojado contra los posibles poderes; la última protesta contra un destino que pudo haberlos hecho felices, pero que no lo ha hecho.

La antigua ciudad de Pskoff

RUSIA EN LA ACTUAL CRISIS de su historia sugiere no sin razón a la mente del extranjero una tierra invadida de descontento y desorden y aplastada por la depresión, y es por cierto difícil señalar ningún sector de los dominios imperiales de los que no se anuncien problemas de una u otra clase. En el *Novoe Vremya* y otros periódicos una columna se dedica actualmente a registrar desórdenes tan regularmente como un noticiario británico informa sobre acontecimientos deportivos. Por tanto, es más agradable enterarse ocasionalmente de otra fase de la vida rusa en la que el pesimismo de los fracasos políticos puede momentáneamente dejarse de lado o descreerse de él. Quizás hay pocos lugares en la Rusia europea en los que se siente tan enteramente en una nueva y no familiar atmósfera como la vieja ciudad de Pskoff, que fue alguna vez un centro importante de la vida rusa. Para el ruso moderno común el deseo de visitar Pskoff es un inexplicable fenómeno anormal de la mente de un extranjero que desea ver algo del país en el que está viviendo; Petersburgo, Moscú, Kiev, tal vez, y Nijni-Novgorod, o las aguas termales finlandesas si se desea un descanso en el campo, pero ¿por qué Pskoff? Y es así como felizmente una aversión a los caminos trillados y a las localidades que invitan a la inspección y están industrialmente abastecidas lo inclinan a uno hacia la vieja ciudad fronteriza de la Gran Rusia, que probablemente da una vista tan exacta como puede llegar a obtenerse de un burgo medieval ruso, intocada por la influencia mogólica, y sólo superficialmente afectada por la cultura importada de Bizancio.

La pequeña ciudad tiene un vasto encanto de situación y estructura, ubicada a horcajadas de una audaz tierra escarpada que se abre en la horqueta de dos ríos, y conserva todavía muchas de las largas hileras de murallas y torres que sirvieron por muchos cientos de años para mantener alejados a los lituanos paganos y caballeros teutones merodeadores. Se mantenía la guardia contra los poderes de la Oscuridad tan cuidadosamente en esos días como contra más tangibles enemigos humanos, y por encima de espesos macizos de árboles todavía se levantan las blancas paredes y verdes techos de muchas iglesias, monasterios y campanarios, extraños y fantásticos arquitectónicamente y deliciosamente armoniosos en su colorido. Empinadas escaleras de caracol conducen de la ceñida muralla, corazón de la ciudad, a aquellas partes que yacen a lo largo de las costas de los ríos gemelos, y dos puentes, uno de ellos bajo y ancho, una estructura de madera primitivamente asentada en pilares, dan acceso a las orillas más lejanas, donde más torres y monasterios, con otros edificios más humildes, continúan el extenso espacio fuera de la ciudad. En los ríos flotan barcazas con altos mástiles pintados con espléndidas franjas color escarlata, verde, blanco y azul, rematadas por pendones de madera dorada, con una figura como la del sonajero de un niño, y ondeantes tiras empavesadas en los extremos. Arriba en la ciudad se ven por todas partes curiosos portales antiguos, profundas arcadas, aleros de madera, escaleras con pasamanos y coronadas con un toque de agradable color en el verde-salvia o el rojo apagado de los techos. Pero lo más extraño de todo es encontrar una población humana en completa armonía con el pintoresco y rico escenario del viejo mundo. Las blusas color escarlata o azul usadas por los trabajos en la mayoría de las ciudades rusas dan lugar aquí a una variedad de vestimentas de vistosos colores, y las mujeres usan ropas igualmente alegres, de manera que las calles, los muelles y el mercado brillan con magníficamente efectivas combinaciones de colores. Morado, naranja, apagado carmín, jacinto purpúreo, verdes y lilas y ricos azules mezclan sus matices en camisas y pañoletas, faldas y pantalones y fajas de cintura. La naturaleza en competencia con Percy Anderson era el frívolo comentario que nos venía a la mente, y por cierto una multitud medieval apenas habría podido ser más efectivamente representada. Y el negocio de una ciudad en que todo el tiempo parecían ser días de mercado se desarrollaba con un aire de satisfecha absorción por parte de sus habitantes. Filas de carros de aspecto primitivo iban y venían a lo largo de la ribera, los caballos generalmente con sus bocados colgando negligentemente bajo su barbilla, una moda que prevalece en muchas partes de Rusia y Polonia.

Curiosos pequeños puestos bordean los lados de las calles más empinadas, y en ellos se venden juguetes de madera y potes de barro con extraños diseños locales. En el amplio mercado, las mujeres se sientan a charlar junto a grandes canastos de frutillas, una o dos aves de largas patas se estiran bajo la sombra de sus correspondientes carros de mercado, y un cerdo extremadamente contento disfruta su ocio bajo la guardia de una dama añosa vestida con una combinación de naranja, morado y blanco que deleitaría el alma de un colorista. Un robusto campesino camina a zancadas sobre el empedrado desparejo guiando a su caballo de arado y cargando sobre su hombro un pequeño arado de madera con rejas rematadas en puntas de metal, que debía remontarse a algún estadio de la agricultura que Occidente había abandonado hacía tiempo. Abajo en las aguas boyantes del Velikaya, el más grande de los dos ríos, jóvenes y adultos retozan, y lavanderas más serias enjuagan y apilan prendas de muchos colores. Es agradable nadar en la corriente del río, y con el mentón al mismo nivel que la amplia extensión de agua obtener la vista de "un ojo de trucha" de la pequeña ciudad, que asciende en gradas de muelles, árboles, grises murallas, más árboles y racimos de techos, con la vieja iglesia de la Trinidad erigiéndose como un guardián por encima de las casi desmoronadas paredes del Kremlin. La catedral, observada de más cerca, es un espécimen encantador de la auténtica arquitectura rusa antigua, llena de ricas tallas y brillando con el pigmento escarlata y los dorados ornamentos espiralados, y equipada con aún más antiguas reliquias o pseudorreliquias de santos heroicos locales y príncipes-héroes que en su época habían ayudado a construir la historia de la comunidad de Pskoff. Después de una o dos horas transcurridas entre esas tumbas e iconos y memoriales de la difunta Rusia, se siente que hay que dejar pasar un tiempo antes de tener deseos de volver a los monótonamente magníficos lugares sagrados de San Petersburgo, con su deprimente atmósfera *nouveau riche*, sus mozos pendientes de la lista de precios y unas falta general de interés histórico.

El corazón conoce su propia amargura, y puede ser que los habitantes de Pskoff y su aparente satisfacción y ensimismamiento, tengan sus propios anhelos por una época nueva y más feliz de vida nacional. Pero el forastero no pretende ver tan lejos; está agradecido de haber encontrado un pintoresco y aparentemente satisfactorio rincón de una tierra monótona, una tierra "donde las tristeza parece un ave pasajera que ha herido sus alas y no puede marcharse volando".

Clovis sobre el
supuesto romance de los negocios

—Está de moda en estos días —dijo Clovis— hablar acerca del romance de los negocios. No existe semejante cosa. El romance siempre ha estado en otra parte, con el aprendiz indolente, el truhán, el fugitivo, el individuo que no podía molestarse con cifras y teneduría de libros y dejaba que los negocios se ocuparan de sí mismos. Admito que el negocio de un almacenero es una de las cosas más románticas y emocionantes que jamás he visto, pero el romance y la emoción se centran en las provisiones, no en el almacenero. La sidra y las especias, las nueces y los dátiles, las latas de anchoas y los quesos holandeses, los tarros de caviar y las latas de té, hacen volar la mente a las ciudades de la costa levantina y a las costas tropicales, a los muelles del Viejo Mundo y a los de los Países Bajos, al polvoroso Astracán y al lejano Catay; si el aprendiz del almacén tiene algo romántico en él no es la educación en los negocios que adquiere detrás del mostrador, es una invitación constante a soñar y vagar, y a seguir siendo pobre. Cuando niño, tales lugares como Sudamérica y Asia Menor atraían trabajosamente mi atención, los nombres de sus principales ríos y las alturas de sus principales picos montañosos eran memorizados por mí, y se me obligaba con seriedad a considerarlos como partes del mundo en el cual vivía; era sólo cuando visitaba un grande y bien provisto almacén que me daba cuenta de que realmente existían. Tales galerías de romance y fascinación no nos son otorgadas por los negocios del hombre; él es sólo el oscuro custodio, que habla con ligereza de las aceitunas españolas y el arroz de Rangún, una España que jamás conoció o deseó conocer, un Rangún que jamás imaginó o deseó imaginar. Fueron el vagabundo sin libro de cuentas, el navegante de corazón irreflexivo, el proscrito sin finalidad, quienes abrieron nuevas rutas de comercio, descubrieron nuevos mercados, trajeron a su vuelta muestras de cargamentos de nuevos comestibles y condimentos desconocidos. Son ellos quienes trajeron el atractivo y el romance a umbrales de la vida de negocios, donde rápidamente fueron reducidos a libras, chelines y peniques; facturados, cancelados, etcétera. La mayor parte de esos términos sean probablemente incorrectos, pero una cierta inexactitud a veces evita toneladas de explicaciones.

—Al otro lado de la cuenta está el laborioso aprendiz, que llegó a ser un hombre de negocios, se casó temprano y trabaja hasta tarde, y vive, y otros miles y miles como él, en pequeñas quintas afuera de las grandes ciudades. Están enterrados a millares en Kensal Green y otros grandes cementerios; todo romance que hubo en ellos alguna vez fue enterrado prematuramente en el negocio, el depósito y la oficina. Siempre que me siento tentado en lo más mínimo a dedicarme a los negocios, a ser metódico o aun decentemente laborioso, voy a Kensal Green y contemplo las tumbas de aquellos que murieron en los negocios.

Los comentarios de Moung Ka

MOUNG KA, cultivador de arroz y de virtudes filosóficas, estaba sentado en la elevada plataforma de su casa de cañas, junto a la orilla del velozmente fluyente Irrawaddy. A los dos lados de la casa había un pantano de color verde brillante, que se extendía hasta donde comenzaba la jungla sin cultivar. En el pantano verde brillante, que era en realidad un campo de arroz si se lo miraba de cerca, avetoros y garzas de estanque y elegantes garetas caminaban majestuosamente con el aire absorto de cuidadosas y conscientes cazadoras de reptiles, que nunca podían olvidar, que además de ser sin duda útiles, eran también distintivamente decorativas. Entre los altos juncales junto al río, los búfalos pastando aparecían como manchas de oscuro azul pizarra, como ciruelas caídas en medio de los altos pastos, y en los tamarindos que daban sombra a la casa de Moung Ka, los cuervos, inquietos, roncos y en demasiada cantidad, mantenían su incesante estrépito, diciendo una y otra vez todas las cosas que los cuervos han dicho desde que existen cuervos para decirlas.

Moung Ka estaba sentado fumando su enorme cigarro verdemarrón, sin el cual ningún hombre, mujer o niño birmano parecía realmente completo, emitiendo de tanto en tanto fragmentos de información mundana para beneficio e instrucción de sus dos acompañantes. El vapor que remontaba el río desde Mandalay tres veces por semana traía a Moung Ka un periódico de Rangún, en el cual el progreso de los eventos del mundo eran enunciados en mensajes telegráficos y comentados en medulosos párrafos. Moung Ka, que leía estas cosas y las repetía cuando la ocasión lo requería a sus amigos y vecinos, era tenido localmente en cierta estima como un pensador político; en Birmania es posible ser un político sin dejar de ser un filósofo.

Su amigo Moung Thwa, comerciante en madera de teca, acababa de regresar río abajo de la lejana Bhamo, donde había pasado muchas semanas en un digno y lento regateo con mercaderes chinos; el primer lugar al que había naturalmente dirigido sus pasos, llevando consigo su caja de betel y su grueso cigarro, había sido la elevada plataforma de la casa de cañas de Moung Ka bajo los tamarindos. El joven Moung Shoogalay, que había estudiado en escuelas extranjeras en Mandalay y sabía muchas palabras en inglés, también formaba parte del pequeño grupo que se sentaba a escuchar el boletín de Moung Ka acerca de la salud en el mundo, ignorando el chillido de los cuervos.

Había tenido lugar la habitual conversación preliminar acerca del mercado de la madera y el arroz y diversos asuntos locales, y luego se pasaba revista a las cosas más amplias y remotas de la vida.

—¿Y qué ha estado sucediendo fuera de aquí? —preguntó Moung Thwa al lector de periódicos.

Fuera de aquí comprendía la considerable porción de la superficie del mundo que quedaba más allá de los límites de la aldea.

—Muchas cosas —dijo Moung Ka reflexivamente—, pero principalmente dos cosas de mucho interés y de naturaleza opuesta. Ambas, sin embargo, conciernen a la acción de los gobiernos.

Moung Thwa sacudió gravemente la cabeza, con el aire de alguien que reverenciaba a todos los gobiernos pero desconfiaba absolutamente de ellos.

—Lo primero que puedes haber oído en tus viajes —dijo Moung Ka— es acerca de un acto del gobierno indio, que ha anulado la no hace mucho tiempo lograda partición de Bengala.

—Oí algo acerca de eso —dijo Moung Thwa— de un mercader de Madrás en el viaje en barco. Pero no conozco las razones que hicieron que el gobierno diera ese paso. ¿Por qué se anuló la partición?

—Porque —dijo Moung Ka— fue sostenido contra los deseos de la mayor parte de la gente de Bengala. Por tanto, el gobierno le puso fin al asunto.

Moung Thwa guardó silencio por un momento.

—¿Es prudente lo que ha hecho el gobierno? —preguntó luego.

—Es algo bueno considerar los deseos de la gente —dijo Moung Ka—. Los bengalíes pueden ser un pueblo que no siempre quiere lo que es mejor para ellos. ¿Quién lo puede decir? Pero al menos sus deseos han sido tomados en consideración, y eso es algo bueno.

—¿Y el otro asunto de que hablaste? —preguntó Moung Thwa—, el asunto de naturaleza opuesta.

—El otro asunto —dijo Moung Ka— es que el gobierno británico ha decidido la partición de Gran Bretaña. Donde había un Parlamento y un gobierno habrá dos parlamentos y dos gobiernos, y habrá dos tesoros y dos grupos de impuestos.

Moung Thwa se interesó muchísimo por esa noticia.

—¿Y los sentimientos de la gente de Gran Bretaña están a favor de esta partición? —preguntó—. ¿No les disgustará como al pueblo de Bengala le disgustó la partición de su provincia?

—Los sentimientos del pueblo británico no han sido consultados y no lo serán —dijo Moung Ka—; la Ley de Partición pasará por una Cámara donde el gobierno tiene el poder supremo; y la otra Cámara sólo puede retardarlo por un pequeño tiempo, y entonces se convertirá en la Ley del País.

—¿Pero es prudente no consultar los sentimientos del pueblo? —preguntó Moung Thwa.

—Muy prudente —respondió Moung Ka— porque si el pueblo fuera consultado, dirían "No", como siempre lo han dicho cuando un decreto semejante ha sido sometido a su opinión, y si el pueblo dijera "No" sería el término de la cuestión, pero también el fin del gobierno. Por tanto, es prudente que el gobierno cierre sus oídos a lo que el pueblo pueda desear.

—¿Pero por qué debe escucharse al pueblo de Bengala y al de Gran Bretaña no? —preguntó Moung Thwa—, seguramente la partición de su país los afecta de la misma manera. ¿Son sus opiniones demasiado tontas como para no tener ningún peso?

—El pueblo británico es lo que se llama una Democracia —contestó Moung Ka.

—¿Una Democracia? —inquirió Moung Thwa—. ¿Qué es eso?

—Una Democracia —exclamó Moung Shoogalay con energía— es una comunidad que se gobierna a sí misma de acuerdo con sus propios deseos e intereses, eligiendo representantes acreditados que promulgan sus leyes y supervisan y controlan su administración. Su fin y objeto es el gobierno de la comunidad en el interés de la comunidad.

—Entonces —dijo Moung Thwa volviéndose a su vecino—, si el pueblo de Gran Bretaña es una Democracia...

—Nunca dije que fuera una Democracia —interrumpió Moung Ka plácidamente.

—¡Ciertamente, los dos se lo oímos decir!— exclamó Moung Thwa.

—No correctamente —dijo Moung Ka—, dije que son lo que se llama una Democracia.

Índice

El huevo cuadrado

Esta edición se terminó de imprimir en
PRINTING BOOKS,
Mario Bravo 835, Avellaneda,
Pcia. de Buenos Aires,
en el mes de julio de 2006.